Günter Grass
Unkenrufe

Frankfurt
August 1993

Günter Grass

Unkenrufe

Eine Erzählung

Steidl

Für Helen Wolff

1

Der Zufall stellte den Witwer neben die Witwe. Oder spielte kein Zufall mit, weil ihre Geschichte auf Allerseelen begann? Jedenfalls war die Witwe schon zur Stelle, als der Witwer anstieß, stolperte, doch nicht zu Fall kam.

Er stellte sich neben sie. Schuhgröße dreiundvierzig neben Schuhgröße siebenunddreißig. Vor den Auslagen einer Bäuerin, die in einem Korb gehäuft und auf Zeitungspapier gebreitet Pilze, zudem in drei Eimern Schnittblumen anbot, fanden Witwer und Witwe einander. Die Bäuerin hockte seitlich der Markthalle zwischen anderen Bäuerinnen und dem Ertrag ihrer Kleingärten: Sellerie, kindskopfgroße Wruken, Lauch und rote Bete.

Sein Tagebuch bestätigt Allerseelen und gibt die Schuhgröße preis. Ins Stolpern hat ihn die Bürgersteigkante gebracht. Doch das Wort Zufall kommt bei ihm nicht vor. »Es mag an diesem Tag, zu dieser Stunde – Schlag zehn Uhr – Fügung gewesen sein, die uns zusammenführte...« Sein Bemühen, die dritte, stumm vermittelnde Person leibhaftig zu machen, bleibt vage wie sein Versuch, in mehreren Anläufen ihr Kopftuch zu bestimmen: »Kein eigentliches Umbra, mehr Erdbraun als Torfschwarz...« Besser gelingt ihm das Zie-

gelwerk der Klostermauer: »Von Schorf befallen...«
Den Rest muß ich mir einbilden.

Nur wenige Sorten Schnittblumen standen noch in den Eimern: Dahlien, Astern, Chrysanthemen. Den Korb füllten Maronen. Vier oder fünf kaum vom Schneckenfraß gezeichnete Steinpilze lagen gereiht auf einer verjährten Titelseite der lokalen Tageszeitung »Głos Wybrzeża«, dazu ein Büschel Petersilie und Einwickelpapier. Die Schnittblumen waren dritte Wahl.

»Kein Wunder«, schreibt der Witwer, »daß die Stände neben der Dominikshalle so dürftig bestellt aussahen, schließlich sind an Allerseelen Blumen gefragt. Bereits am Tag zuvor, auf Allerheiligen, ist die Nachfrage oft größer als das Angebot...«

Obgleich die Dahlien und Chrysanthemen mehr hergaben, entschied sich die Witwe für Astern. Der Witwer blieb unsicher: »Selbst wenn mich die überraschend späten Steinpilze und Maronen an diesen besonderen Stand gelockt haben mögen, folgte ich doch nach nur kurzem Schreck – oder war es der Glockenschlag? – einer Verführung besonderer Art, nein, einem Sog...«

Als die Witwe aus den drei oder vier Eimern die erste, dann eine weitere, unschlüssig eine dritte Aster zog, diese zurückstellte, um sie gegen eine andere zu tauschen und dann eine vierte herauszurufen, die gleichfalls zurück und ersetzt werden mußte, begann auch der Witwer, Astern aus den Eimern zu ziehen und diese, wählerisch wie die Witwe, auszuwechseln, wobei er rostrote zog, wie sie rostrote gezogen hatte; immerhin standen noch blaßviolette und weißliche zur Wahl.

Dieser farbliche Gleichklang hat ihn närrisch gemacht: »Welch leise Übereinkunft! Wie ihr sind mir rostrote Astern, die still vor sich hinbrennen, besonders lieb...« Jedenfalls blieben beide aufs Rostrot versessen, bis die Eimer nichts mehr hergaben.

Weder der Witwe noch dem Witwer reichte es zum Strauß. Schon wollte sie ihre magere Auswahl in einen der Eimer stoßen, als das begann, was Handlung genannt wird: Der Witwer übergab der Witwe seine rostrote Beute. Er hielt hin, sie griff zu. Eine wortlose Übergabe. Nicht mehr rückgängig zu machen. Unlöschbar brennende Astern. So fügte sich das Paar.

Schlag zehn: das war die Katharinenkirche. Was ich über den Ort ihrer Begegnung weiß, mengt meine teils verwischte, dann wieder überdeutliche Ortskenntnis mit des Witwers forschendem Fleiß, dessen Ausbeute er in Häppchen seinen Notizen beigemengt hat, etwa, daß der von achteckiger Grundfläche über sieben Stockwerke hoch ragende Wehrturm als nordwestlicher Eckturm zur großen Stadtmauer gehörte. Ersatzweise wurde er »Kiek in de Köck« genannt, als ein geringerer Turm, der vormals so hieß, weil er ans Dominikanerkloster grenzte und täglichen Einblick in die Töpfe der Klosterküche erlaubte, mehr und mehr zerfiel, bei dachlosem Zustand Bäume und Sträucher trieb, deshalb zeitweilig »Blumentopf« hieß und mit den Resten des Klosters gegen Ende des neunzehnten Jahrhunderts abgerissen werden mußte. Auf dem geräumten Gelände wurde ab 1895 in neugotischem Stil eine Markthalle gebaut, die, Dominikshalle genannt, den

Ersten und Zweiten Weltkrieg ausgehalten hat und bis heute unter ihrer breit gewölbten Dachkonstruktion in sechs Budenreihen ein mal üppiges, oft nur dürftiges Angebot vereinigt: Stopfgarn und Räucherfisch, amerikanische Zigaretten und polnische Senfgurken, Mohnkuchen und viel zu fettes Schweinefleisch, Plastikspielzeug aus Hongkong, Feuerzeuge aus aller Welt, Kümmel und Mohn in Tütchen, Schmelzkäse und Perlonstrümpfe.

Vom Dominikanerkloster ist nur die düstere Nikolaikirche übriggeblieben, deren innere Pracht ganz auf Schwarz und Gold beruht; ein Nachglanz einstiger Schrecken. Doch der Markthalle haftet die Erinnerung an den Mönchsorden nur namentlich an, desgleichen einem sommerlichen Fest, das, Dominik genannt, seit dem späten Mittelalter allen politischen Wechsel überlebt hat und gegenwärtig mit Trödel und Ramsch Einheimische und Touristen anzieht.

Dort also, zwischen der Dominiksmarkthalle und Sankt Nikolai, schräg gegenüber dem achteckigen »Kiek in de Köck«, fanden sich Witwer und Witwe zu einer Zeit, in der das Untergeschoß des ehemaligen Wehrturms mit handgemaltem Schild »Kantor« als Wechselstube ausgewiesen war. Viel Kundschaft bei offener Tür und eine Schiefertafel neben dem Eingang, auf der, stündlich verändert, der amerikanische Dollar im Verhältnis zur Landeswährung teurer und teurer wurde, gaben Zeugnis von der allgemeinen Misere.

»Darf ich?« So begann das Gespräch. Der Witwer wollte nicht nur seine, er wollte auch ihre Astern, den nun einzigen Strauß, bezahlen und zog Scheine aus der

Brieftasche, unsicher angesichts der an Nullen so reichen Währung. Da sagte die Witwe mit Akzent: »Nichts dürfen Sie.«

Mag sein, daß ihr Gebrauch der fremden Sprache dem Verbot zusätzliche Schärfe beimischte, und hätte nicht eine sogleich drangeknüpfte Bemerkung: »Nun ist schöner Strauß doch noch geworden«, das eigentliche Gespräch eröffnet, wäre die zufällige Begegnung zwischen Witwer und Witwe mit dem Kursverfall des Złoty zu vergleichen gewesen.

Er schreibt, es habe, noch während die Witwe zahlte, ein Gespräch über Pilze, besonders über die späten, verspäteten Steinpilze begonnen. Der nicht enden wollende Sommer und milde Herbst seien als Gründe genannt worden. »Doch meinen Hinweis auf die globale Klimaveränderung hat sie einfach verlacht.«

An einem heiter bis wolkigen Novembertag standen beide einander zugewendet, und nichts konnte sie von dem Blumenstand und den Steinpilzen trennen. Er in sie, sie in ihn vergafft. Die Witwe lachte häufig. Ihren akzentuierten Sätzen war Gelächter vor- und nachgestellt, das grundlos zu sein schien, bloße Vor- oder Zugabe. Dem Witwer gefiel dieses ans Schrille grenzende Lachen, denn in seinen Papieren steht: »Wie ein Glockenvogel! Manchmal erschreckend, gewiß, dennoch höre ich sie gerne lachen, ohne nach den Gründen ihrer häufigen Belustigung zu fragen. Mag sein, daß sie über mich lacht, mich auslacht. Aber auch das, ihr lachhaft zu sein, gefällt mir.«

So blieben sie stehen. Oder: so stehen die beiden mir, damit ich mich gewöhne, ein Weilchen und noch ein Weilchen Modell. War sie modisch – er fand »zu modisch aufgedonnert« – gekleidet, gab ihm sein Tweedjackett zur Cordhose ein saloppes Aussehen, passend zur Kameratasche: als Bildungsreisender ein Tourist besserer Sorte. »Wenn nicht die Blumen, darf ich, bitte, dann den Gegenstand unseres gerade begonnenen Gesprächs, einige Steinpilze, diesen hier, den, den und noch den, auswählen und Ihnen zum Geschenk machen? Nicht wahr, sie sehen einladend aus.«

Er durfte. Und sie gab acht, daß er der Marktfrau nicht zu viele Scheine hinblätterte. »Hier alles irre teuer!« rief sie. »Aber für Herr mit Deutschmark billig immer noch.«

Ich frage mich, ob er seine Währung kopfrechnend in Vergleich zu den vielstelligen Zahlen der Złoty-Scheine gebracht und ob er ernsthaft, ihr Gelächter nicht fürchtend, erwogen hat, seinen im Tagebuch notierten Hinweis auf Tschernobyl und die Folgen als nachträgliche Warnung auszusprechen. Sicher ist: vorm Kauf fotografierte er die Pilze und nannte die Firmenmarke seiner Kamera japanisch. Weil er den Schnappschuß schräg steil von oben machte und dabei die Schuhkappen der hockenden Marktfrau ins Bild kamen, zeugt dieses Foto von der erstaunlichen Größe der Steinpilze. Die beiden jüngeren sind im bauchigen Stiel breiter als die hoch gewölbten Hüte; den fleischigen, in sich gewundenen Leib der älteren beschatten breitrandige, wulstig mal nach innen, mal nach außen gerollte Krempen. Wie sie liegend zu viert ihre hohen und weiten Hüte gegeneinander kehren und dabei vom Fotografen so gelegt sind, daß es kaum zu Überschneidungen kommt, bilden sie ein Stilleben. Und wahrscheinlich hat der Witwer einen entsprechenden Kommentar gegeben; oder war sie es, die »Schön wie Stilleben« gesagt hat? Jedenfalls fand die Witwe in ihrer Umhängetasche ein Einkaufsnetz für die in Zeitungspapier eingeschlagenen Pilze, zu denen die Marktfrau ein Bund Petersilie legte, als Zugabe.

Er wollte das Netz tragen. Sie hielt fest. Er bat darum. Sie lehnte ab: »Erst schenken und dann schleppen noch.«

Ein kleiner Streit, dieses Hin und Her, wobei der Inhalt des Netzes keinen Schaden nehmen durfte, hielt das Paar an Ort und Stelle, als hätten beide ihren Treffpunkt nicht aufgeben, noch nicht aufgeben wollen. Mal nötigte er ihr, dann wieder sie ihm das Netz ab. Auch die Astern sollte er nicht tragen dürfen. Gut eingespielt, wie seit langem einander vertraut, stritt das Paar. In jeder Oper hätten sie ihr Duett singen können, schon wüßte ich, nach wessen Musik.

Und an Zuschauern fehlte es nicht. Stumm sah die Marktfrau zu. Ringsum war alles Zeuge: der achteckige Wehrturm, dessen neuester Untermieter, die gedrängt volle Wechselstube, seitlich die breit gelagerte, wie von Dünsten geblähte Markthalle, düster Sankt Nikolai, die Bauersfrauen benachbarter Marktstände und mögliche Kundschaft; denn zwischen all dem staute und entzerrte sich ärmlich ein nur der alltäglichen Not gehorchender Menschenauftrieb, dessen knappes Geld stündlich an Wert verlor, während Witwe und Witwer einander wie Zugewinn verrechneten und nicht voneinander lassen wollten.

»Nun muß ich gehn noch woanders.«

»Wenn ich Sie, bitte, begleiten dürfte.«

»Na, ist bißchen weit weg.«

»Es wäre mir eine Freude, wirklich...«

»Aber auf Friedhof muß ich...«

»Wenn ich nicht allzusehr störe...«

»Na, gehn wir schon.«

Sie trug den Asternstrauß. Er trug im Einkaufsnetz die Pilze. Er hager vornübergebeugt. Sie mit kurzen, hart aufstoßenden Schritten. Er, zum Stolpern neigend, leicht schleppend und gut einen Kopf größer als sie. Sie waschblauäugig, er weitsichtig. Ihr in Richtung tizianrot geschöntes Haar. Sein graumeliertes Oberlippenbärtchen. Sie nahm den Geruch ihres vorlauten Parfüms mit, er die leise Widerrede seines Rasierwassers.

Beide verschwanden im Gedränge vor der Markthalle. Nun war auch des Witwers Baskenmütze weg. Kurz vor Schlag elf von Sankt Katharinen herab. Und ich? Ich muß dem Paar hinterdrein.

Ab wann hatte er vor, mir seinen verschnürten Krempel ins Haus zu schicken? Hätte ihm nicht ein Archiv als Adresse einfallen können? Mußte der Narr sich in mir den gefälligen Narren ausgucken?

Dieser Stoß Briefe, die gelochten Abrechnungen und datierten Fotos, seine mal als Tagebuch, dann wieder als Silo zeitraffender Spekulationen geführte Kladde, der Wust Zeitungsausschnitte, die Tonbandkassetten – all das wäre besser bei einem Archivar abzulagern gewesen als bei mir. Er hätte wissen müssen, wie leicht ich ins Erzählen gerate. Wenn kein Archiv, warum hat er nicht einen eilfertigen Journalisten beliefert? Und was hat mich genötigt, ihm, nein, den beiden nachzulaufen?

Nur weil er und ich vor einem halben Jahrhundert Arsch neben Arsch die Schulbank gedrückt haben sollen? Er behauptet: »In der Bankreihe an der Fensterseite.« Ich kann mich nicht erinnern, ihn neben mir gehabt zu haben. Petri-Oberrealschule. Schon möglich. Aber nur knappe zwei Jahre lang bin ich da rein und raus. Mußte zu oft die Schule wechseln. Mal so, mal so gemischter Pennälerschweiß. Mal so, mal so bepflanzte Pausenhöfe. Weiß wirklich nicht, wer wo und ab wann neben mir Strichmännchen gekritzelt hat.

Als ich das Paket öffnete, lag sein Begleitbrief obenauf: »Du wirst bestimmt irgendwas damit anfangen können, gerade weil alles ans Unglaubliche grenzt.« Er duzte mich, als wäre ihm die Schulzeit unvergänglich geblieben: »In anderen Fächern warst Du gewiß keine Leuchte, aber Deine Aufsätze ließen schon früh erkennen ...« Ich hätte ihm seinen Kram zurückschicken sollen, aber wohin? »Im Grunde könnte das alles von Dir erfunden sein, aber gelebt, erlebt haben wir, was vor nunmehr einem Jahrzehnt geschah ...«

Er hat sich vorausdatiert. Sein Brief gibt als Datum den 19. Juni 1999 an. Und gegen Schluß schreibt er, bei sonst klarer Diktion, über weltweite Vorbereitungen zur Feier der Jahrtausendwende: »Welch unnützer Aufwand! Dabei geht ein Säkulum zu Ende, das sich Vernichtungskriegen, Massenvertreibungen, dem ungezählten Tod verschrieben hatte. Doch nun, mit Beginn des neuen Zeitalters, wird wieder das Leben...«

Und so weiter. Lassen wir das. Nur so viel stimmt: Sie trafen einander am 2. November bei sonnigem Wetter, wenige Tage bevor in Berlin die Mauer hinfällig wurde. Als eine Allerweltsgeschichte hätte beginnen können, begann sich die Welt oder ein Teil dieser unabänderlichen Welt tatsächlich zu verändern, und zwar ohne Umstände zu machen, im Schweinsgalopp. Überall wurden Denkmäler gestürzt. Mein ehemaliger Mitschüler nahm diese oft gleichzeitig auftrumpfenden Tatsachen in seiner Kladde zur Kenntnis, doch handelte er sie wie bloße Tatsachenbehauptungen ab. Fast widerwillig gab er in Klammersätzen Ereignissen Raum, die allesamt historisch genannt sein wollten, ihn jedoch irritierten, weil sie, schreibt er, »vom Eigentlichen ablenken, von der Idee, von unserer großen, die Völker versöhnenden Idee...«.

Und schon bin ich drin in seiner, in ihrer Geschichte. Schon rede ich, als wäre ich dabeigewesen, von seinem Tweedjackett, von ihrem Einkaufsnetz und verpasse ihm eine Baskenmütze, weil es die gibt, wie die Cordhose und ihre Stöckelschuhe, und zwar auf Fotos, die mir schwarzweiß und farbig vorliegen. Wie ihre Schuhgrößen sind ihm ihr Parfüm und sein Rasierwasser mitteilenswert gewesen. Das Einkaufsnetz ist keine Erfindung. Später beschreibt er liebevoll, ja, tickhaft jede Masche des Gebrauchsgegenstandes, als wollte er ihn zum Kultgegenstand erheben; doch die frühe, schon beim Kauf der Steinpilze plazierte Einführung des gehäkelten Erbstücks – die Witwe fand das Netz im

Nachlaß ihrer Mutter – ist meine Zutat, wie die vorweggenommene Baskenmütze.

Als Kunsthistoriker und obendrein Professor konnte er nicht anders: Wie er Bodengrabplatten und Grabsteine, Sarkophage und Epitaphe, Beinhäuser, Gruftgewölbe und mottenzerfressene Totenfahnen, die rund um die Ostsee überlieferte Ausstattung gotischer Backsteinkirchen sind, durch Abreibung lesbar, heraldisch bestimmt und emblematisiert, schließlich durch kurzgefaßte Familiengeschichten einst namhafter Patriziergeschlechter beredt gemacht hatte, waren ihm nun die Einkaufsnetze der Witwe – sie erbte nicht nur das eine, sondern ein halbes Dutzend – Zeugnisse vergangener Kultur, verdrängt von häßlichen Wachstuchtaschen und radikal entwertet durch den Plastikbeutel. Er schreibt: »Vier der Einkaufsnetze sind gehäkelter Natur, zwei sind geknüpft, wie früher Fischernetze von Hand geknüpft wurden. Von den gehäkelten ist nur eines einfarbig moosgrün, die drei anderen und die geknüpften Netze sind mehrfarbig gemustert...«

Und wie er in seiner Doktorarbeit die drei Disteln und fünf Rosen im Wappen des Theologen Aegidius Strauch aus dem Flachrelief eines Grabsteins in Sankt Trinitatis, wo Strauch gegen Ende des siebzehnten Jahrhunderts Pfarrer gewesen ist, deutet und mit den Wechselfällen eines streitbaren Lebens in Beziehung setzt – Strauch verbrachte Jahre in Festungshaft –, so deutelte er an den geerbten Einkaufsnetzen der Witwe. Weil sie in ihrer Umhängetasche aus Kalbsleder jederzeit zwei von den sechs mit sich führte, leitete er diese Vorsorge von der in allen Ostblockstaaten herrschenden Mangelwirtschaft ab: »Plötzlich gibt es irgendwo frischen Blumenkohl, Salatgurken, oder ein fliegender Händler bietet neuerdings aus dem Kofferraum seines Polski Fiat Bananen an, und sogleich sind die praktischen Netze greifbar, denn Plastiktüten sind im Osten immer noch rar.«

Und dann beklagt er zwei Seiten lang den Niedergang handgefertigter Produkte und den Sieg des westlichen Kunststoffbeutels als ein weiteres Symptom menschlicher Selbstaufgabe. Erst gegen Schluß seiner Klage werden ihm wieder die Einkaufsnetze der Witwe lieb, prall gefüllt mit Bedeutung. Und solch ein Netz habe ich vorgreifend beim Pilzeinkauf vermutet, und zwar das einfarbig gehäkelte.

Ich lasse den Witwer das Erbstück tragen und muß zugeben, daß ihm, wie er leicht vornübergebeugt neben der stöckelnden Witwe schlurft, außer der Baskenmütze das Einkaufsnetz wie angepaßt ist, als habe nicht sie, als hätte er geerbt, als wäre die japanische Kamera nur geborgt, als werde er von nun an daheim, etwa auf dem Weg zur Ruhruniversität, seine Fachliteratur, dicke Wälzer zum Thema barocker Emblematik, in einem gehäkelten oder geknüpften Einkaufsnetz tragen.

Auch wenn ich mich an einen Mitschüler seines Namens nicht erinnern kann, schon ist er mir mit seinen eingefleischten Schrullen und beginnenden Altersbeschwerden vertraut; und gleichfalls gewinnt die Witwe, wie sie neben ihm Schritt vor Schritt Richtung Friedhof setzt, durch bloße Willensstärke Kontur: Sie wird ihm das Schlurfen abgewöhnen.

Ein langer, dennoch kurzweiliger Fußweg, denn die Witwe unterteilte ihn, indem sie erklärend in knappen, alles verknappenden Sätzen sprach und ab und an ihr Glockenvogelgelächter entließ. Zwischen der Katharinenkirche und der Großen Mühle, an denen vorbei der Radaunekanal kaum noch Wasser führt, sagte sie: »Stinkt schon. Aber was stinkt nicht hier!«, und vor dem Hotelhochbau »Hevelius« wußte sie: »Na, wird werter Herr Zimmer mit Blick haben auf Stadt von ganz oben.«

Doch seitlich der Bibliothek, dann vorm Portal der ehemaligen Petri-Oberrealschule – beides preußisch-neugotische Gebäude, die der Krieg ausgespart hatte – kam der Witwer zum Zug. Er bekannte, frühreif ein Bibliothekshocker gewesen zu sein, nannte den immer noch als Schule betriebenen Kasten »meine ehemalige Penne« und erklärte ihr umständlich diesen Schülerausdruck. Erst als die Jakobskirche hinter ihnen lag, ließ er von seinen Frühprägungen ab: welche Lektüre ihn im Lesesaal der Stadtbibliothek infiziert und zugleich geimpft habe. »Sie können sich nicht vorstellen, wie heißhungrig ich gewesen bin. Zum Beispiel auf alle Knackfuß-Künstlermonographien. Hab' jeden Band verschlungen...«

Und dann weitete sich vor dem Tor zur Leninwerft – kurz bevor sie umbenannt wurde – der Platz mit den drei hochragenden Kreuzen, an denen gekreuzigt drei Schiffsanker hängen. Die Witwe sagte: »Das war mal gewesen Solidarność«, und hatte dann doch einen weiteren Satz übrig, der die Schroffheit ihres Nachrufs ein wenig mildern sollte: »Aber Denkmäler bauen können

wir Polen immer noch. Überall Märtyrer und Denkmäler von Märtyrer!« Kein Gelächter vor- oder nachgestellt.

Der Witwer will diesem Satz der Witwe »eine an Ver-
zweiflung grenzende Bitterkeit« abgehört haben. Nur
stumme Gesten seien ihr übriggewesen. Dann habe sie
einen Asternstiel aus dem Strauß gerupft, diesen zu
den gehäuften Blumen vor die Gedenkmauer gelegt
und ihm auf seine Bitte hin ein dem Denkmal einge-
schriebenes Gedicht des Dichters Czesław Miłosz Zeile
nach Zeile übersetzt: die Vergeblichkeit feiernde Verse.
Danach habe sie unvermittelt sich selbst und ihre Familie mit dem Dichter und dessen Familie als »vertriebene Flüchtlinge von Osten weg nach westliche
Gegend« vereinigt und sogleich einen weiteren Bogen
geschlagen: »Wir sind alle von Wilno rausgemußt, wie
Sie sind von hier weggemußt alle.«

Noch auf dem Platz, doch schon im Gehen, griff sie
zur Zigarette.

Um den weiteren Weg der beiden zum Friedhof abzu-
kürzen: Rauchend führte die Witwe den Witwer aus der
Stadt über eine Brücke, die, seit Niederlegung der
Befestigungswälle und dem Bau des Hauptbahnhofs,
alle von Danzig oder Gdańsk nach Westen führenden
oder aus westlicher Richtung nach Gdańsk oder Danzig laufenden Eisenbahngleise überwölbt. Da in des
Witwers Notizen polnische und deutsche Schreibwei-
sen willkürlich wechseln, folge ich seinen unentschlos-
senen Benennungen, sage nicht Brama Oliwska, sondern: Die Witwe führte ihn aus der Stadt hinaus zur

Straßenbahnhaltestelle Olivaer Tor, dann auf der links abzweigenden Chaussee nach Kartuzy den sanft anhebenden Hagelsberg hinauf bis zur Tankstelle für bleifrei tankende Touristen, der gegenüber ein alter, von Buchen und Linden verschatteter Friedhof liegt, der vormals den Kirchgemeinden Heiliger Leichnam, weiter oben Sankt Josef und Sankt Birgitten und am westlichen Rand etlichen freireligiösen Gemeinden diente. Weil schon seit Jahren überfüllt, schien er außer Betrieb zu sein. Kein offenes Tor gab den Zugang frei. Sie liefen den vom Gebüsch durchwachsenen Zaun entlang. Gegenüber dem auf ansteigender Wiese benachbarten Soldatenfriedhof mit Ehrenmal der Roten Armee, auf dessen Vorfeld ein Dutzend Halbwüchsige Fußball spielten, wußte die Witwe ein Loch im Zaun.

Und dann – kaum standen sie unter Bäumen und zwischen überwucherten Einzel- und Doppelgräbern – stellte sich der Witwer förmlich der Witwe vor: »Gestatten Sie, daß ich mich Ihnen, natürlich viel zu spät, bekannt mache: Alexander Reschke mein Name.«

Ihr Lachen brauchte Zeit und muß auf ihn, zumal zwischen Grabreihen, deplaziert gewirkt haben, erklärte sich aber, als nun sie, immer noch lachend, gleichzog: »Alexandra Piątkowska.«

In Reschkes Kladde ist mit dieser Eintragung die Fügung besiegelt. Was hilft es, wenn seinem nur berichtenden Mitschüler – man wird uns als Untertertianer in eine Schulbank gezwängt haben – dieser Gleichklang zu stimmig ist, passend allenfalls für ein Singspiel nach berühmtem Vorbild, geeignet für Märchenfiguren, doch nicht für dieses vom Zufall verkuppelte Paar; es muß dennoch bei Alexander und Alexandra bleiben, schließlich ist es deren Geschichte.

Doch auch den Witwer und die Witwe, wie ich sie bisher nannte, selbst wenn ihnen nicht bewußt sein konnte, daß sie einander verwitwet zugelaufen waren, wird die Distanzlosigkeit der Vornamen erschreckt haben. Auf Eigenständigkeit aus, suchte Alexandra Piątkowska ihren Weg zwischen Gräberfeldern. Sie verschwand hinter Grabsteinen, tauchte wieder auf, war abermals weg, entfernte sich; und Alexander Reschke hielt gleichfalls Abstand. Wo Herbstlaub raschelte, schlurfte er auf bemoosten Wegen. Seine Baskenmütze verdeckt, wieder da. Wie ziellos zögerte er vor diesem, vor jenem Grabstein: viel Diabas und auf Hochglanz polierter Granit, wenig Sandstein, Marmor und Muschelkalk.

Alle Steine sagten unter polnischen Namen Sterbedaten ab Ende der fünfziger Jahre auf, nur jene zahlreichen, in einem abseits liegenden Feld gereihten Kindergräber nicht, die auf das Seuchenjahr '46 datiert waren: Holzkreuze und Kissensteine. Die Stille unter den Friedhofsbäumen ließ sich durch das entfernte Geschrei der Fußball spielenden Halbwüchsigen nicht aufheben, sogar die Geräusche der Tankstelle blieben ausgesperrt. Ich lese: »Hier wurde mir das Wort Friedhofsruhe wieder bewußt.«

Dennoch war Alexander Reschke auf Suche. Er fand am Rand des Friedhofs zwei schiefstehende Steine, später zwei weitere, gänzlich verkrautet, und hatte Mühe, ihnen irgendwas abzulesen. Mit weit zurückliegenden Sterbedaten – Anfang der zwanziger bis Mitte der vierziger Jahre – und mit Inschriften über den Namen – »Hier ruht in Gott«, »Der Tod ist das Tor zum Leben« oder »Hier liegt unsere liebe Mutti und Omi« – erinnerten sie an die Vorvergangenheit der Friedhofsanlage. Reschke notiert: »Auch diese Steine aus üblichem Material: Diabas und schwarzschwedischer Granit.«

Für ein Weilchen lasse ich ihn bei den übriggebliebenen Steinen. Frau Piątkowska wird inzwischen den Strauß Astern am Grab ihrer Eltern in eine Vase gestellt haben. Dieser Doppelgrabstelle sage ich nach, daß sie, buchsbaumumrandet, weniger überwuchert ist als die benachbarten Grabstellen. Der Vater starb '58, die Mutter '64. Beide sind keine siebzig Jahre alt geworden. Auf allen Feldern kann ich Allerseelen-Betrieb beobachten: hier und da bezeugen Windlichter an Grabstellen Besuch, der wieder gegangen ist.

Doch Witwe und Witwer hatten keinen Blick frei.

»War bei Mama und Papa. Was mein Mann ist gewesen, liegt auf Waldfriedhof Sopot.« Das sagte Alexandra Piątkowska, als sie sich neben Alexander Reschke stellte, den die übriggebliebenen Grabsteine um die Gegenwart gebracht hatten; die Stimme seitlich hinter ihm wird ihn vielleicht erschreckt, jedenfalls zurückgeholt haben.

Wieder das Paar. Weil sie sich als Witwe zu erkennen gegeben hatte, hätte nun er vom Tod seiner Frau sprechen müssen und gleichfalls vom frühen, zu frühen Tod der Eltern, doch trug er seinen Berufsstand nach, gab sich als Doktor der Kunstgeschichte und Professor mit Lehrtätigkeit im Ruhrgebiet zu erkennen, wollte, um gründlich zu sein, das Thema seiner vor Jahrzehnten abgeschlossenen Doktorarbeit, »Grabplatten und Epitaphien in den Danziger Kirchen«, nicht verschweigen und datierte jetzt erst, unvermittelt, den Tod seiner Frau: »Edith starb vor fünf Jahren.«

Die Witwe schwieg. Dann trat sie näher, noch einen Schritt näher an die schiefstehenden Grabsteine heran, die dem Witwer bemerkenswert gewesen waren. Plötzlich und für den Ort zu laut entlud sie sich: »Schande für Polen ist das! Haben weggeräumt alles, wo bißchen stand deutsch drauf. Hier und überall. Auch auf Waldfriedhof. Haben Tote nicht ruhen lassen gewollt. Einfach plattgemacht alles. Bald nach Krieg schon und später. Schlimmer wie Russen noch. Und das nennen sie Politik, Verbrecher diese!«

Wenn ich Reschkes Notizen folge, versuchte er, die laut gewordene Witwe zu beruhigen, indem er den Einmarsch in Polen, die Konsequenzen des Krieges und den allseits überbetonten Nationalismus als Gründe in etwa dieser Reihenfolge nannte: Natürlich grenze das Auslöschen von Friedhöfen an Barbarei. Auch ihn, das müsse er zugeben, stimme der Anblick solch vergessener Grabsteine wehmütig. Gewiß wünsche man sich humaneren Umgang mit Toten. Schließlich sei das Grab des Menschen letztgültiger Ausdruck. Doch immerhin habe man die Grabplatten über den Gräbern deutschstämmiger Patriziergeschlechter in allen Hauptkirchen, auch in der Hospitalkirche zum Heiligen Leichnam, vor Vandalismus weitgehend geschützt. Nein, nein, er verstehe ihren kaum zu beschwichtigenden Zorn. Durchaus vertraut sei ihm der Wunsch, die

Gräber der nächsten Angehörigen in gutem Zustand zu wissen. Bei seinem ersten Nachkriegsbesuch in Gdańsk – »Das war im Frühjahr '58, als ich an meiner Doktorarbeit saß« – habe er das Grab der Großeltern väterlicherseits auf den einst Vereinigten Friedhöfen besuchen wollen. Ja doch, schrecklich sei es gewesen, einen wüsten, wie vom Mutwillen heimgesuchten Ort vorzufinden. »Dieser Anblick! Glauben Sie mir, Frau Piątkowska, ich begreife Ihre Empörung. Mir allerdings war nur Trauer möglich, die sich durch mittlerweile geschichtlich gewordene Tatsachen relativiert hat. Schließlich ist diese Barbarei zuallererst von uns begangen worden. Ganz zu schweigen von all den anderen unsäglichen Untaten...«

Das Paar schien gemacht für solche Gespräche. Er beherrschte den hohen Ton gehobener Sprache; sie konnte glaubhaft in Wut geraten. Unter hochragenden, allen politischen Wechselfällen entwachsenen Buchen und Linden, die ihr Laub fallen ließen, und angesichts der beiden schiefstehenden Grabsteine waren sich Witwe und Witwer einig, daß irgendwo und ganz gewiß auf Friedhöfen die verfluchte Politik aufhören müsse. »Sag' ich ja«, rief sie, »mit Tod hört Feind auf, Feind zu sein.«

Sie nannten einander Herr Reschke und Frau Piątkowska. Nach jeweiligem Bekenntnis entspannt, bemerkten sie plötzlich, daß nah und fern weitere Friedhofsbesucher mit Blumen und Windlichtern ihrer Toten gedachten. Und jetzt erst sagte die Witwe, was wörtlich die Kladde des Witwers festgehalten hat: »Natürlich wollten Mama und Papa viel lieber auf

Friedhof in Wilno zu liegen kommen und nicht hier, wo fremd war alles und ist geblieben fremd.«

War das schon der zündende Satz? Oder blieb ihr Friedhofsgespräch weiterhin von abgeräumten Grabsteinen beschwert? Mein ehemaliger Mitschüler, der seinen Doktor gemacht und es bis zum Professor gebracht hat, Reschke, dieser Zunftmeister erhabener Rede, überliefert mir zwar eine Galerie gereihter Stimmungsbilder – »Die herbstlichen Bäume gaben dem Ort der Vergänglichkeit ihren wortlosen Kommentar...« oder: »So hat der wuchernde Efeu die gewaltsame Räumung des Friedhofs überstanden und ist auf ihm gemäße Weise siegreich, wenn nicht unsterblich geblieben...« –, doch erst nach einer kritischen Bemerkung – »Mußte sie unbedingt auf dem Friedhof rauchen!« – gesteht er ein: »Warum zögerte ich, Alexandra von den gewiß bodenlosen Hoffnungen meiner Eltern zu berichten, die, selten ausgesprochen, nur dieses Ziel hatten: daheim begraben zu werden, einst doch noch in Heimaterde ruhen zu dürfen; wenngleich beide keine Rückkehr zu Lebzeiten erhofft haben? Wie Alexandras Eltern mußten sie sich mit der Fremde vertraut machen.«

Das Paar blieb. Ihr Friedhofsgespräch kannte kein Ende. Schließlich fanden sie eine gußeiserne Bank, der es gelungen war, mit dem Efeu zu überdauern. Von Taxusgebüsch abgeschirmt, saßen sie. Nach Reschkes Eintragungen sei einzig die benachbarte Großtankstelle von dieser Welt gewesen, denn den Halbwüchsigen habe das Fußballspiel im Vorfeld des sowjetischen Soldatenfriedhofs keinen Spaß mehr gemacht. Und rauchend, immerfort rauchend, als werde Erinnerung durch Zigarettenpaffen gefördert, habe Alexandra – so heißt sie jetzt in seinen Papieren – von ihrer Kindheit und den Jugendjahren in Wilno erzählt, wie Vilnius oder Wilna auf polnisch genannt wird. »Das hat alles, als Piłsudski von Litauen weggenommen hat, wieder Polen gehört. War weiß und gold von Barock. Und um schöne Stadt rum stand Wald, immerzu Wald...«

Dann, nach lustigen Schulgeschichten, in denen es um Freundinnen, unter ihnen zwei jüdische, um Ferien auf dem Land und um das Absammeln von Kartoffel-käfern ging, sei ihr abrupt der Faden gerissen: »Nur im Krieg war schrecklich in Wilno. Seh' ich noch Tote auf Straße liegen.«

Wieder das Geräusch der Großtankstelle. Die Fried-hofsbäume ohne Vögel. Die Raucherin, der Nichtrau-cher. Das Paar auf gußeiserner Bank. Und plötzlich dann, weil ihr das Plötzliche lag und weil sie dem Gleichklang der Vornamen und dem gemeinsamen Stand des Verwitwetseins noch eine weitere Doppelung draufsetzen wollte, überraschte ihn ihre berufliche Erklärung: »Bin ich von gleiche Fakultät wie der Herr. Aber Kunstgeschichte nur sechs Semester und Profes-sor kein bißchen. Dafür praktisch, sehr praktisch!«

Reschke erfuhr, daß die Piątkowska seit gut dreißig Jahren als Restauratorin tätig gewesen und als Ver-golderin spezialisiert war. »Na, alles. Mattvergoldung und Glanzvergoldung mit Blattgold aus Dukatengold. Nicht nur Barockengel, auch Polimentvergoldung auf Stuckmarmor. Und bin gut für geschnitztes Rokoko-altar. Überhaupt Altäre. Hab' ich drei Dutzend schon fertig. In Dominikanerkirche und überall. Kriegen wir Material aus Dresden, VEB Blattgold, wo volkseigene Goldschlägerei ist...«

Muß das unter Friedhofsbäumen, die sich zusehends entblößten, ein Fachsimpeln zwischen dem Emblematiker und der Vergolderin verschnörkelter Embleme gewesen sein! Wenn er von den achtunddreißig bei Curicke aufgeführten Epitaphen in Sankt Marien erzählte, gab sie Bericht von ihrer vergoldenden Arbeit an einem lange verschollenen Epitaph aus dem Jahr 1588. Sprach er vom niederländischen Manierismus, zählte sie das halbe Pferd im roten Feld und die drei Lilien auf blauem Grund im Wappen des Jakobus Schadius als vergoldenswert auf. Er lobte die Anatomie der im Relief aus Gräbern auferstandenen Knochengerüste, sie erinnerte ihn an den goldenen Anfangsbuchstaben auf schwarzem Grund im unteren Breitoval. Er lockte sie treppab in Gruftgewölbe, sie führte ihn in Sankt Nikolai von Altar zu Altar.

Nie ist zwischen Grabsteinen so viel von Goldgründen, Poliergold, Handvergoldung und handwerklichem Zubehör, dem Vergolderkissen, dem Vergoldermesser geredet worden. Man hätte, nach Reschke, der bis zu den Pharaonengräbern zurückging, Gold zur eigentlichen Totenfarbe ausrufen müssen: Gold auf Schwarz. Diese zwischen Rotgold und Grüngold schillernde Verklärung. »Des Todes güldener Abglanz!« rief er und konnte sich nicht genugtun.

Erst als die Piątkowska von einer Jahre zurückliegenden Tätigkeit berichtete, die ihr den Orgelprospekt der Johanniskirche, der im Krieg ausgelagert worden war und so gerettet wurde, bis ins Detail vertraut gemacht hatte, gewann wieder ihr Lachen Vorhand: »So was muß mehr sein. Ihr kauft mit Deutschmark Orgel ganz neu für Kirche Marii Panny. Wir machen alten Prospekt schön mit Blattgold, was kostet nicht viel.«

Dann schwiegen sie. Oder richtiger: ich vermute Schweigen zwischen dem Paar. Doch der Nachweis deutsch-polnischer Zusammenarbeit in Sachen Orgel und Orgelprospekt war wiederum von zündender Qualität. In Reschkes Kladde steht: »So muß es sein! Warum nicht gleichermaßen sinnvoll auf anderem Gebiet?«

Möglich, daß sich die Raucherin und der Nichtraucher noch zwei, drei Zigaretten lang der Friedhofsstimmung überlassen haben. Vielleicht nahm ihre Idee erste Gestalt an, um sich mit dem Zigarettenrauch wieder zu verflüchtigen. Jedenfalls lag sie in der Luft, wollte ergriffen werden.

Er teilt mit, Alexandra habe ihn dann noch ans Grab ihrer Eltern geführt, nein, gebeten: »Ich werd' froh sein, wenn Sie kommen möchten an Grab von Mama und Papa.«

Angesichts zweier Windlichter beiderseits der Vase mit den rostroten Astern vor dem breitformatigen Granit – mit übrigens frisch vergoldeter Schrift – ist es unvermittelt wieder die Witwe gewesen, die der Handlung Auftrieb gab. Als wäre ihr am Elterngrab mütterlicher Rat erteilt worden, wies die Piątkowska mit Fingerzeig auf das gehäkelte Erbstück, das dem Professor noch immer anhing, lachte kurz auf und sagte: »Jetzt mach' ich uns Pilze fein mit kleingehackt Petersilie drauf.«

Durch das Loch im Friedhofszaun wechselten sie in die frühnachmittägliche Gegenwart. Nun trug die Witwe das Einkaufsnetz. Der Witwer hatte sich fügen müssen und auch diesmal keinen Hinweis auf Tschernobyl und die Folgen gewagt.

Sie nahmen die Straßenbahn und fuhren am Hauptbahnhof vorbei bis zum Hohen Tor, das Brama Wyżynna heißt. Alexandra Piątkowska wohnte in der ul. Ogarna, die, rechter Hand und parallel zur Langgasse, dem Verlauf der ehemaligen Hundegasse folgt. Diese Gasse, die wie die übrige Stadt gegen Kriegsende bis auf Fassadenreste niederbrannte, wurde im Verlauf der fünfziger Jahre täuschend getreu wieder aufgebaut und verlangt, wie alle Haupt- und Nebengassen der auferstandenen Stadt, nach einer gründlichen Restaurierung: so mürbe bröckelt von den Gesimsen der Stuck. Reschke sah blasigen Putz abblättern. Vom Hafen her wehende Schwefeldünste hatten alle steingehauenen Giebelfiguren entstellt. Vor der Zeit gealtert. An einige besonders hinfällige Fassaden gelehnt, standen schon wieder Gerüste. Ich lese: »Dieser viel bewunderten, aufwendig fortwährenden Täuschung ist kein Ende gesetzt.«

Da Wohnungen im historischen Bereich der Alt- und Rechtstadt begehrt waren und nicht ohne Parteilichkeit vergeben wurden, wird der Piątkowska ihre bis Anfang der achtziger Jahre aufrechterhaltene Mitgliedschaft in der Polnischen Vereinigten Arbeiterpartei und mehr noch ihre Tätigkeit als mit Verdienstorden dekorierte Restauratorin nützlich gewesen sein. Sie wohnte dort seit Mitte der siebziger Jahre. Zuvor hatte sie mit ihrem Sohn und ihrem Mann, bis zu dessen vorzeitiger Pensionierung – »Jazek war bei Handelsmarine« –, zwei Zimmer in einer Neubausiedlung zwischen Sopot und Adlershorst, dem heutigen Orłowo, bewohnt, weshalb ihr ein langer Arbeitsweg zu den Werkstätten der Innenstadt vorgeschrieben war; verständlich, daß sie bei der Partei Beschwerde führte. Als langjähriges Mitglied – sie gehörte schon '53, bei den Weltjugendfestspielen in Bukarest, dazu – glaubte sie, nahegelegenen Wohnraum beanspruchen zu können. Damals befanden sich die Ateliers der Restauratoren und Vergolder im Grünen Tor, einem Renaissancegebäude, das die Langgasse und den Langen Markt in östlicher Richtung zum Fluß, zur Mottlau hin, abschließt.

Wenige Jahre nach dem Umzug in die Hundegasse starb ihr Mann an Leukämie. Und als sich Witold, der spät geborene einzige Sohn, gleich zu Beginn der achtziger Jahre – kaum hatte der General das Kriegsrecht ausgerufen – nach Westen absetzte, um in Bremen zu studieren, war die Witwe in der vormals engen, nun geräumigen Dreizimmerwohnung allein, aber nicht unglücklich.

Dem Doppelhaus ul. Ogarna 78/79 hatte die Baugeschichte, wie sonst keinem Haus in der Hundegasse, als Terrasse einen Beischlag zugestanden. Während der Kriegsrechtszeit war zuunterst und hinter eigenem Portal die Regierungsagentur »Polska Agencja Interpress« eingezogen, die nun einen privaten Status suchte. Den geräumigen Beischlag grenzten zur Gasse hin in Sandstein gehauene Reliefs ab: Amoretten mit Amor im

Spiel. Reschke beklagte deren Zustand: »Man wünschte sich diese heiteren Zeugnisse bürgerlicher Kultur vor Steinfraß und Moosbefall geschützt.«

Die Wohnung im dritten Stock lag am Ende der Gasse, die wie alle nach Osten laufenden Gassen der Rechtstadt mit einem Tor, dem Kuhtor, zur Mottlau hin ausläuft. Vom Wohnzimmer aus gesehen, standen der schlanke Rathausturm und der stumpfe Turm der Marienkirche im Blick, beide von den Giebeln der gegenüberliegenden Häuserfront im oberen Drittel wie abgeschnitten. Das Zimmer des Sohnes, nun Arbeitszimmer der Piątkowska, öffnete nach Süden hin Aussicht über die Schnellstraße. Dort war im vormals Poggenpfuhl genannten Teil der Vorstadt nur die Petrikirche geblieben. Auch das gleichfalls nach Süden gelegene Schlafzimmer zeigte die Witwe dem Witwer mitsamt angrenzendem Bad. Und in der Küche neben dem Wohnzimmer sagte Alexandra Piątkowska: »Sie sehen, der Herr, ich lebe in Luxus schon, wenn man Vergleich macht mit allgemeine Verhältnisse.«

Warum, verdammt, bin ich mitgegangen? Was zwingt mich, ihm nachzurennen? Und was habe ich auf Friedhöfen oder in der Hundegasse zu suchen? Warum überhaupt sitze ich seinen Spekulationen auf? Vielleicht, weil die Witwe...

In seinen Notizen hat Reschke, gleich nach der Beschreibung der Dreizimmerwohnung, noch einmal rückblickend ihre Augen auf sich wirken lassen: »Unter den Friedhofsbäumen wandelte sich das Waschblau ihres Blicks zum Lichtblau, wobei die strahlende

Helligkeit durch schwarze, ich meine, zu schwarz getuschte Wimpern gesteigert wurde. Als wirr stehende Spieße umzäunten sie die oberen, die unteren Augenlider. Dazu vielfach verästelte Lachfalten...« Und dann erst zitierte er seine Angaben zu westlichen Wohnverhältnissen: »Auch ich bewohne nach dem Tod meiner Frau – es war Krebs – und seitdem die Töchter außer Haus sind, eine allerdings geräumige Dreizimmerwohnung von studioartigem Zuschnitt, freilich in einem unansehnlichen Neubau mit wenig imposantem Ausblick. Eine Industrielandschaft, die von relativ viel Grünfläche aufgelockert wird...«

Hier unterbrach bis in die Küche hinein das langanhaltende und tragisch klingende Glockenspiel vom Rathausturm her ihren westöstlichen Wohnungsvergleich; sie werden noch oft so einprägsam unterbrochen werden. Nach letztem Ton kommentierte die Witwe: »Bißchen laut. Aber gewöhnt man sich an Gebimmel.«

Aus seiner Kladde weiß ich, daß sie ihm zum Petersiliehacken eine Küchenschürze umgebunden hatte. Sie putzte die vier dickbauchigen, breitkrempig und bucklig beschirmten Steinpilze, deren Stiele weder holzig noch wurmstichig waren. Wenig Abfall: außer dem moosigen Unterfutter der Pilzhüte geringe Schneckenfraßspuren. Dann bestand er darauf, ihr beim Kartoffelschälen zu helfen. Das gehe ihm, weil seit dem Tod seiner Frau geübt, leicht von der Hand.

Der die Küche besetzende Geruch der Steinpilze nötigte beide, sich in Benennungen zu versuchen. Ich kann bei Reschke nicht lesen, ob er oder sie den Ausdruck »erregender Geruch« gewagt hat. Ihn erinnerten die Steinpilze an seine Kindheit, als er mit der Großmutter mütterlicherseits in den Mischwäldern um Saskoschin Pfifferlinge gesucht habe. »Solche Erinnerungen haften stärker als alle Pilzgerichte, die in italienischen Gaststätten auf den Tisch kommen, letztmalig in Bologna, als ich mit meiner Frau...«

Sie bedauerte, noch nie in Italien gewesen zu sein, doch hätten längere Aufenthalte in Westdeutschland und Belgien Ersatz geboten: »Polnische Restauratoren bringen Devisen. Na, wie polnische Mastgänse sind gut für Export. War auf Arbeit in Trier, Köln und Antwerpen schon...«

»Sie benutzt die Küche gelegentlich als Werkstatt«, schreibt Reschke und weist auf ein Regal voller Flaschen, Dosen und Werkzeug hin. Die Steinpilze hätten den anfänglich vorherrschenden Firnisgeruch »und obendrein Alexandras Parfüm« übertönt.

Nachdem die Witwe Salzkartoffeln aufgesetzt hatte, ließ sie Butter in der Pfanne aus und schnitt die Pilze zu kleinfingerdicken Scheiben, die sie auf mittlerer Flamme brutzeln ließ. Der Witwer lernte »masło«, das polnische Wort für Butter, aussprechen. Jetzt rauchte sie wieder, überm Herd, was ihn störte. Notierenswert war ihm, daß nicht nur er beim Kartoffelschälen, auch sie beim Pilzeputzen zur Brille habe greifen müssen: »Im Haus trägt sie ihre an einer geflochtenen Seidenschnur um den Hals.« Ihn sehe ich ein Etui öffnen, das Gestell fassen, die Bügel entfalten, die Brille behauchen, abreiben, aufsetzen, wieder abnehmen, falten, einlegen und das gediegen altmodische Etui schließen.

Ihre Brillenfassung – »Hab' mir schönes Geschenk gemacht in Antwerpen« – soll dank Straßbesatz auffällig wirken. Seine rundglasige Brille in nußbrauner Hornfassung erlaubt, gelehrtenhaft dreinzuschaun. Jetzt nehmen beide die Brillen ab. Später, nach einem datierten Vorgriff auf die Jahrtausendwende, schreibt er: »Laufe am Stock, fast erblindet...«

Zuerst wollte die Witwe den wachstuchbezogenen Küchentisch decken: »Essen wir hier schon. In Küche ist immer gemütlich«, dann sollte es doch das Wohnzimmer sein. Möbel der sechziger Jahre, einige Stücke rustikal. Die Couch mit zwei Sesseln. Das überladen leicht schief stehende Büchergestell. An den Wänden gerahmte Reproduktionen altflämischer Meister, aber auch ein gespenstischer Ensor: Christi Einzug in Brüssel. An einem Pinnbrett Fotos: die Porta Nigra, das Rathaus von Antwerpen, die Zunfthäuser. Zwischen Krimis und Romanen der polnischen Nachkriegsliteratur stehen sperrig nautische Bände. Den Tisch deckt kaschubisches Leinen mit gesticktem Tulpenmuster. Die Fotos auf dem verglasten Geschirrschrank zeigen den Mann der Witwe in Marineuniform, sie und ihren Mann auf dem Zoppoter Seesteg und Mutter und Sohn vorm Portal der Olivaer Schloßkirche: die Mutter lachend mit, wie Reschke schreibt, »Sternchenaugen«, der Sohn mürrisch verschlossen, der Offizier im Verwaltungsdienst der Handelsmarine schaut gleichmütig drein.

»Na, sehen Sie«, sagte die Piątkowska beim Auftragen der dampfenden Schüsseln, »mein Mann war noch höher raus bißchen. Fast zweimal Kopf größer.«

Etwas zu lange verlor sich der Witwer in Betrachtung der Seestegfotos. »Nun kommen Sie schon, sonst wird kalt.«

Sie saßen einander gegenüber. Eine Flasche bulgarischer Rotwein wurde leer. Die Witwe hatte zum Schluß Sahne an die Pilze gerührt, das Ganze leicht gepfeffert und die gehackte Petersilie über die mehlig zerfallenen Salzkartoffeln gestreut. Beim Nachgießen hat Reschke gekleckert. Der verlachte Rotweinfleck. Salz drüber. Wiederum das elektronische Rathausglockenspiel: tragisch heroisch. »Ist nach berühmtes Poem von Maria Konopnicka«, sagte die Witwe. »Wir lassen von Erde nicht, woher stammt unser Geschlecht...«

Von den Pilzen durfte nichts übrigbleiben. Und erst beim Kaffee in Mokkatäßchen, grützig, wie ihn die Polen lieben, holte das Friedhofsgespräch den Nichtraucher, die Raucherin wieder ein.

Anfangs nur Schulgeschichten. Wilno wog schwer: »Durften nicht Schüler in Lyzeum sein. Haben abgeholt meine Freundinnen beide. Und Papa hat Zuckerfabrik verloren...«

Dann erst schob Reschke einen eher banalen Zufall wie ein Geständnis ein: Er habe mit Eltern und Brüdern schräg gegenüber in der Hundegasse gewohnt, in dem schlicht gegiebelten Haus ohne Beischlag, genauer, in dessen Original. Der Vater sei Postbeamter gewesen, schon während der Freistaatszeit. Nur zweimal um die Ecke habe er in der Hauptpost seinen Schreibtisch gehabt. »Übrigens war das Familiengrab meiner Großeltern väterlicherseits, gelegen im Mittelfeld der Vereinigten Friedhöfe, damals schon meinen Eltern vorbehalten...«

»Wie bei Mama und Papa!« rief die Witwe. »Die wußten immer, wo auf Friedhof in Wilno letztes Plätzchen
wird sein...«

Und jetzt erst klickte es, fiel der Groschen, wurde,
ohne Schmerz, ein Gedanke geboren, gelang es dem
Witwer und der Witwe, eine Idee abzustimmen, deren
einfache Melodie sich als Ohrwurm erweisen sollte, so
allgemein menschlich schmeichelte sie auf polnisch,
auf deutsch.

Es muß ein langes Gespräch bei immer neu aufgebrüh-
tem Kaffee gewesen sein, das nach mehrmaligem
Anhören des benachbarten Glockenspiels »kurz vor
Schlag neun« diese Idee entfacht, zu ihrer Idee erklärt
und schließlich zur völkerversöhnenden Idee gewölbt
hat. Sie war zur Begeisterung fähig, er nahm sein
Thema, »Das Jahrhundert der Vertreibungen«, zum
Anlaß und zählte die Hunderttausende auf, die vertrie-
ben oder zwangsumgesiedelt wurden, alle, die hätten
flüchten müssen, Armenier und Krimtataren, Juden
und Palästinenser, Bengalen oder Pakistani, Esten oder
Letten, die Polen und schließlich die Deutschen mit
Sack und Pack Richtung Westen. »Da blieben viele auf
der Strecke, Tote ungezählt. Typhus, Hunger, die Kälte.
Millionen. Niemand weiß, wo sie liegen. Verscharrt am
Straßenrand. Einzel- und Massengräber. Oder nur
Asche blieb. Die Todesfabriken, der Völkermord, das
noch immer unfaßbare Verbrechen. Deshalb sollten
wir heute, an Allerseelen...«

Dann sprach Reschke vom Bedürfnis des Menschen, zuletzt dort zur endlichen Ruhe zu kommen, wo

er vor Flucht oder erzwungener Umsiedlung seinen Ort gehabt, vermutet, gesucht und gefunden, wiedergefunden, schon immer, von Geburt an gehabt habe. Er sagte: »Was wir Heimat nennen, ist uns erlebbarer als die bloßen Begriffe Vaterland oder Nation, deshalb haben so viele, gewiß nicht alle, doch mit dem Älterwerden eine wachsende Zahl Menschen den Wunsch, sozusagen zu Haus unter die Erde zu kommen, ein Wunsch übrigens, der zumeist bitter unerfüllt bleibt, denn oft stehen die Umstände diesem Verlangen entgegen. Wir aber sollten von einem Naturrecht sprechen. Im Katalog der Menschenrechte müßte endlich auch dieser Anspruch verbrieft sein. Nein, nicht das von den Funktionären unserer Flüchtlingsverbände geforderte Recht auf Heimat meine ich – die uns eigentümliche Heimat ist schuldhaft und endgültig vertan worden –, aber das Recht der Toten auf Heimkehr könnte, sollte, dürfte angemahnt werden!«

Ich vermute, daß Professor Dr. Reschke diesen Vortrag sowie weitere Gedanken über den Tod und des Menschen letzte Liegestatt beim Auf- und Abgehen und wie vor größerem Auditorium entwickelt hat. Er neigte dazu, erst nach längerer Rede zur Sache zu kommen, wobei er kaum ausgesprochene Kühnheiten sogleich wieder fragwürdig werden ließ.

Sie nicht. Alexandra Piątkowska wollte die Sache auf den Punkt gebracht sehen. »Was soll heißen das, könnte, sollte, dürfte! Ist schöne Konjunktiv. Hab' ich gelernt schon. Aber besser ist: Kann, soll, darf! Wir werden machen sofort das. Und werden sagen laut, wo Politik aufhört und Mensch anfängt, nämlich wenn tot ist und nichts mehr in Tasche hat, nur letztes Wunsch noch, wie hat Mama gesagt und Papa, bis zu End' ging, weil sie sind fremd geblieben, auch wenn Mama bei Ausflug in kaschubische Berge hat gerufen manchmal: Hier ist schön wie zu Haus!«

Nur wenn die Witwe erregt war – und das abendliche Gespräch bei zuviel Kaffee wird sie immer wieder und besonders nach längeren Konjunktivsätzen des Professors in Wallung gebracht haben –, gingen ihr häufiger als sonst die Artikel aus und verstolperte sich ihre Satzstellung. Sie hier wörtlich zu zitieren, verlangt der Bericht, den mir Reschke aufgehalst hat. Jetzt, nachdem die Idee raus ist, kann ich nicht mehr zurück. Außerdem wirft sein Brief, der mit dem Krempel kam, mit Anspielungen um sich, die mich bloßstellen. Zum Beispiel soll ich, was er und andere Schüler bewundert haben wollen, eine lebende Kröte geschluckt haben. Also schlucke ich abermals, wie verlangt.

Reschke wird schon auf dem Markt, spätestens auf dem Friedhof die Piątkowska nach den Ursachen ihrer Deutschkenntnisse gefragt haben, verbunden natürlich mit Komplimenten. Genaue Hinweise gibt seine Kladde erst später: »Die Mutter nicht, aber der Vater hat Deutsch gesprochen. Neben Kunstgeschichte war ihr in Poznań als Zweitstudium Germanistik möglich. Und ihr Mann, der zudem fließend Englisch gesprochen haben soll, muß wie ein Pauker gewesen sein: ›Hat jeden Fehler verbessert, so war der!‹ Witold, ihr Sohn, habe davon profitiert. Nur rede der, sagt Alexandra, viel zu kompliziert. Das könne man ihr nicht nachsagen. Stimmt. Schließlich ist nicht zu überhören, daß meiner gegen Devisen exportierten Vergolderin etliche Auslandsaufenthalte hilfreich gewesen sind. Sie sagt: ›Drei Monate Köln, vier Monate Trier, da bleibt jedesmal hängen was.‹ Sogar Kölsche Karnevalsschlager sang sie kürzlich, als wir, um Tonbandaufnahmen zu machen, ins Werder fuhren.«

Das war später, als ihre Idee schon wie selbsttätig um sich griff. Doch als es nach erstem Anlauf um das Recht der Toten ging, wurde der Piątkowska die Sprache knapp. Zwischen polnischen Ausrufen drängten sich ihre von Artikeln befreiten Sätze und Nebensätze: »Muß letzter Liegeplatz Heiligkeit haben... Wird sein Versöhnung endlich ... Hab' gelernt deutsches Wort: Friedhofsordnung ... Niemiecki porządek! Na, machen wir deutsch-polnische Friedhofsordnung... Wo wir müssen lernen schon, daß nicht polnische Wirtschaft darf sein, nur deutsche noch.«

Ich vermute eine zweite Flasche bulgarischen Rotwein, die sich im Küchenschrank der Witwe fand. Jedenfalls verbürgt Reschkes Tagebuch wiederholtes Lachen der Piątkowska. Schon begann er, ihre Lachfalten zu zählen: »Dieser Strahlenkranz!« Zwar ging es, kaum war die Idee flügge, nur noch um Begräbnisinstitute, fristgerechte Bestattungen, Leichentransport und zu erwartende Schwierigkeiten beim Überführen der Särge und Urnen, doch fand Alexandra all das und auch den Namen ihrer gemeinsamen Idee, den Alexander vorgeschlagen hatte, ein Gelächter, ihr Glockenvogelgelächter wert.

Sein Vorschlag hieß: »Polnisch-Deutsche Friedhofsgesellschaft.« Sie hielt, »weil Deutsche sind reich und müssen immer sein erste«, ihren Gegenvorschlag, »Deutsch-Polnische Friedhofsgesellschaft«, für wirksamer.

Schließlich einigte sich das Paar, weil Wilna mitbedacht sein mußte, auf die Mittellage der Reichen und Ersten: die Polnisch-Deutsch-Litauische Friedhofsgesellschaft, bald PDLFG genannt, wurde am 2. November des Jahres 1989 zwar nicht gegründet, aber doch ausgerufen; noch fehlten als notwendiges Zubehör weitere Gründungsmitglieder, ein Gesellschaftervertrag, die Satzung und Geschäftsordnung, der Aufsichtsrat und – weil auf dieser Welt nichts umsonst ist – das Gründungskapital samt Kontonummer.

Angenommen, es war kein weiterer Rotwein im Haus, auch Wodka nicht, dann fand sich bestimmt in einer Flasche, wie aufgespart, ein Rest Honiglikör – grad zwei Gläschen voll. Damit stießen sie an. Er will einen polnischen Handkuß versucht haben. Sie hat nicht gelacht. Dann ging der Witwer, nachdem ihn die Witwe verabschiedet – »Nun werden wir überschlafen alles« – und zum ersten Mal namentlich angesprochen hatte: »Nicht wahr, Alexander?«

» Ja, Alexandra«, sagte er in der Tür, »das werden wir, alles gut überschlafen.«

2

Mag ja sein, daß ich ein einziges Mal nur, um anzugeben oder aus Gutmütigkeit, weil der gelangweilte Haufen das sehen wollte, eine Kröte geschluckt habe. Im Landschulheim oder sonstwo. Kann mich aber nur an Poggen erinnern, die ich auf Sportplätzen oder am Strießbach auf Wunsch schluckte, wieder hochholte und dann weghüpfen ließ. Manchmal drei, vier zugleich. Aber er will gesehen haben, wie ich eine ausgewachsene Kröte, nein, Unke, Rotbauchunke geschluckt, ohne zu würgen, verschluckt, runtergeschluckt habe, rein und weg, ohne Wiederkehr.

Das sei bewundert worden, schreibt Reschke. Dieser Spinner mit seiner Spinneridee will sich genauer an mich erinnern, als mir wichtig ist: Ich soll Präservative – Frommser genannt – in der Klasse verteilt haben. Jetzt, wo ich mit meinen übriggebliebenen Wörtern ganz woandershin will, holt er mich in den Schulmief zurück. »Weißt Du noch, damals, kurz nach Stalingrad, als Oberstudienrat Korngiebel plötzlich ohne Parteiabzeichen...« Kann ja sein, daß ich mich Anfang '43 mit einer seiner Cousinen, Hildchen soll sie geheißen haben, häufig und zwar – das weiß er genau – vorm Haupteingang der Dominiksmarkthalle getroffen habe. Immer nach Schulschluß: Hildchen und ich. Aber hier muß von Alexander und Alexandra berichtet werden: Soeben hat sie ihn, nach zwei Gläschen Honiglikör, an der Wohnungstür verabschiedet...

Und schon steht er auf dem Beischlag allein mit sich. Doch weil ich mir alle Hin- und Rückwege lang, die Reschke vorgibt, schon zu Schülerzeiten die Hacken abgelaufen habe, weshalb mir die aus Ruinen täuschend echt nachgebaute Stadt ein traumsicheres Pflaster geblieben ist und sein Umweg durch die Beutlergasse auf Sankt Marien zu mein Umweg hätte sein können, folge ich ihm bis zum Orbis-Hotel Hevelius, passe ich mich seinem Schlurfschritt an, bin ich sein Nachtschatten und Echo.

Alexander Reschke scheute den Weg an der Markthalle vorbei. Deren Verlassenheit und stehengebliebener Geruch hätten sein Hochgefühl zu Fall bringen können. Mit Bedacht ging er sicher. Ich höre ihn summen: irgendwas zwischen Kleine Nachtmusik und Holbergsuite. Er umrundete den spätgotischen Kolossalbau im rechten Bogen, stand, zauderte, als sich die Frauengasse mit ihren Beischlägen auftat, war versucht, in einer noch offenen Bar ein Gläschen und noch eins zu kippen, etwa im Schauspielerclub, der aus weit offener Doppeltür mit Gesang Betrieb meldete, widerstand der Versuchung und blieb seiner Hochstimmung treu: Richtung Hotel.

Im Hevelius wollte er dann doch nicht ins Zimmer im vierzehnten Stock. Er zögerte in der Halle hin und her, scheute aber die Hotelbar. Noch mal vorbei am teilnahmslosen Portier und raus in die Nacht mit ihrem Schwefelgeruch. Entschlossen jetzt, wenn auch nicht ohne gewohnte Bedenken, schlurfte er zielstrebig auf eine Kneipe zu, die als stilecht renoviertes Fachwerkhäuschen gleich hinterm hochkant stehenden Hotel auf ihn wartete, putzig ans Ufergebüsch der Radaune gerückt.

Schon oft war der Professor hier eingekehrt: während früherer Besuche in der ärmlichen, doch an Türmen so reichen Stadt, als ihm seine Wissenschaft noch kurzweilig gewesen war und ihm einige Sakralbauten, zum Beispiel die zuletzt vom Trümmerschutt befreite Petrikirche, neu zu entdeckende Grabplatten zu bieten hatten.

Nur kurz flog ihn der Geruch der Radaune an. »Nein, Alexandra, die hat schon immer, jedenfalls meine Schulzeit lang, so gestunken.«

Im nur mäßig besuchten Fachwerkhäuschen war Platz an der Theke. Alexander Reschke notierte später die »aufdringliche, wenn auch unscharfe Gewißheit, daß dieser Tag ohnegleichen noch nicht vorbei sein konnte. Er hatte etwas im Programm, das angenehm oder verstörend nach szenischem Auftritt verlangte. Jedenfalls spürte ich ängstliche Neugierde. Mein Vorwissen, besser, meine schon früh ausgeprägte Gabe, Kommendes rückgespiegelt zu sehen, war auf Irritation gefaßt.«

Dennoch schätzte er seine Kneipenbekanntschaft anfangs als »nur kurios« ein. Über drei leere Barhocker hinweg sprach ihn von links her ein im Stil südostasiatischer Diplomaten gekleideter Herr an, dessen wundersam gurgelndes Englisch auf einen studierten Pakistani oder Inder schließen ließ. Im blaugrau hochgeknöpften Rock stellte sich der zierliche und doch erhebliche Energien bündelnde Mann als jemand mit britischem Paß vor, der in Pakistan geboren, nach der Flucht von dort in Bombay aufgewachsen sei, doch seine weitere und weitverzweigte Familie teils in Dakka, teils in Calcutta wisse, mithin sich mehr oder weniger als Bengale verstehe, selbst wenn er in Cambridge, außer der englischen Literatur des neunzehnten Jahrhunderts, Ökonomie studiert und in London erste Geschäftserfahrungen gesammelt habe, besonders intensiv im Verkehrswesen. Er rückte einen Hocker näher heran und sagte, frei nach Reschkes Übersetzung: »Sehen Sie, bitte, in mir jemanden, hinter dem neunhundertfünfzig Millionen Menschen stehen; demnächst werden es eine runde Milliarde sein.«

Auch Reschke rückte einen Hocker näher, so daß nur ein letzter als Distanz leer blieb. Noch fehlte den Zahlen des Weltbürgers der leibhaftige Beweis. Doch weil sich der Witwer tagsüber und im Gespräch mit der Witwe bis in die Nacht hinein nur auf die Toten und deren letzte Wünsche konzentriert hatte, erfreute ihn, bei allem Erschrecken, diese neue Bekanntschaft vorm Hintergrund so vieler Lebendiger. Zwischen den engstehenden Wänden der Kneipe wird ihm das für nahe Zukunft versprochene Gedränge vor Augen gewesen sein.

Nun stellte sich Reschke mitsamt seiner beruflichen Tätigkeit vor, nicht ohne Hinweis auf die Vielfalt barokker Emblematik. Als seine Vorbilder nannte er große Namen: Cassirer, Panofsky und so weiter, und erwähnte das Warburgsche Institut als Quelle seiner Londoner Studien. Dann versuchte er, Witz zu beweisen, indem er auf jüngste politische Veränderungen anspielte und die mögliche Vereinigung aller Deutschen »den deutschen Eintopf« nannte. Zugleich gestand er, daß ihn die Ballung von immerhin achtzig Millionen Menschen seiner strebsamen Staatsangehörigkeit ein wenig beunruhige, zumal sich diese Potenz in der Mitte Europas anreichern werde. »Gemessen an ihren beeindruckenden Zahlen mag das wenig sein, dennoch: nicht auszudenken!«

Mister Chatterjee, der wie Reschke ein Exportbier trank, war sogleich in der Lage, die Besorgnisse seiner Kneipenbekanntschaft zu zerstreuen: »Solange noch die alte europäische Hackordnung gilt, wird es Probleme geben, gewiß. Doch so bleibt es nicht. Alles wird, wie schon die Griechen wußten, in Fluß geraten. Wir kommen. Wir müssen kommen, weil es bei uns ein wenig knapp und eng geworden ist. Jeder schiebt jeden, bis die große Verschiebung keinen Halt mehr findet. Einige hunderttausend sind übrigens schon unterwegs. Nicht alle kommen an. Aber weitere schnüren ihr Bündel schon. Sehen Sie, bitte, in mir einen Vorboten oder Quartiermacher der zukünftigen Weltgesellschaft, in der sich die ichbezogenen Angstzustände Ihrer Landsleute verlieren werden. Sogar die Polen, die nichts als Polen, immer nur Polen sein wollen, werden lernen müssen, daß es neben der Schwarzen Madonna von Tschenstochau Platz genug gibt für eine weitere schwarze Gottheit; denn unsere so geliebte wie gefürchtete Mutter Kali werden wir natürlich mitbringen – in London ist sie schon seßhaft.«

Mit erhobenem Bierglas stimmte Reschke sogleich zu: »Das sehe ich ähnlich!« Mehr noch, Erwartung sprach aus ihm, weil seine Ahnung, die er »Asiens lautlose Landnahme« nannte, so bildhaft bestätigt wurde. »Ja doch!« rief er. »Nichts ist wünschenswerter als die Symbiose Kali-Maria, als der von Ihnen beschworene Doppelaltar.«

Obgleich Fachwissen den Professor auf Grabbodenplatten spezialisiert hatte, war ihm das hinduistische Götterwesen überschaubar, die Göttin Kali sogar unter dem Namen Parwati bekannt. Nicht nur um höflich zu sein, sagte er: Das alles sehe er kommen, unaufhaltsam. Durch völkerverschmelzende Prozesse erhoffe er den endlichen Austausch der Kulturen. Der prognostizierten Weltgesellschaft des Herrn Chatterjee werde eine zukünftige Weltkultur entsprechen.

Doch vorerst waren Reschkes unverbesserliches Englisch und der bengalische Gebrauch der einst herrschenden Kolonialsprache einander noch ungewohnt. Erst als das junge, von Reschke hübsch genannte Mädchen hinter der Theke ihr Schulenglisch unter Beweis stellte, indem sie die Herren fragte, ob »more German beer« gewünscht sei, Chatterjee polnisch antwortete und gleich darauf in seltsamem Deutsch darum bat, den Professor zu einem weiteren Bier einladen zu dürfen, begann sich volltönend, gurgelnd, knallhart, lippenfeucht gaumig und versetzt mit einander auszischenden Zischlauten ein neu aufgemischtes Europa abzuzeichnen.

Man lachte zu dritt. Das hübsche Barmädchen blieb lachend noch hübsch. Chatterjees schmalgliedrige

Hand wie mit dem Bierglas verwachsen. Reschkes leicht schräg geneigter Langschädel. Er hatte die Baskenmütze bei der Witwe vergessen. Yvonne gerufen, gab sich das Mädchen hinter der Theke als Medizinstudentin aus, die nur zweimal in der Woche Tresendienst leisten könne. Chatterjee lobte das Exportbier. Reschke nannte als dessen Quelle das Ruhrgebiet. Dann bat er darum, zwei weitere Flaschen auf seine Rechnung nehmen zu dürfen. Die Medizinstudentin ließ sich zu einem Scotch einladen. Ich hätte mir, ungeladen und ein halbes Dutzend Barhocker entfernt, einen Wodka bestellt.

Übers Wetter, den Dollarkurs, die Dauerkrise der Werft, sie redeten jetzt eher belanglos. Das große Thema war ausgereizt, Asien nicht mehr zu steigern. Selbst wenn er sprach, blieben Chatterjees von den Oberlidern ungleich tief verhängte Augen unbeteiligt, nach Reschke »traurig abwesend«. Dennoch kam kein Schweigen auf. Sogar Gedichte sollen sie zitiert haben: der Bengale trug Kipling vor; dem Professor fielen Verse von Poe ein.

Als sich die Herren wechselseitig nach ihrem Alter befragten, ließen sie anfangs Yvonne raten. Am Ende waren die zweiundvierzig Jahre des bengalisch-britischen Geschäftsmannes, der geboren wurde, als dem indischen Subkontinent Teilung widerfuhr, erstaunlicher als die zweiundsechzig meines ehemaligen Mitschülers, der, wie ich, zur Welt kam, als der Turm der Marienkirche, weil baufällig, bis zur stumpfen Kappe hoch eingerüstet stand. Chatterjees lichtes Haar widersprach dem zwar graudurchwirkten, aber immer noch standfesten Haarwuchs des bald pensionsreifen Professors; in seinen Gesten jedoch, die langsam beschwörend, plötzlich heftig – und mit Hilfe aller Finger – Episoden aus einer ringförmig morgenländisch verlaufenden Geschichte erzählten, verjüngte sich der Geschäftsmann. Im Vergleich dazu waren dem Wissenschaftler nur wenige und immer gleich trübe Gesten geläufig, etwa das sprachlose Heben und Fallenlassen der Hände nach Art alternder Männer; so jedenfalls reime ich mir die beiden zusammen.

Es blieb bei der dritten Flasche Export. Als Chatterjee behauptete, er betätige sich, um fit zu bleiben, sportlich, fand Yvonne das lachhaft. Offenbar kannte sie den Bengalen nicht nur als Kneipengast. Ihr Gelächter, das sich immer wieder neu infizierte, ließ sie nun weniger hübsch sein. Als sie ihn einen »Radsportweltmeister« nannte und dabei, was Reschke als »verletzend« notierte, »verächtlich mit den Fingern schnippte«, nahm Chatterjee das hin, zahlte aber gleich darauf und wollte kaum warten, bis Reschke gezahlt hatte.

Es war kurz nach Mitternacht, als sich die Herren vor dem Fachwerkhäuschen verabschiedeten. »Wir werden uns wiedersehen!« rief der kleinwüchsige, schon wieder energiegeladene Bengale mit britischem Paß und verschwand entlang dem Ufer der Radaune im Nachtdunkel. Vorbei am Hotelparkplatz hatte Reschke einen nur kurzen Weg.

Der bulgarische Rotwein, das Gläschen Honiglikör und drei Flaschen Dortmunder Export hatten dennoch dem Witwer nicht zu ausreichender Bettschwere verholfen, jedenfalls war Reschke munter genug, sich in seiner Kladde detailkrämerisch zu bestätigen. Allen Wechselreden des verstrichenen Tages blieb er hinterdrein. Keine seiner Zwischenstimmungen ließ er aus. Ein leichter Kopfschmerz war ihm wichtig und die Möglichkeit beginnenden Sodbrennens; wogegen er Tabletten, Tropfen, Pastillen im Koffer hatte: Reschkes Reiseapotheke.

Ich will ihn nicht noch einmal die Brille aus dem Etui holen, entfalten, behauchen, putzen lassen. Er schrieb flüssig. Sobald er sich als zu weitschweifig empfand, etwa beim Lob des Pilzgerichtes in Anbetracht denkbarer Spätfolgen, faßte er wie ein geübter Protokollführer seine Bedenken zusammen: »Abermals wider besseres Wissen gehandelt.« Sogar Mister Chatterjees angekündigte Völkerwanderung, die in unbeirrbaren Einwanderungswellen ihren Verlauf nehmen sollte und eigentlich dramatische Bildfolgen gerechtfertigt hätte, brachte er auf den Punkt: »Dieser sich britisch gebende Bengale schilderte anschaulich das Überlaufbecken Asien. Soweit er den indischen Subkontinent anführte, war ihm nicht zu widersprechen. Droht nun Unheil, oder wird – was ja wünschenswert wäre – das alte Europa einer so radikalen wie heilsamen Verjüngungskur unterworfen?«

Merkwürdig, daß Reschke alles zuletzt Erlebte seinem Tagesablauf voranstellte. Eine bloße Kneipenbekanntschaft hieß bei ihm »die alles krönende Begegnung«. Er überhöhte gerne und nannte Chatterjee, der sich ihm als ein im Verkehrswesen tätiger Geschäftsmann vorgestellt hatte, einen »Verkehrsexperten« und obendrein »liebenswürdig«.

Dann erst stand vom Stolpern vor den Blumen-
eimern, von rostroten Astern, von der Witwe und höherer Fügung zu lesen. Aus Frau Piątkowska wurde bald
Alexandra. Er nannte sie vital, zum Sarkasmus neigend,
politisch interessiert, wenn auch verbittert, nicht frei
von Rechthaberei, dabei lebensklug und warmherzig.
»Mir ist, als wolle Alexandra ihre manchmal kindisch
anmutende Widerborstigkeit durch Charme wettma-
chen. Ein amüsantes Duell, dem ich gerne sekundiere.
Sie will betont ›von heute‹ sein und zeigt sich wohl deshalb ein wenig zu laut geschminkt. Mehrmals nannte
sie mich altmodisch oder, mit ihren Worten, ›von alte
Schule noch‹, doch findet sie offenbar Gefallen an meinen, zugegeben, gelegentlich überbetonten Manieren.«
Nach langer Reihung der dem Straßenbild »einver-
leibten polnischen Armut«, der Złoty-Abwertung und
landesweiten Teuerung, wozu er Beispiele für das Miß-
verhältnis zwischen Löhnen und Preisen nannte, und
nachdem er das vielbeklagte Schieberunwesen, die
vorm Hotel bettelnden Kinder, den Zustand der Bürgersteige, die lückenhafte Straßenbeleuchtung und die
»seit Zerfall der kommunistischen Staatsmacht« zuneh-
mende Kriminalität, desgleichen den Machtzuwachs
des katholischen Klerus beklagt und dabei weder den
Schwefelgestank noch die Abgaswolke über der Stadt
vergessen hatte, geriet ihm abermals Alexandra Piątkowska in den Blick. Er nannte sie »unwiderstehlich«.
Ihm unterliefen Ausdrücke wie »flotter Käfer« und
»klein, aber oho«. Die Wohnung in der Hundegasse ver-
engte sich ihm zu »einem alles in allem gemütlichen
Nest«. Ich lese: »Bei ihr fühle ich mich wieder.«

Erst nachdem er umständlich den Friedhof am Hagelsberg beschrieben hat, kommt er zur Sache, wird ihm die von der Witwe vorgeschlagene »Polnisch-Deutsch-Litauische Friedhofsgesellschaft« wichtig. Er nennt sie »unsere, kaum gezeugt, schon geborene Idee«. Die litauische Komponente wertet er als »einleuchtend und wünschenswert«, zugleich aber als »schwer in die Tat umzusetzen«. Und doch gibt er der Schubkraft des Unternehmens Vorschuß: »Das Projekt Wilna wird zu finanzieren sein. Es muß gelingen, alle Vorbehalte, die in Vilnius laut werden könnten, zu entkräften. Schließlich steht und fällt das eine mit dem anderen. Wie uns Deutschen wird den Polen das Recht der Toten auf Heimkehr zuerkannt werden müssen. Dieses Menschenrecht kennt keine Grenzen!«

Lauter Donnerworte. Ich gestehe: Diese sich edel gebende Rechthaberei im Dienst der Toten stank mir von Anfang an. »Hör zu, Reschke«, hab' ich mit seinem Füller an den Rand gekritzelt, »das ist eine Furzidee!« Und machte mich dann doch auf die Socken. Ein Satz der Witwe, dem nur zuzustimmen ist: »Auf Friedhof muß Schluß sein mit Politik!«, hat mich auf die Fährte gebracht. Nun bin ich neugierig auf ihr Scheitern.

Und noch etwas hat mich angestiftet: Daß beide verwitwet waren, sprach für sie. Wäre ihre Geschichte von landläufiger Ehebrecherei durchsetzt gewesen, hätte in Reschkes Papieren eine der hinlänglich zu Tode gerittenen Affären jammervoll Platz gefordert, wäre fintenreiches Hintergehen der Ehefrau oder routiniertes Hörneraufsetzen im Spiel gewesen, glaub mir, Reschke, ich hätte dir nicht gefällig werden können; so aber, seit Jahren verwitwet, jeweils durch Tod des Ehegefährten frei-gestellt und abermals mündig, sind mir die beiden, zumal ihre Kinder erwachsen und außer Haus sind, handlich und immer in Sichtweite: Ich kann ihnen fol-gen.

Gegen Schluß seiner Eintragungen »auf Allersee-len« wurde Reschke noch einmal das Einkaufsnetz der Witwe wichtig. In wiederholten Anläufen sprach er dem Erbstück Bedeutung zu: Wie gerne er das gefüllte Netz an Alexandras Seite getragen habe. Wie ihn die-ser aus der Mode geratene Gebrauchsgegenstand anrühre. Wie viele Wünsche, darunter sehnsüchtige, darin Platz fänden. Na ja, auch das noch: »Mir ist, als sei ich ihr jetzt schon ins Netz gegangen...«

Und so, den geknüpften und gehäkelten Maschen aller Einkaufsnetze folgend, die die Witwe von ihrer Mutter geerbt hatte, wird der Witwer doch noch Schlaf gefunden haben; oder sind es die neunhundertfünfzig Millionen im Rücken des Herrn Chatterjee gewesen, die Reschke von links nach rechts zu zählen begonnen hatte? Von Alexandra Piątkowska ist anzunehmen, daß sie kopfrechnend die Kosten der Friedhofsgesellschaft zu ermitteln versuchte. Erst nach Bilanzierung des Startkapitals – »Rund halbe Million Deutschmark müs-sen schon sein« – wird sie in eine Traumrechnung mit noch mehr Nullen geglitten sein.

Vor breiter Fensterfront Säulen, deren Betonkerne von genoppten, rundum laufenden Keramikschalen um-mantelt sind. Zur Küche hin weitere Säulen in altziegel-roter Verkleidung. Sonst glatte Holztäfelung. Im Hin-tergrund ein Relief, genoppt wie die Säulen.

Zum Frühstück, für das er kurz vor neun im Hotelrestaurant einen freien Tisch fand, wollte Reschke Herbata, weil er Tee dem grützigen Kaffee vorzog, dazu Konfitüre und Weißkäse bestellen. Nur zögernd, wie gegen innere Widerstände, näherte sich die Serviererin weißgerüscht. Kaum hatte er bestellt, nahm an seinem Tisch ein – wie sich herausstellte – Landsmann Platz, der aber nicht, wie die überwiegend älteren Männer und Frauen an den benachbarten Tischen, einer touristisch reisenden Gruppe angehörte, sondern für eine Privatkrankenkasse, mit Hauptsitz in Hamburg, unterwegs war. Man kam ins Gespräch.

Dieser Herr, der in Reschkes Tagebuch namenlos geblieben ist, versuchte mit dem Zauberwort »Joint venture« Verbindungen anzubahnen, indem er Ferienhäuser in attraktiver Lage suchte und Kapitalbeteiligung sowie interessierte Kundschaft anbot. Er sagte, seine Gesellschaft plane, den Mitgliedern der Versicherung längere und kürzere Kuraufenthalte in Osteuropa, insbesondere in den ehemals deutschen Provinzen, zu ermöglichen. An Nachfrage fehle es nicht. Als Eigner einer Vielzahl mittelgroßer Heime zeige sich die staatliche Gewerkschaft zumindest interessiert: »Na, Kunststück! Denen steht doch das Wasser bis zum Hals.«

Dennoch klagte Reschkes Tischnachbar über mangelnden Kooperationswillen auf polnischer Seite. Er könne ja verstehen, daß die Eigentumsfrage vorerst ein heikles Thema sei, aber langfristige Pachtverträge mit Vorkaufsrecht sollten, bei allem noch so verständlichen Mißtrauen, möglich sein. »Sonst läuft hier bald nichts mehr. Die müssen das endlich begreifen. Man kann nicht einerseits den Kapitalismus wollen und andererseits die Unschuld vom Lande spielen. Der Pole hier glaubt immer noch, er kriegt was geschenkt.«

Reschke – seit gestern mit verwandten Plänen befaßt – wollte wissen, ob denn generell Aussicht auf Abschluß solcher Joint venture-Geschäfte bestünde.

»Das ist vor allem eine politische Frage. Wir müssen denen endlich ihre Oder-Neiße-Grenze anerkennen. Und zwar ohne Wenn und Aber. Auch keine Rücksicht mehr auf die paar übriggebliebenen Berufsflüchtlinge. Dann wird hier jede Menge möglich. Der Pole braucht uns doch. Und seitdem die DDR kopfsteht, kriegen die Panik hier. Wer sonst soll denen unter die Arme greifen? Etwa der Franzose? Na also. Ich sag' Ihnen: In zwei, drei Jahren mischen wir hier kräftig mit. An unserer D-Mark kommen die nicht vorbei. Und wenn der Pole nicht will, klopfen wir bei den Tschechen und Ungarn an. Die sind da offener...«

Im Aufstehen sagte der investitionswillige Herr, ein Endvierziger, der sich zuviel bestellt und seine zwei Eier im Glas kaum angerührt hatte: »Aber hier wäre es schon am schönsten, selbst wenn die Ostsee nicht mehr ist, was sie mal war. Habe mir paar Gewerkschaftsheime von denen angeguckt. Auf der Frischen Nehrung, auf Hela. Diese Strandkiefernwälder! Oder die sogenannte Kaschubische Schweiz. Alles vorzügliche Kurlage, außerdem vertraut, voller Erinnerungen für jenen Teil unserer Mitglieder, die von hier weg mußten. Und das sind nicht wenige. Meine Familie übrigens auch. Die kam aus Marienwerder. Erinnere mich noch deutlich an die Flucht, auch wenn ich ganz klein gewesen bin damals...«

Als Reschke das Hotel verließ, widersprach noch immer zu warmes Herbstwetter dem Novemberbeginn. Er strengte sich an, den bettelnden Kindern nichts zu geben. Einem Jungen, der seine kleine Schwester an der Hand hatte, kaufte er zu überhöhtem Preis sechs Ansichtspostkarten ab. Unschlüssig, ob er an seinem letzten Tag in Gdańsk noch einmal die Marienkirche aufsuchen oder sich ziellos zum vormittäglichen Stadtbummel entschließen sollte, zögerte er zu lange vor dem Hoteleingang; denn kaum hatte er sich für die Grabbodenplatten in Sankt Marien entschieden, wurde er namentlich und in jenem besonderen Englisch angesprochen, das seiner mitternächtlichen Thekenbekanntschaft, dem Bengalen britischer Staatsangehörigkeit, geläufig war.

Das lese ich in Alexander Reschkes Notizen: »In einigem Abstand zu der Reihe wartender Taxis stand Mister Chatterjee neben einer Fahrradrikscha. Wie selbstverständlich hatte er den Arm über den Lenker gelegt. Übrigens stand er in einem Jogginganzug neben dem Gefährt, das, wenngleich keine der berüchtigten, von Kulis betriebenen Laufrikschas, dennoch deplaziert wirkte, gewiß auf den ersten Blick. Er winkte mich herüber, bis ich seine Rikscha, denn sie gehörte ihm, bewundern konnte. Alles blitzblank. Weißrot gestreift das Klappdach zum Schutz der Fahrgäste bei widrigem Wetter. Dunkelblau das stabile Gestänge, keine Roststellen, nirgendwo blätternder Lack. Chatterjee erklärte sich: Mal stehe er vor diesem, mal vor jenem Hotel. Ein Zufall, daß man sich nicht früher schon begegnet sei. Nein, nicht aus Dakka oder Calcutta habe er die Rikscha eingeführt, vielmehr entspreche dieses Fahrzeug aus holländischer Produktion europäischen Ansprüchen. Die Marke Sparta bürge für Qualität. Die Gangschaltung ausgeklügelt: ›sophisticated!‹. Er besitze noch sechs weitere Rikschas, alle fabrikneu. Aber nur zwei seien auf Stadtrundfahrt unterwegs. Ja, er habe eine Lizenz für den innerstädtischen Verkehrsbereich bis in die Fußgängerzone hinein und neuerdings sogar für die Allee Grunwaldzka rauf und runter. Anfangs sei er auf Schwierigkeiten gestoßen, doch habe er sich den zuständigen Behörden gegenüber gefällig erweisen können. So und nicht anders gehe es überall auf der Welt zu. Leider fehle es an Fahrern oder Rikschawalas, wie man in Calcutta sage, obgleich die Taxichauffeure, wie man ja sehe, nahezu arbeitslos seien. Noch hindere ein, wie er finde, übertriebener Stolz die Polen, ihre Arbeitskraft seinem Verkehrsbetrieb anzuvertrauen. Er zahle gut. Das Ganze sei ausbaufähig. Deshalb lasse er zwölf weitere Rikschas aus Holland liefern. ›Denn der Fahrradrikscha‹, rief Mister Chatterjee, ›gehört die Zukunft. Nicht nur im armen Polen, nein, überall in Europa!‹«

Sogleich begriff Reschke das Projekt des Bengalen als Großprojekt und deshalb erwähnenswert. Mehr noch: In seinen Aufzeichnungen sah er seines Nachbarn am Frühstückstisch geplante Kuraufenthalte und das umweltfreundliche Verkehrsmittel Fahrradriksha als flankierende Bestrebungen zur Friedhofsgesellschaft. »Allen drei Projekten ist eines gemein. Sie dienen den Menschen, insbesondere älteren Menschen. Sie sind sozusagen seniorenfreundlich.«

Nachdem sich Chatterjee, gefordert durch Reschkes Fragen, ausführlich über den bevorstehenden Kollaps des Autoverkehrs in allen europäischen Ballungszentren und über die Vorzüge der wendigen, lärmschwachen und selbstredend abgasfreien Fahrradrikschas im städtischen Nahverkehr, dann allgemein über die Vitalisierung Europas durch asiatische Zuwächse geäußert, schließlich, wenn auch ironisch, die kapitalistische Marktlückenidee beschworen hatte, entsprach die Wirklichkeit seinen Visionen: Vom bisher einzigen polnischen Fahrer betrieben, rollte auf der Hotelauffahrt eine Fahrradrikscha gleichen Modells ein, die einen lächelnden Greis von der morgendlichen Stadtrundfahrt zurückbrachte; worauf zwei adrett gekleidete Damen – beide in Reschkes Alter – Chatterjees Dienste beanspruchten: knapp fanden sie nebeneinander Platz und gaben sich kindlich vergnügt.

Er hält für mich fest: »Überwiegend sind es westdeutsche Kunden, die die Rikscha zu nutzen keine Scheu haben. Die meisten sind hier aufgewachsen und kommen zurück, um, wie man sagt, alte Erinnerungen aufzufrischen. Ich hörte aus dem Geplapper der Frauen heraus, daß es ihr Wunsch war, nach nur kurzer Stadtrundfahrt die Große Allee von Danzig nach Langfuhr zu befahren, hin und zurück, wie dazumal, während Schülerzeiten. Offenbar Freundinnen, die beiden. Sie hätten diese Strecke oft per Fahrrad genommen. Übrigens sagten sie alle Gassennamen und Ortsbezeichnungen wie altgewohnt auf; und Mister Chatterjee verstand.«

Der Bengale setzte sich eine Rennfahrerkappe auf. Reschke wünschte gute Fahrt. Die beiden Schulfreundinnen riefen:»Können wir Ihnen wärmstens empfehlen, dieses Vergnügen! Sie sind doch auch von hier, oder?« Und kräftig die Pedale tretend, als gehörte das Rikschafahren mit zwei fülligen Damen im gutgefederten Gefährt zu seinem Konditionstraining, rief Chatterjee abermals:»Wir sehen uns wieder, Mister Reschke!«

Also gut, ich habe als Schüler auf Wunsch Kröten geschluckt. Kann sein, daß ich in der abgedunkelten Stadt Reschkes Cousine Hildchen auf Parkbänken geknutscht habe, sogar beim Luftalarm bis nach der Entwarnung. Reschke und ich in einer Schulbank, und daß ich bei ihm Mathe, Latein abschreiben durfte, wird so gewesen sein; daß ich ihm nun aber Schritt auf Schritt folgen muß, ist zuviel verlangt. Man weiß, daß er schlurft. Nicht alle seine Umwege müssen meine sein. So, ohne Baskenmütze und Kameratasche, laß ich ihn laufen, während meine Gedanken noch ein Weilchen jener Rikscha hinterdrein sind, die, wo auch immer, in Richtung Zukunft rollt...

Die wenigen Touristen und einige betende Polen verloren sich in der Hallenkirche, deren neugespanntes Gewölbe von sechsundzwanzig achteckigen Freipfeilern bis zur nächsten Zerstörung getragen wird. Als das Gewölbe zum letzten Mal nieder kam, sprangen unterm Schutt einige der Bodengrabplatten. Dennoch ist der Weg an den Seitenkapellen entlang, durchs Mittelschiff oder Querschiff, am Altarraum vorbei, namhaft und vieldeutig gepflastert. Nach Reschkes Aussage

verschlingt, trotz Sprung, noch immer der im Neuwerg-
schen Wappen aus Ranken wachsende Hund einen steinernen Knochen, und das seit 1538, als die Reliefplatte
des Sebald Rudolf von Neuwerg gelegt wurde.

Noch einmal, als wollte er Abschied nehmen von
den blankgetretenen Objekten seines forschenden
Eifers, ging der Professor Bodenplatten ab, deren erhabene Schrift, kaum noch leserlich, die Namen und Sterbedaten einst mächtiger Patrizier und, in barockem
Deutsch, Bibelzitate aufsagte. Geschlechterwappen
und heraldisches Beiwerk, all das von Generationen in
Furcht gehaltener Kirchgänger, später von Touristen
abgelaufen, blankgetreten und flächig eingeebnet; so –
gleich neben der Schönen Madonna – die Grabplatte
im Boden des nördlichen Seitenschiffs, deren Zier-
schild im Relief auf senkrecht zweigeteiltem Feld links
untereinander zwei Sterne und einen Baum, zur rechten Seite die Krone über der Sanduhr, darunter den
Totenkopf und überm Schild einen Schwan zeigt,
anspielend auf den »schlesischen Schwan«, wie der
Dichter und Hofhistoriograph Martin Opitz von
Boberfeld, den im August des Jahres 1639 die Pest
unter diese steingehauene Platte brachte, im Kreis der
Fruchtbringenden Gesellschaft genannt wurde.

Reschke ärgerte sich zum wiederholten Mal über
die »aus lokalpatriotischem Stumpfsinn« im Jahr 1873
zusätzlich gemeißelte Inschrift: »Dem Dichter seine
Landsleute«, bis ihn auf der Grabplatte der Eheleute
Mattias und Lovise Lemman die im Jahr 1732 gewid-
mete Inschrift erfreute: »Ihre Gebeine grünen noch
immer und ihr Nahme wird gepreiset in ihren Kindern
welchen er geerbet ist...«

Dann aber steht Merkwürdiges geschrieben: »Ich bin meinem Grab und zwar im Mittelschiff begegnet. Auf einer grauen, gänzlich abgelaufenen Granitplatte stand frisch in Keilschrift mein Name eingemeißelt, wenn auch nach älterer Schreibweise und ergänzt durch die Vornamen meiner Brüder, so daß ich mich als Alexander Eugen Maximilian Rebeschke gelesen habe, immer wieder und nochmals, halblaut schließlich, um sicher zu sein. Ohne Datum freilich. Auch ist mir kein Grabspruch gewidmet worden, geschweige ein Wappen. Als hätte ich nicht ertragen können, mich unterm Granit zu wissen, bin ich wie närrisch davongelaufen, laut hallend über die Platten, so daß ich Betende erschreckt habe und mir Blicke folgten. Mir, dem das Postulat der Vergänglichkeit seit frühen Studienjahren vertraut ist, wollte diese Vorspiegelung nicht einleuchten. Also lief ich, lief ich davon, mir weg und raus aus dem südlichen Seitenportal, lief, wie ich schon lange nicht mehr gelaufen bin, lief und war am Ende froh zu wissen, wohin...«

Denn auf Schlag zwölf war Alexander Reschke mit Alexandra Piątkowska verabredet: Langer Markt, Treffpunkt Neptunsbrunnen. Die Witwe hatte sich halbtags frei genommen. Man wollte geeignetes Gelände finden und der Idee als Projekt zu fester Kontur verhelfen, zumal der Witwer tagsdrauf seine Heimreise antreten mußte.

Atemlos kam er pünktlich an, sagte aber nicht, was ihn in Schweiß gebracht hatte, sondern rief, im Laufen noch, als dürfe die Flucht nicht enden: »Das beste ist, wir nehmen den Wagen...«

Reschke als Autofahrer. Kein Foto zeigt ihn am Steuer. Sooft mir das Paar fotografiert vorliegt, nie haben sie sich vor eine Motorhaube gestellt, kein Mercedesstern ist mit ihnen ins Bild geraten. Sein Tagebuch verweigert Auskunft. Immer heißt es nur: »Wir nahmen den Wagen . . . « oder: »Als wir den Wagen auf dem bewachten Parkplatz abgestellt hatten . . . «

Also kann ich nur rätseln oder aufs Geratewohl tippen. Fuhr er eine dieser westlich der Elbe exotisch wirkenden Skoda-Limousinen? Da sich Reschke Extravaganzen, etwa einen Sammetkragen zum auf Taille geschnittenen Herbstmantel, leistete, hätte nostalgisch ein Peugeot 404, ledergepolstert, doch mit aufwendig eingebautem Katalysator zu ihm passen können. Denn wenn Reschke tankte, tankte er bleifrei. Auf keinen Fall sehe ich ihn mit einem Porsche vor dem Hevelius vorfahren.

Es bleibt bei seiner Umschreibung: »Am besten, wir nehmen den Wagen . . . « Da er seine Forschungen in den Hauptkirchen der Stadt zu Fuß erledigte, hatte er den Wagen auf dem bewachten Hotelparkplatz abgestellt. Als sich Witwe und Witwer unterm geschwungenen Dreizack des Gottes Neptun trafen, brachte die Piątkowska einen fixfertigen Plan für den Nachmittag mit, der nur per Auto umzusetzen war. Bevor sie zum Parkplatz liefen, tupfte Alexandra ihm den Schweiß von der Stirn – »Was sind Sie abgehetzt, Alexander!« – und setzte ihm dann erst die am Vorabend vergessene Baskenmütze auf.

Reschke hält fest, daß er das Gelände zwischen Brentau und Matern anfangs als geeignet für einen Waldfriedhof gesehen habe, zumal »die hochstämmigen Buchen gut Abstand halten und dem Projekt einen natürlichen Rahmen leihen. Nur wenige Exemplare wird man fällen müssen. Das viele Niederholz hingegen muß weg. Denn nicht versteckt, wohl aber geborgen unterm Blätterdach sollen die heimgekehrten Toten ihre Ruhe finden.«

Gegen diese ideale Friedhofslage sprach der zu nah gelegene Flughafen von Gdańsk, dessen Landebahnen dort, wo früher die Gehöfte des Dorfes Bissau ihre leicht gehügelten Äcker um sich versammelt hatten, planen Raum einnahmen. Natürlich war dem Flughafen Rębiechowo Ausdehnung bis hin nach Matarnia zugesichert. Dazu kam der Lärm startender und landender Flugzeuge; wer ruht schon gerne unter Einflugschneisen.

Leider erwies sich das langgestreckte Tal südwestlich von Oliva gleichfalls als ungeeignet. Wo Reschke Waldwiesen erinnerte und sonntägliche Familienausflüge, bedrängten zeltartig konstruierte Holzhäuser einander, umgeben von Schrebergärten. So gepflegt und genutzt sich das Kleingärtnerglück mit Zäunen abgrenzte, so dicht und kaum angekränkelt noch immer die Mischwaldbestände des Olivaer Waldes das Tal begleiteten, Reschke schlug dennoch Umkehr vor. Hier war kein Platz. Die schöne Gegend verbaut...

Am frühen Nachmittag schon fuhren sie zurück. Ich denke mir Fahrer und Beifahrerin schweigend, wenn nicht enttäuscht und ziemlich nachdenklich geworden:

ihre Idee lädiert, ihr Entschluß, kaum gefaßt, schon gebremst, und ihre Begeisterung, die gestern noch hell entflammt war, deutlich niedriger geschraubt.

Als sie auf der Großen Allee, die Grunwaldzka heißt und den Vorort Wrzeszcz mit der Stadt verbindet, in Höhe der ehemaligen Sporthalle in Richtung Stadt und bewachtem Parkplatz rollten, wies Reschke, bei zurückgenommenem Tempo, auf den zur rechten Hand liegenden weiträumigen Park hin: »Das waren früher mal die Vereinigten Friedhöfe, auf denen meine Großeltern väterlicherseits...«

Die Piątkowska sagte, nein, befahl Halt: »Na, werden sein wieder Friedhöfe wie früher...«

»Aber Alexandra...«

»Was ist aber? Steigen wir aus schon.«

»Ich meine, inzwischen ist diese Anlage...«

»Sag' ich ja. Inzwischen ist nur inzwischen...«

»Aber man kann die Geschichte doch nicht...«

»Werden wir sehen, ob kann man.«

Während Reschke den Wagen parkt und die beiden noch eine Weile über die Aufhebbarkeit geschichtlicher Tatsachen diskutieren, muß ich die auf Beschluß eingeebneten Vereinigten Friedhöfe rückwirkend bestimmen und in ihrer ungefähren Größe vermessen, so wie sie neben- und hintereinander lagen: Das später Park Akademicki genannte Gelände gab zwischen der Poliklinik und der Technischen Hochschule, der parallel verlaufenden Großen Allee und dem zum Krematorium führenden Michaelisweg Raum für den etwa eineinhalb Hektar großen Friedhof der katholischen Kirchengemeinden Sankt Birgitten und Sankt Joseph, der, wie die weiteren Friedhöfe, ab 1966 eingeebnet wurde; für den sich anschließenden, zwei Hektar großen evangelischen Sankt Marienfriedhof, auf dessen zum Michaelisweg liegenden Teil das Szpital Studencki gebaut wurde; für den etwa dreieinhalb Hektar großen evangelischen Sankt Katharinenfriedhof, auf dessen östlichem Teil einige neue Gebäude der vormals Technischen Hochschule, dann Politechnika Gdańska Platz genommen hatten; für den katholischen Friedhof der Gemeinden von Sankt Nikolai und der Königlichen Kapelle, dessen Maße zweieinhalb Hektar betrugen, und für den jenseits vom Michaelisweg gelegenen, eindreiviertel Hektar großen Krematoriumsfriedhof, auf dessen Gelände noch immer als imposanter Klinkerbau, mit Abdankungshalle und zwei Schornsteinen, das Krematorium stand. Auch dieser Urnenfriedhof wurde bis Ende der sechziger Jahre eingeebnet und später als öffentliche Anlage unter dem Namen »Park XXV–lecia PRL«, das heißt Park des 25. Jahrestages der Volksrepublik Polen, zur allgemeinen Nutzung freigegeben.

Es ließe sich mehr über gleichfalls eingeebnete Friedhöfe auf der gegenüberliegenden Seite der Großen Allee sagen; denn hinter dem Kleinen Exerzierplatz – später Maiwiese genannt – und dem Steffenspark reihten sich die Vereinigten Friedhöfe von Sankt Johann, Sankt Bartholomäi und Sankt Peter und Paul mit dem anschließenden Friedhof für die Mennoniten – dahinter Bahngleise, die Siedlung Neuschottland, die Werft, der Hafen. Da aber Reschke ausschließlich jenes Gelände meinte, auf dem die Doppelgrabstelle seiner Großeltern väterlicherseits den Eltern vorbehalten gewesen war, parkte er seinen Wagen dort, wo ein zur Jahrhundertwende erbautes Ziegel- und Fachwerkgebäude als Sitz der Friedhofsverwaltung den Haupteingang zum Friedhof bewacht hatte und so seinem Gedächtnis verhaftet geblieben war.

Auch die Witwe erinnerte sich: »War in Gomułkazeit, wo sie platt gemacht haben letzte deutsche Friedhöfe. Warum bin ich nicht damals schon raus aus Partei und erst zu spät schon, als Kriegsrecht kam?«

Vor dem Ziegelbau führte noch immer die gleichmäßig mit Linden bestandene Allee zum Michaelisweg, wo als Neubau mit Flachdach das Spezialkrankenhaus für Studenten über eingeebnetem Gräberfeld oder, wie die Witwe sagte, »auf Knochengebein von Tote« erbaut worden war.

Auf halber Höhe bildete die Lindenallee ein Rondell, von dem aus nach links und rechts gleichfalls Lindenalleen abzweigten, so daß vier große Friedhofsfelder, auf denen einzelne Bäume und Baumgruppen standen, vorstellbar geblieben waren. Feierlich, wie Friedhofsalleen sind, beschrieben sie ein Kreuz, von dem weitere Haupt- und Nebenwege abgingen. Hohe, Schatten versprechende Kastanien, Ulmen, Trauerweiden. Mehr oder weniger brüchige Parkbänke, darauf Männer mit Bierflaschen befaßt oder Mütter mit Kleinkindern. Hier und da Zeitungsleser, dort ein Paar und dort ein vereinzelter Student, der, behauptet Reschke, halblaut Gedichte, französische, gelesen habe.

Als Witwe und Witwer von der Zufahrt zur Technischen Hochschule aus die querlaufende Lindenallee bis zur stadtwärts angrenzenden Poliklinik abgeschritten und sich der Ausmaße des Akademischen Parks versichert hatten, wobei Reschkes längere Schritte von der Piątkowska laut in Metern gezählt wurden, sagte er, mit Blick auf die zu Beginn der zwanziger Jahre gebaute Klinik: »Dort hat man mir als Kind die Mandeln rausgenommen. Durfte danach nur Vanilleeis essen.« Und sie sagte: »Komisch, mir da auch beide Mandeln raus, als ich Backfisch war schon.«

Nachdem sie alles abgeschritten hatten, schätzten Alexander und Alexandra die Größe des zur Parkanlage verfremdeten Friedhofs. Sie übertrieb. Er kam mit zehn bis zwölf Hektar in die Nähe der amtlichen Angaben. Das Paar begeisterte sich angesichts der brachliegenden Nutzfläche. Reschke, geübt in Vorausschau, sah Grabfeld an Grabfeld grenzen. Als sie jenseits vom Michaelisweg – heute nach Traugutt, dem Anführer der Aufständischen, benannt – um das Krematorium herum weiteren Raum für Grab- und Urnenfelder ahnten, nahm ihre Begeisterung um gut eineinhalb Hektar zu. Auch dieses Gelände schritten sie zählend ab. Gleich hinter dem Krematorium, dessen Abdankungshalle, nach Alexandras Wissen, von der seit Kriegsende in Gdańsk siedelnden weißrussischen Minderheit für Gottesdienste nach orthodoxem Ritual genutzt wurde, ging das Parkgelände hinter brüchigem Zaun in Schrebergärten über. »Dahinter«, schreibt Reschke, »liegen noch immer weitläufige Sportanlagen, die alle dem Fußballstadion zugeordnet sind.«

In seinem Tagebuch will er mich erinnern, daß bald nach dem Anschlußjahr '39 die Heinrich-Ehlers-Sportplätze umgebaut wurden und später den Namen eines

Gauleiters aus Franken trugen, dem man den Reichs-
gau Danzig-Westpreußen zugeschanzt hatte.

Ja, Reschke, stimmt: »Mehrmals waren wir Petrischüler im Albert-Forster-Stadion bei den alljährlichen
Reichsjugendwettspielen dabei. Schweiß, Trillerpfei-
fen, Kommandos und Langeweile. Scheußlich, diese
Erinnerungen...«

Ich kann seinen Nachgeschmack nur ergänzen: An
Fußballspiele der Danziger Mannschaft, die eher Mittel-
klasse war, gegen auswärtige Vereine – Breslau, Fürth,
sogar Schalke – erinnere ich mich. Namen damals
berühmter Fußballer wie Goldbrunner, Lehner fallen
mir ein. Und daß ich am 21. Juni 1941, an einem Sonn-
tag, als mit Sondermeldungen der Rußlandfeldzug begann, dort, vom Stehplatz aus, in der vertieften Stadion-
schüssel ein Spiel gesehen habe – weiß nicht mehr,
gegen wen.

»Hier wird sein!« rief Alexandra Piątkowska, als
beide wieder auf dem Rondell standen. Sie nahm alle
vier Felder in Betracht und wies mit kurzem Arm in
jede Richtung. Alexander Reschke war von ihren be-
sitzergreifenden Gesten beeindruckt: »Nicht nur ich,
auch Alexandra sah vor sich, was bisher nur Idee ist.
Sie sprach von Grabreihen und deutschen Namen auf
gereihten Grabsteinen. Sogar Inschriften wie ›Ruhe
sanft!‹ und ›Hier ruht in Frieden!‹ sagte sie wie Be-
schwörungen auf. Ihre Augen spiegelten, was sie sagte:
›Hier, genau hier wird sein Heimkehr von Deutsche,
wo schon sind tot!‹ So sehr ich wünsche, daß ihr zu lauter Ausruf – man blickte sich nach uns um – bestätigt
wird, dennoch erschreckte mich ihre Vorausschau.«

Die Witwe muß ihn beruhigt haben. Überzeugt vom Anspruch der Toten auf Heimkehr und der Umsetzbarkeit ihrer Idee gewiß, sagte sie, als das Paar endlich die Parkanlage verließ: »Warum soll schrecklich sein, Alexander? Daß wir Polen plattgemacht haben, war schrecklich. Weil Politik immer redet in alles rein und weil ich kapiert hab' zu spät, was Kommunismus hieß, aber nicht war, ist überall schrecklich geworden. Können Sie glauben jetzt schon: Was nun wird sein, macht Freude, weil menschlich ist. Aber Rechnung muß stimmen. Verstehn Sie, rachunek!«

Noch auf dem ehemaligen Friedhofsgelände, zwischen den gleichmäßig Abstand haltenden Linden, dann auf dem Weg zum geparkten Wagen sprach Alexandra Piątkowska vom Erlös ihrer fast schlaflosen Nacht, vom Geld, das als Startkapital nötig sein werde. Mal ging sie stöckelnd voraus, mal stand sie. Die kurzen, kräftigen Finger der Vergolderin rechneten ihm vor, praktisch und sprechend: Da der Złoty nichts tauge, müsse die Währung des westdeutschen Staates ihrer zum Projekt gewordenen Idee das Fundament legen. Das sei nun mal so, da alles, sogar der Tod seinen Preis habe. »Mit Deutschmark wird klappen. Seh' ich bißchen schon, wie wird schön sein...«

Als sie Richtung Stadt rollten, dunkelte es. Kopfrechnend fuhren sie. Versuchsweise stelle ich mir die beiden in einem Saab vor. Sie sagte: »Eine Million Deutschmark zu Anfang muß sein.« Ein stabiler Wagen, der Sicherheit garantiert. Beide angeschnallt, mitsamt ihrem Hochgefühl. Jetzt schwiegen sie. Kurz vorm Olivaer Tor glaubte Reschke, nicht irgendein

Gefährt, sondern eine mit zwei Fahrgästen besetzte Fahrradrikscha überholt zu haben. Das und Chatterjees Rennfahrerkappe hielt er fest: »... und ich bin sicher, daß er es gewesen ist, der kräftig in die Pedale trat. Wenn doch auch wir mit unseren Friedhofsplänen so erfolgreich in Fahrt kämen...«

Saab oder Volvo oder doch ein Peugeot? Ich laß das mit dem Autotyp. Er parkte den Wagen auf dem Hotelparkplatz. Doch muß eine Umarmung nachgetragen werden, bevor abermals Handlung ihre Geschichte beschleunigt. Es sei ihm, meldet Reschke, die Witwe um den Hals gefallen, als ihr, vom Rondell aus gesehen, der zukünftige Friedhof vor Augen stand. Nicht frei von Schrecken habe er die Umarmung erlebt. Auf Zehenspitzen gestellt, sei ihm die stramme, kleinwüchsige Person annähernd gewachsen gewesen. Er spüre sich seitdem wie wachgerufen und selbst dort belebt, wo er sich nicht mehr vermuten wollte. Die Arme mit den zu vielen, immerfort klappernden Armreifen habe sie um seinen Hals geworfen, ihn links, rechts geküßt und »Ach, Alexander! Jetzt fehlt nur noch Platz in Wilno!« gerufen. Ihm hätten seine Arme nicht folgsam sein wollen. »Wie ein Pfahl stand ich, erschüttert zwar, doch stocksteif.«

Der körperliche Überschwang der Witwe mag den Witwer irritiert haben, doch hat er dem Ansturm des mit Rock und Kostümjacke bekleideten Körpers standgehalten, hat Nähe gespürt und der auf ihn übertragenen Begeisterung zumindest nicht widersprochen. Später – schon in Bochum und unter dem Datum des

9. November – hat er sogar Alexandras Hinweis auf ausreichend viel Deutschmark mit einem, wie er einräumte, leichtfertigen Satz quittiert: »Das, liebe Alexandra, soll bitte ganz meine Sorge sein. Es wäre ja gelacht, wenn es mir nicht gelänge, die notwendigen Mittel lockerzumachen. In heutiger Zeit, wo alles wankt, gilt es, mit dem Risiko zu leben. Zwar wollen wir nicht klotzen, aber kleckern hinwiederum auch nicht. Auf jeden Fall verlangt unser Doppelprojekt ganzen Einsatz!«

Als Reschke den Wagen seitlich vom Hevelius parkte, lag die Stadt schon im Novemberdunkel. Keine Rikschas mehr, aber Taxis warteten, wie üblich, vor dem Hotel. Vertraut war ihm die bittersüße Mischung aus Abgas- und Schwefelgeruch. Unschlüssig, was mit dem frühen Abend zu tun sei, lud der Witwer die Witwe zu einem Drink in die Bar, gleich hinter der Rezeption, ein. Weil die Orbis-Busse mit den pauschal reisenden Touristengruppen von ihren Tagesausflügen nach Marienburg und Pelplin, Elbing und Frauenburg noch nicht zurück waren, blieben die beiden – den ersten, den zweiten Whisky lang – einzige Gäste an langer Theke. Nach so viel Nähe vorhin noch, mögen sie sich ein wenig fremd gewesen sein. Das klirrende Eis im Glas hat ersatzweise gesprochen.

Als sich die Bar in rasch aufeinanderfolgenden Schüben füllte, worauf lärmig Fröhlichkeit ausbrach, zahlte Reschke sogleich, weil er so viel Andrang der Piątkowska nicht zumuten wollte. Die Herren eher salopp gekleidet, die Damen im Reisekostüm mit viel Schmuck. Nach erstem Hinhören glaubte Reschke den

Pauschalreisenden hiesige Herkunft nachsagen zu können: »Überdeutlich gaben sie sich mit der Stadt vertraut. Die meisten nicht jünger als wir, also in einem Alter, das sie zu Nutznießern unseres Projekts machen wird, über kurz oder lang.«

Nicht nur er, auch die Witwe begriff das und flüsterte zu laut: »Werden bald Kunden sein alle.«

»Ich bitte Sie, Alexandra...«

»Haben bestimmt Deutschmark genug...«

»Wir wollen doch nicht auf offenem Markt...«

»Na, sag' schon nichts.«

Danach ihr Lachen. Alexandra war nicht zu dämpfen. Sie wäre womöglich – nach nur zwei Whisky – mit direkter Kundenwerbung aktiv geworden, wenn er sie nicht förmlich zum Abendessen ins Hotelrestaurant eingeladen hätte.

Die Piątkowska lehnte ab – »Ist teuer wie Sünde und schmeckt nach nichts!« –, um sogleich ihn einzuladen: »Na, gehn wir schon.«

Ganz in der Nähe, vorbei an der Jakobskirche, hatte sie in einem kleinen Privatrestaurant den Tisch für zwei Personen bestellt. Bei Kerzenlicht aßen sie, was die Piątkowska versprochen hatte: »Original polnische Küche, wie Mama hat in Wilno gekocht.«

Beim Essen – Vorspeise, Hauptgericht, Dessert – gaben die beiden ein Paar ab, das sich viel zu erzählen hatte. Nicht etwa, daß er von seiner verstorbenen Frau, sie von ihrem zu früh gestorbenen Mann gesprochen hätte, da hing nichts nach außer gutsortierter Erinnerung. Nur kurz kamen sie auf ihren in Bremen Philosophie studierenden Sohn und auf seine drei berufstätigen und mehr oder weniger verheirateten Töchter. »Sie sehen in mir einen zweifachen Großvater...«

Ein wenig sprunghaft verlief ihr Gespräch, tippte kurz die Politik an – »Nun wird Mauer bald weg sein« –, gefiel sich ein Weilchen im Austausch nationaler Klischees, was Polen und Deutschen als typisch nachgesagt wird, und geriet immer wieder ins Fachsimpeln, zumal Alexandras Tätigkeit als Vergolderin oft über Monate auf die Schrift- und Ornamentvergoldung hölzerner und steingehauener Epitaphe konzentriert war, zuletzt in Sankt Nikolai. Die Namen und Wappen ausgestorbener Patriziergeschlechter, vom Schöffen und Ratsherrn Angermünde über den Kaufmann Schwartzwaldt, den in London Holbein gemalt hat und dessen Wappen, trotz Zungenrot und Helmblau, auf Schwarz und Gold beruhte, bis zu Johann Uphagens Wappen, in dem des silbernen Schwans höckriger Schnabel ein goldenes Hufeisen trug – sie waren ihr alle, auch Ferber und seine drei Schweinsköpfe, bekannt, ja, familiär vertraut bis in den aberwitzigsten Schnörkel und in die letzte Helmzier hinein. Weniger sicher bewegte sich die Vergolderin im Feld blankgetretener Bodengrabplatten, weshalb sie nicht nur aus Höflichkeit die Bitte nach gelegentlicher Übersendung seiner Doktorarbeit aussprach: »Wissen Sie, Herr Professor, wenn man ist alt wie wir, ist Gefühl nicht genug. Man muß wissen. Nicht alles. Aber viele Kleinigkeit schon.«

Daß sie ihn per Titel ansprach, kränkte ihn, wenn ich seiner Kladde glauben darf. Erst als die Witwe im Verlauf des Abendessens, bei diesmal ungarischem Wein, seinen Universitätsrang mit Hilfe des Diminutivs verniedlichte, indem sie im Eifer des Gesprächs – es ging nunmehr darum, ob man den aus Danzig stammenden Grafiker Daniel Chodowiecki als Polen bewundern dürfe oder als preußischen Staatsbeamten verdammen müsse – mehrmals »Professorchen«, dann übers Glas hinweg »mein liebes Professorchen« zu ihm sagte, ihm sogar zuflüsterte, glaubte Reschke, wie später notiert, »Alexandras Zuneigung ein wenig gewisser sein zu dürfen«.

Übrigens hätte es wegen Chodowiecki beinahe Streit gegeben. Die Piątkowska war nationaler Aufwallung fähig. Sie nannte den Zeichner und Kupferstecher, der gegen Ende seines Lebens die Königlich-Preußische Akademie reformiert hatte, einen »Verräter an polnische Sache«, weil er sich, als nach den Teilungen Polen in höchster Not war, in Berlin, ausgerechnet in Berlin dienstbar gemacht habe.

Reschke widersprach. Er bewertete ihre Sicht als »zu eng« und den Grafiker, »weil über das Rokoko hinausweisend, als bedeutend und von europäischem Rang«. Obgleich reformierter Konfession, sei Chodowiecki der väterlich polnischen Herkunft verbunden geblieben. Gewiß habe er den nach Preußen emigrierten Hugenotten mehr vertraut als dem katholischen Klerus. »Dennoch sollten Sie, liebe Alexandra, stolz auf diesen polnischen Europäer sein!« rief er und hob das Glas. Worauf die Witwe mit ihm anstieß und zum ersten Mal nachgab: »Sie haben mich versöhnt mit großer polnischer Künstler. Ich danke Ihnen, Professorchen! Sie sind ganz liebes Professorchen!«

Da waren sie schon beim Dessert. Offenbar keine Spezialität, denn in Reschkes Aufzeichnungen sind zwar die Suppe aus roten Beten, die Piroggen und der Karpfen in Braunbiersoße, doch nicht der Nachtisch vermerkt.

Danach ging es umständlich zu. Sie bestand darauf zu bezahlen. Er mußte nachgeben. Doch als sie ihn zum nahen Hotel begleitet hatte und dann allein, bei schlechter Straßenbeleuchtung allein den Weg zur Hundegasse nehmen wollte, setzte er sich durch, nahm ihren Arm und schlurfte neben ihr, während sie stöckelte, bis vor die Stufen des ihrer Haustür vorgelagerten Beischlags, dessen in Sandstein gehauene Reliefs das Spiel der Putten und Amoretten kaum noch ahnen ließen.

Sie werden sich von Gassenecke zu Gassenecke immer weniger gesagt haben. Er notiert nur ihre plötzliche Sorge, es könne, wenn zwischen West und Ost die Mauer wegfalle, alles anders, schwieriger werden: »Wird in Dresden Schluß sein mit VEB Blattgold. Wir werden knapp haben Material...«

Und dann ließ die Witwe den Witwer nach einem hastigen Kuß und der Abschiedsformel »Na, schreiben Sie, wenn Sie möchten schreiben vielleicht« vor der Haustür stehen, worauf er, nun mit seinem Schlurfgang allein, den Weg zurück nahm.

Nein, Reschke hatte keine Zuflucht ins Fachwerkhäuschen an der Radaune im Sinn. Kurz nach elf verlangte er den Schlüssel, nahm den Fahrstuhl ins vierzehnte Stockwerk hoch, schloß sein Zimmer auf, wechselte in seine ihn auf jeder Reise begleitenden Hausschuhe, wusch mit eigener Seife die Hände, nahm Platz, beugte sich über die Kladde, öffnete das Etui und setzte die Lesebrille auf. Dann schloß er das Etui und griff, als dränge es ihn, sich seiner selbst zu versichern, zum Füllfederhalter.

Mag sein, daß ihn die Grabplatte in Sankt Marien, darauf steingehauen sein Name stand, angestoßen hat, schriftlich den Namenspatron des vierkant hochragenden Hotels, also den Astronom Johann Hewelke, Hevelius genannt, und dessen Ehefrau Catharina, eine geborene Rebeschke, auch Rebeschkin genannt, herbeizuzitieren, um, wie es sein Vater schon vergeblich getan hatte, eine verwandtschaftliche Linie mit der Brauereibesitzerfamilie Rebeschke bis ins siebzehnte Jahrhundert zurückzuverfolgen und so dem erschreckenden Vorschein seines Grabsteins einen Sinn zu geben, da klopfte es: erst zweimal leise, dann laut.

»Da bin ich wieder«, sagte die Witwe Alexandra Piątkowska, als sie kurz vor Mitternacht den Witwer Alexander Reschke heimsuchte.

Atemlos kam sie und trug außer ihrer Umhängetasche das gefüllte Erbstück, Mamas Einkaufsnetz. Diesmal war es ein in Zackenmuster braunblau gemustertes. In Eile, als brenne es hinter ihr, hatte sie dies, das und noch ein paar Sächelchen für den Professor eingepackt, um dann, ohne zu verschnaufen, ihm, Alexander, der inzwischen in Höhe der Dominiksmarkthalle sein mochte, zu folgen, und das mit kurzen, durch alle Gassen weit hallenden Stöckelschuhschritten.

»Hab' ich vergessen ganz. Ist zum Mitnehmen auf Reise!«

Ein Glas eingeweckte rote Bete, gereiht auf langer, zur Kette geknüpfter Schnur: getrocknete Steinpilze, und ein walnußgroßes Stück Bernstein – »Mit Mücke drin!« – füllten das Einkaufsnetz. Sie zog den mausgrauen Regenmantel, die Kostümjacke aus, stand vor ihm in hellblauer, seidig glänzender, unter den Achseln dunkel verschwitzter Bluse und war immer noch atemlos.

Soll ich dabeisein und trotz Hotelzimmerbeleuchtung die Lampe halten? Sie sah ihn in Hausschuhen. Er sah ihre Schweißflecken. Sie ließ das Netz mit Inhalt auf den Teppichboden gleiten. Er nahm die Brille ab und fand noch Zeit fürs Etui. Sie machte einen kleinen Schritt, er einen Stolperschritt. Dann sie noch einen, gleichzeitig er. Und schon fielen sie einander zu, lagen sie sich in den Armen.

So muß es gewesen sein. Oder so sehe ich ihren Fall, obgleich Reschke nur wenige Einzelheiten seinem Tagebuch anvertraut hat. Gleich hinter dem Schreckensbild seiner Grabsteinplatte und den Hinweisen auf herbeispekulierte Verwandtschaft – »Leider blieb die erste Ehe des Hevelius kinderlos . . . « – reihten sich die getrockneten Pilze, das Einweckglas, der Bernstein samt Mücke im Einkaufsnetz und die dunkelblauen Schweißflecke. Daß die Witwe, wie der Witwer am nächsten Morgen bemerkte, ihre Zahnbürste mitgebracht hatte, nannte er »eine erstaunliche, doch vernünftige Vorsorge«. Und ihren nach Mitternacht oder am frühen Morgen lachend verkündeten Satz: »Wir haben gehabt Glück, Alexander, weil ich hab' Wechseljahre vorbei schon«, schrieb er als Botschaft auf: »Wie freimütig Alexandra alles benennt.«

Dann gibt es noch Hinweise auf das zu schmale Einzimmerbett und den Teppichboden, der ihnen zu fleckig gewesen sei. Und nach der Andeutung eines kurzen Geplänkels – er wollte das Licht ausknipsen, sie nicht – steht sein Bekenntnis: »Ja, wir haben uns geliebt, konnten, durften uns lieben. Und ich – o Gott – war zur Liebe fähig!«

Das ist alles. Und nicht mehr, als mein Mitschüler preisgegeben hat, will ich in das schmale Hotelbett hineinlegen. Bei Licht besehen oder im Dustern: er mager, aber nicht altersdürr, sie rundlich stramm, doch nicht verfettet: die beiden gaben ein mögliches Paar ab.

Nur wenig Schlaf fanden Alexandra und Alexander. Sie werden ihre Liebe wie eine Aufgabe bewältigt haben. In ihrem Alter war Geduld vonnöten, jene Spielart von Humor, die Niederlagen ausschließt. Wie sie einander beim Frühstück im Hotelrestaurant beteuern konnten, hat während kurzer Phasen erschöpften Schlafs er nicht, sie nicht geschnarcht. Später jedoch, an anderer Stelle ihrer Geschichte, notierte er nur mäßig störendes Schnarchen; sie wird ähnlich duldsam gewesen sein. Ihrer Aufforderung, endlich zu schlafen, das hieß Rücken an Rücken zu liegen, verdanke ich die Notiz: »Machen wir Doppeladler.«

Sprachen sie zwischendurch über ihre Idee? War, zumindest beiläufig, von Friedhöfen in Gdańsk und Wilna, von ausreichend viel Deutschmark die Rede? Oder blieb neben der Liebe im schmalen Bett kein Platz für Friedhöfe hier und dort? Oder wurde ihre Idee, der es noch immer an Zunder fehlte, durch Liebe beatmet? Auf Reschkes Frage beim Frühstück, ob sie seine Zimmernummer bei der Rezeption erfragt habe, bekam er mit nachgestelltem Lachen Antwort: »Aber du hast mir Nummer gesagt und Stockwerk wie hoch, na, als wir gestritten haben bißchen über großer polnischer Künstler in preußische Akademie.«

Den Abschied brachten sie schnell hinter sich. Nachdem er fürs Einzelzimmer gezahlt hatte, sagte er: »Verlaß dich drauf, Alexandra, du hörst von mir. Mich wirst du nicht mehr los.«

Und sie soll, als schon sein Koffer griffbereit neben ihm stand, gesagt haben: »Ich weiß, Alexander. Und fahr nicht so schnell auf Landstraße. Nun bin ich nicht Witwe mehr.«

Die Piątkowska ging, bevor Reschke sein Gepäck zum Parkplatz trug, das war so abgemacht. Trinkgeld für den Portier, der den Koffer nicht tragen durfte. Morgensonne: heiter bis wolkig. Aus nordwestlicher Ecke pustete Wind den Gestank der Schwefellöschplätze im Hafen woandershin.

Als Reschke kurz nach acht vor das Hotel trat, standen noch keine Taxis, aber einladend drei Rikschas schräg gegenüber in der Sonne. Lack und Chrom glänzten. Die drei Rikschafahrer im Gespräch miteinander, zwischen ihnen mit Mütze Chatterjee. Der dritte Fahrer sah fremdländisch aus. Und als Chatterjee den Kofferträger bemerkte und nach wenigen Schritten neben ihm war, nannte er den Pakistani frisch angestellt: »Weitere stehn vor dem Novotel.«

Mein Mitschüler gratulierte, zumal ein zweiter Pole seinen Stolz überwunden hatte.

Chatterjee sagte: »Wann kommen Sie wieder, Mister Reschke? Ich lade Sie jetzt schon zu einer Stadtrundfahrt ein. Sie kennen meine These: Wenn überhaupt etwas, dann hat die Fahrradrikscha Zukunft!«

Von diesem Abschied blieb der wiederholte Hinweis auf des Bengalen traurig abschweifenden Blick. Er gab Reschke einen Stoß Prospekte –»Chatterjees Sightseeing-Tours« – mit auf die Reise: »Für Ihre Freunde in Old Germany! Überall Stau, Streß, Lärm! Da hilft nur eines: Bitte, Chatterjee fragen. Der weiß, wie den Städten zu helfen ist.«

Alexander Reschke legte die Prospekte ins Handschuhfach. Auf den Beifahrersitz legte er das andere Geschenk: ein gehäkeltes Einkaufsnetz voller Mitbringsel, darunter getrocknete Steinpilze.

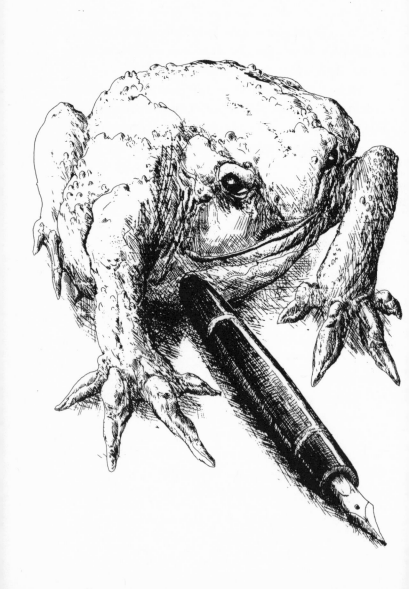

3

Jetzt könnte ein Briefroman beginnen, dieses knistern-
de Hin und Her, das bei verstellter Stimme mitteilt,
indem es ausspart und fortgesetzt dem Leser mit viel-
sagenden Lücken zu tun gibt. Offenheit, die nur Satz-
zeichen als Gehege duldet. Ausgehungerte Fragesätze
und Leidenschaft, streng auf zwei Personen verengt,
die mittels Papier zu Wort kommt, ohne Dreinrede von
außen...

Aber das Paar hat seine Idee freigegeben; schon
läuft sie und ruft Personal auf den Plan, das, laut Satzung, mitreden will, nicht nur indirekt flüstern. Bald
wird man nach einer Geschäftsordnung rufen.

Da mir mein ehemaliger Mitschüler zwischen den
per Post zugestellten Krempel seinen Füllfederhalter
gelegt hat, kann ich das Schreibwerkzeug – im Gegensatz zum Auto seiner Wahl – bestimmen: ein schwarzer
Montblanc, dick wie eine Brasil, mit Goldfeder, den er,
für mich zum Gebrauch, durch Ansaugen mit blauvio-
letter Tinte geladen hat. Ach, Reschke, schreibe ich,
was hast Du mir da bloß eingebrockt...

Noch in Polen datiert – Hotel Merkury, Poznań –,
wo er, weil übermüdet, seine Reise unterbrach, schrieb
er den ersten Brief. Ich will es mir nicht leichtmachen,
indem ich sein seitenlanges Handschreiben, das gleichmäßig Rand hält und dessen wie gestochen wirkendes

Schriftbild noch immer die Zeugnisnote »sehr gut« verdiente, hier ausbreite. Kein Briefroman soll beginnen. Zudem könnte eine ungekürzte Veröffentlichung mißfallen, denn auf drei von fünf beiderseits beschriebenen Briefbögen durchlebt Reschke in immer neuen Anläufen die Nacht im Einbettzimmer, zu der ihm teils abgeschmackte, teils originelle Umschreibungen einfallen, die alle um die Geschlechtsorgane zweier Liebender bemüht sind. Zwar fließen ihm hymnische Übersteigerungen aus der Feder, doch gibt er kaum etwas von den wirklichen Anstrengungen im zu schmalen Bett preis, es sei denn die Einsicht, daß es den älteren Herrn spät und zugleich pubertär erwischt hat. Wie nach einem Rohrbruch ergießen sich Obszönitäten, die, allzu lange gestaut, in unangefochten gleichmütig bleibender Schrift Blatt nach Blatt füllen; wobei ich gestehen muß, daß mir der Überschwang des Professors allenfalls dort einleuchtet, wo er, nach barocker Reihung von Adjektiven, seinen Penis zuletzt einen »spät entwickelten Einfaltspinsel« nennt. Es juckt ihn regelrecht, alle Register zu ziehen, flegelhaft unanständig zu sein und an zwei, drei Stellen Ausdrücke zu benutzen, die ihm Alexandra im Eifer des Geschehens geflüstert hat, etwa wenn sie ihn, was sein Brief verrät, gleich nach Vollzug der Liebe bittet: »Bleib noch bißchen in meine Rumpelkammer.«

Verständlich, daß die Piątkowska in ihrem Antwortbrief, der auf polnisch verschlungenen Wegen zehn Tage bis nach Bochum benötigte, Einspruch erhebt. Zwar sei ihr die Nacht im schmalen Bett unvergeßlich, auch sie wünsche sich »schöne Wiederholung und

bald«, aber in einem Brief, Wort für Wort niedergeschrieben, wolle sie diese Anhäufung von Deutlichkei-
ten, gar solche, die ihr die Inbrunst eingegeben hätte,
nie wieder lesen. »Wegen Anstand nie wieder, nicht
weil ich hab' Angst vor Zensur immer noch.«

Dann geht sie auf das letzte Briefdrittel ein, dessen
Inhalt sich sachlicher liest und kaum Ausrufezeichen
benötigt. Vorsichtig und von etlichen Wenn und Aber
umzäunt, hat Reschke der gemeinsamen Idee einigen
Vorschuß auf Zukunft hingeblättert: »Nach all dem
Unrecht, das sich Menschen angetan haben, sollte es
doch möglich sein, jetzt, seitdem die Horizonte aufkla-
ren und so vieles tatsächlich wird, was vor Jahresfrist
noch undenkbar zu sein schien, nicht nur den Lebenden eine bessere Zukunft zu eröffnen, sondern auch
den Toten zu ihrem Recht zu verhelfen. Das Wort Friedhofsruhe wurde oft negativ benutzt, jetzt müßte – nein,
Alexandra, ich höre Dein Stirnrunzeln –, muß es mit
neuem Sinn erfüllt werden. Das Jahrhundert der Vertreibungen wird seinen Ausgang unter dem Zeichen
der Heimkehr finden. So, nur so darf sein Ende gefeiert
werden. Kein Zögern mehr! Wie ich Dir, Liebste, zusi-
cherte, werde ich nach meiner Rückkehr mit Personen
und Personengruppen, nicht zuletzt mit kirchlich orien-
tierten, Kontakt aufnehmen und zugleich Grundlagen
für eine Kartei schaffen...«

Ähnliches hatte die Piątkowska im Sinn: »Du mußt
wissen, daß in Gdańsk und Gdynia, nein, in ganze
Wojewodschaft mehr als Drittel von Bevölkerung
kommt von Wilno und möcht da liegen, wenn Zeit ist
rum. Nicht alle, aber genug. In Kirche von Heiliger

Bartłomieja, wo liegt ganz nah bei Dein Hotel Hevelius, ist oft Treffen von Freunde von Wilno und Grodno. Ich werde schreiben an Bischof, wo sitzt in Oliwa. Fragen werd ich, aber vorsichtig, denn mit Kirche muß man vorsichtig sein immer, weil in Polen Kirche ist alles...«

Reschke hat sich in seinen folgenden Briefen gezügelt. Dennoch nahm das Verhältnis zwischen Alexander und Alexandra, von ihm »unsere Liebe ohne Vergleich« genannt, breiten Raum ein. Er versteckt die Geschlechtsorgane der beiden Liebenden nicht mehr in wechselnden Kostümen, läßt aber nun ihr »übersinnliches Mit- und Ineinander« mal als brausenden Orgelton, mal von gezupftem Instrument nachhallen. »Unser später Einklang, dieses jubelnde Gloria, dieses verhaltene Credo tönt in mir fort und fort. Und selbst Dein Lachen, von dem ich oft meinte, daß es mich auslache, findet immer neue Hallräume, wenngleich es mir schmerzlich Deine Abwesenheit bewußtmacht und so, weniger leitend, mehr mich leiden lassend, zu meinem Leidmotiv wird.«

Wenn vorhin Reschkes Schönschrift zu loben war, muß nun zugegeben werden, daß es mir schwerfällt, die Briefe der Piątkowska bis ins letzte Gekraksel zu entziffern. Nicht ihre Satzstellung oder ihr sparsamer Umgang mit den Artikeln, die sie grundsätzlich als »typisch deutsche Quälerei« ablehnt, bereiten mir Schwierigkeiten, vielmehr ist es die mal rücklings stürzende, mal voranstürmende Gangart des Schreibverlaufs. Es ist, als hätten ihre Wörter und mit ihnen die einzelnen Buchstaben die Fallsucht. Sie treten sich auf die Hacken, hakeln, drängeln, schubsen, gönnen einander weder Zeilen- noch Wortabstand: tanzende Buchstaben in Ekstase, nicht ohne optischen Reiz.

Dabei liest sich, was aus dem Gezappel herausgelesen werden kann, als durchweg vernünftig und auf den Punkt gebracht, etwa, wenn sie ihres Alexanders Ergüsse zu kanalisieren sucht: »Vielleicht haben wir Glück gehabt bißchen, weil wir auf Markt uns zufällig haben getroffen und mußten gleich streiten wegen Blumen und Geld. Doch hab ich gewußt schon, daß neben mir komischer Herr ist besonders...«

Ich gebe zu: Alexandra kommt mir näher, als dem Berichtenden erlaubt sein darf, doch meine Einschätzung, nach der ihr ein anderer Kerl als Reschke zu wünschen gewesen wäre, zählt nicht.

Vom ersten bis zum letzten Brief folgt sie der polnischen Schreibweise ihrer Vornamen. Immer schreibt »Aleksandra« an »Aleksander«. Schriftlich hat sie ihn nie »Aleks« oder »Alex« genannt. Necknamen sind keine überliefert. Denkbar wäre immerhin »Schlurf« gewesen. Nur das »liebe Professorchen« wird ab und zu angerufen, sobald seine Fachsimpelei nach Bestätigung verlangt.

In Briefen, die sich das Paar während der Adventszeit, dann zu Weihnachten und zum Jahresende geschrieben hat, wird in Umrissen erkennbar, welche Richtung ihre Bemühungen einschlagen. Sie berichtet, daß die katholische Kirche, in Gestalt des Bischofs mit Sitz in Oliva, nicht nur Interesse gezeigt, sondern »unsere Idee«, bei allen voraussehbaren Schwierigkeiten, »Gottwohlgefällig« genannt habe. »Das ist wichtig«, schreibt sie, »denn in Polen ist Kirche immer da und Regierung mal da und mal weg.« Bei ihren Landsleuten polnisch-litauischer Herkunft habe sie zwar viel kopfschüttelndes Erstaunen, aber auch Zuspruch erfahren können: »Da wolln viele in Wilno auf Friedhof zu liegen kommen. Und haben geweint manche, weil Gedanke schön ist.«

Reschke schreibt von ersten Kontakten mit der organisierten Landsmannschaft. »Diese Leute sind weniger reaktionär, als einige Leitartikel in ihrer Hauspostille glauben machen wollen.« Etliche Ortsgruppen, mit Sitz in niedersächsischen und schleswig-holsteinischen Städten, hätten positiv geantwortet, andere nicht frei von Mißtrauen. In einem der Schreiben sei »vitales Interesse an Rückkehr in die Heimat, wenn auch der Toten nur« formuliert worden. Die Idee der Friedhofsgesellschaft komme überraschend gut an. Nach Gesprächen mit Würdenträgern der Kirche lutherischer Spielart – »Das Gespräch mit dem katholischen Klerus steht noch aus« – seien Anfangserfolge zu verbuchen. »Ein aus Elbing stammender Konsistorialrat, der sich aktiv beteiligen will, sagte mir, solch ein Friedhof stimme ihn als Verheißung jetzt schon fröhlich. Du siehst, liebe Alexandra, unsere Idee birgt, wenngleich dem Tod verpflichtet, ein lebensbejahendes Element, das vielen Menschen Hoffnung macht; wie ja das mittelalterliche Motiv Totentanz dem Sterben als Gleichheitsprinzip nicht nur makabre, nein, fröhliche Reverenz erweist; denk, bitte, an den Lübecker Totentanz, den leider der Krieg vernichtete, und an den in Reval erhaltenen des Meisters Bernt Notke: dieser endlose

Reigen der Stände, vom Patriziat bis zu den niederen Gewerken, ob König oder Bettler, sie alle tanzen in die Grube, so bis heute. Und all das, Liebste, geschieht in Zeiten großer Veränderungen mit unwägbarem Ausgang. Umwälzungen von barbarischer Gewalt sehe ich auf Umwegen und direkt auf uns zukommen, manche mögen heilsam sein. Dennoch kann ich die gegenwärtige Hochstimmung nicht ohne Vorbehalt teilen: ihr Umschlag in Bitternis ist wie vorgeschrieben. Wenngleich mir das Ende der Mauerzeit Genugtuung bereitet, ahne ich Schlimmes. Ja, ich schwanke, erlebe mich heiß und kalt, bin froh, daß es bei uns nicht, wie in Rumänien, zu Blutvergießen kam, schließe aber Brutalität besonderer Art nicht aus, weil in Deutschland immer...«

Damit ist nur angedeutet, in welch wachsendem Maß der Briefwechsel zwischen Alexander und Alexandra vom Zeitgeschehen belastet wurde. In einem der Dezemberbriefe – jeweils vier an der Zahl – berichtet Reschke zwar ausführlich über »weitere Anfangserfolge, geeignet, unsere Friedhofsidee zu fördern«, verkündet dann aber: »Es zeichnet sich eine Einheit ab, die mir, wenngleich herbeigesehnt, fürchterlich zu werden beginnt...«

Dem widerspricht die Piątkowska so unbeirrt, als hätten sich alle polnischen Zukunftsängste mit dem Wertverfall des Złoty verflüchtigt: »Ich begreife Dich nicht, Aleksander! Als Polin kann ich Dein Volk beglückwünschen nur herzlich. Wer polnische Nation will haben ungeteilt, muß wollen auch deutsche Nation eins. Oder willst Du in Gdańsk machen zwei Friedhöfe mit Ruhe sanft Ost und Ruhe sanft West?« Dann aber fällt ihr doch noch ein, daß man die Grenze zwischen den beiden gegensätzlichen Völkern sicher machen müsse: »Sonst wird Einheit gefährlich sein, wie war schon oft für ganze Welt von Gefahr.«

Man könnte meinen, es hätte dieser Ansturm datensetzender Wirklichkeit der kaum entfachten Liebe zwischen dem Paar abträglich werden können: das vorlaute Dazwischenreden der Politik, dieser sogar die Träume einholende »Hufschlag des reitenden Weltgeistes«, diese Transparentinschriften. Hat nicht der lautverstärkte Ruf »Wir sind ein Volk!« das Geflüster der Liebenden, ihr leises Beteuern: »Wir sind ein Fleisch«, übertönt?

Die Leipziger Montagsbilder gingen rund um den Erdball. Als auf und unter dem Brandenburger Tor Silvester gefeiert wurde, durfte, bis in indische und brasilianische Slums hinein, mitgefeiert werden, sah die weltweite Völkerfamilie zu und staunte. Auch in Gdańsk und Bochum sahen Alexander und Alexandra, was ihnen das Fernsehen in die Stube brachte. Wer mochte da abschalten und hier ein Foto betrachten, das Pilze zeigt, dort ein walnußgroßes Stück Bernstein gegen Licht halten?

Ihre Liebe nahm keinen Schaden. Im Weihnachts- und Neujahrsbrief ist es die sonst auf Sachlichkeit eingeschworene Piątkowska, die sich des mageren Körpers auf, unter und neben ihrem Fleisch erinnert. Alles ist ihr greifbar geblieben, wenn sie versichert, wie gerne sie ihres »lieben Aleksanders« Rippen betastet, gezählt habe. »Du hast Körper wie Knabe!« ruft sie.

Sein spärliches Brusthaar rechnet sie als Gewinn. In einer Briefpassage benutzt die Piątkowska einen Ausdruck, den sie als exportierte Vergolderin in Trier oder Köln aufgeschnappt haben muß: »Du hast mich gebumst ganz schön und möcht ich noch oft...«

Reschke hingegen verkneift sich jede körperliche Anspielung, faßt aber ihre Liebe kostbar in erhabene Begriffe, als wolle er sie auf einen Sockel stellen. Sogar das politische Großgeschehen spannt er vor ihr zerbrechliches Vehikel. Gleich zu Beginn des neuen Jahres schreibt er: »Und was dort in der Silvesternacht geschah, was sich auf und unter jenem klassizistischen, lange vermauerten, endlich offenen Bauwerk ereignete, was Schlag zwölf, als ein blutiges, bis zum Schluß waffenklirrendes Jahrzehnt verging, urplötzlich losbrach, was dann, kaum hatte das neue Dezennium, das ich mit Bangen und Hoffnung beginnen sah, unwiderruflich begonnen, als Gebrüll seinen Anfang nahm – denn das Volk war in Berlin und anderswo wie losgelassen –, all das hat eine auflagenstarke Zeitung, die unserem Volk täglich zuspricht, auf ein einziges Schlagzeilenwort gebracht: ›Wahnsinn!‹ Ja, Alexandra, mit diesem Wort ist das neue Jahrzehnt eingeläutet worden. So begrüßt man sich neuerdings: ›Ist das nicht Wahnsinn?‹ ›Ja, das ist Wahnsinn!‹ Bei allem, was geschieht, hat Wahnsinn im Spiel zu sein. Passiert Unerklärliches, erklärt dieser Ausruf alles sogleich. Jedem offenen Topf ist Wahnsinn der passende Deckel. Und selbst uns, Liebste, mag Wahnsinn, freilich jener holde, der die Liebe beflügelt, vorm Blumenstand zusammengeführt, auf den Friedhof geleitet, zum Pilzgericht mit Gerüchen verlockt, abermals versammelt und im schmalen Bett ineinandergefügt haben. Doch zu diesem Wahn und zum Sinn dieses Wahns, zu unserem Wahn-Sinn sage ich ja, ja, immer wieder ja...«

Danach, etwa ab Mitte Januar, wird vieles unübersichtlich. Ich sehe das Paar nicht mehr oder nur noch als Schattenriß. Zwar fehlt im Wust der vorliegenden Unterlagen kein einziger Brief, doch so amüsiert ein Außenstehender das hier turtelnde, dort auf eine fixe Idee eingeschworene Hin und Her lesen mag, selten steht Handfestes geschrieben. Ich muß mich an Nebensätze klammern oder ein einzelnes Wort leermelken, damit ihre Sache in Fluß bleibt.

Diesen Mangel will ich erklären: Reschke und die Piątkowska haben einen Gutteil ihrer Korrespondenz übers Telefon abgewickelt. Davon ist so gut wie nichts überliefert, allenfalls geben die Briefe und sein Tagebuch Hinweise auf Schwierigkeiten beim Telefonieren zwischen Ost und West. Diese nicht etwa neutralen, vielmehr Böse und Gut scheidenden Himmelsrichtungen sind ihrem Briefpapier wie Wasserzeichen geprägt. Wenn sie über östliches Elend, die Teuerung, die Notküchen klagt – in Polen gebe es jetzt gegen Vorlage eines »Kuroniówka«, benannt nach dem Sozialminister Jacek Kuroń, für Notleidende einen Schlag Suppe –, jammert er über westlichen Überfluß und die erbarmungslose Härte der westdeutschen Währung, die bei ihm, nach Alexandras Sprachgebrauch, nur noch »Deutschmark« heißt; und wenn sie ihre zu lang währende Mitgliedschaft in der Partei als Schande verurteilt, um sogleich den Kommunismus für alles kommende Unheil verantwortlich zu machen – sogar das Verharren der katholischen Kirche im Dogma soll er mittels Gegendogma verursacht haben –, ist ihm der Kapitalismus Lastesel aller Beschwerden, auch der eigenen: nachdem er aus Steuergründen – »so was ist abzugsfähig bei uns« – einen Computer gekauft hat, sieht er sich zwanghaft dem kapitalistischen Zuwachsprinzip unterworfen. »Dabei verfügt die Uni über Geräte, die Daten speichern, im Übermaß ... «

Wie nebensächlich steht das geschrieben, und doch wird ihm dieser Computer, den er, laut Selbstzeugnis, »nur stümperhaft« zu bedienen versteht, bei der Fleischwerdung ihrer Idee behilflich werden. Ein sogenannter PC, wahrscheinlich Marke »Apple«. Wieder fehlen genaue Angaben, spart er den technischen Kleinkram aus, den ich, weil starrsinnig ohne Computer tätig, nicht aus dem Hut zaubern kann.

Jedenfalls spuckte die »nützliche Anschaffung«, wie er schon bald sein namenloses Gerät umschreibt, Hochrechnungen aus, die auf statistischen Zahlen fußten und Mitteilungen einbezogen, die ihm von immer mehr Ortsgruppen der organisierten Landsmannschaft geliefert wurden. Zum ersten Mal spricht er, ganz ohne Ironie, von »Beerdigungswilligen«. Man könne jetzt schon von knapp dreißigtausend ausgehen, die bereit seien, über weitere Eigenleistungen und später fällige Zuschüsse der Kranken- und Sterbekassen hinaus, bis zu 1000 DM im voraus zu zahlen, so daß, bei Garantie eines zugelassenen Friedhofs, ein Grundkapital von rund 28 Millionen als gesichert zu werten sei. Allerdings müsse ein Drittel der Summe für den Friedhof in Wilna abgezweigt und auf einem Sperrkonto verwahrt werden, denn mit Sicherheit müsse man erwarten, »daß Litauen die Rückkehr beerdigungswilliger Polen durch Devisenzahlung beglichen sehen will. So ist das nun mal, liebe Alexandra. Nur mit Hilfe der Deutschmark können wir unserer Idee zu ansehnlicher Gestalt verhelfen...«

Die ehemaligen Einwohner der bis '39 freien, danach dem Reich eingegliederten Stadt Danzig und Umgebung hatten überwiegend in Schleswig-Holstein, Hamburg, Bremen und Niedersachsen wenn nicht Heimat, so doch erträgliches Unterkommen gefunden; sobald Reschke Zahlen für den west- und süddeutschen Ansiedlungsraum einfütterte, ließen sich zusätzlich gut fünfzehntausend »Beerdigungswillige« hochrechnen. Mein ehemaliger Mitschüler schloß nicht aus, daß nach vollzogener Wiedervereinigung mit weiterem Zuwachs zu rechnen sei, »wenngleich man dann auf einen Grundbetrag von allenfalls 500 Deutschmark wird hoffen können. Schließlich hat Ostdeutschland unter ähnlichen Altlasten wie Polen zu stöhnen, selbst wenn es hier schneller bergauf gehen sollte als bei Euch; Ihr habt nun mal keinen großen Bruder, der auf alles eine Antwort weiß.«

Das Spielen mit dem Computer muß Reschke Spaß bereitet haben. Wörter wie Network, Monitor oder Digipad rutschten in seine Briefe. ROM wurde Alexandra als Read Only Memory, die Beschreibung des mit Instruktionen bestückten Arbeitsspeichers, erklärt. Da ihre Idee bombig einschlug, kam ihm eine Flut von

Spielmaterial ins Haus, das er über das Keyboard einfütterte und auf der Hard disk versammelte. Nicht daß
ihm der Heimcomputer die ferne Geliebte ersetzte,
doch spricht er von seiner Neuerwerbung zärtlich:»...
und wie mir mein summendes, gelernt stotterndes und
doch so diskretes Gegenüber kürzlich geflüstert hat,
können wir die Friedhofsgesellschaft mit einem Startkapital gründen, das sich weit höher zu runden verspricht, als meine ersten Hochrechnungen erwarten
ließen...«

Das hätte ich ihm nicht zugetraut, diesen lockeren
Umgang mit dem Software-System. Anfangs meinte
Reschke noch, seinen PC mit wissenschaftlichen Erfor-
dernissen begründen zu müssen. Er nannte Zitate, gewonnen aus Sekundärliteratur, den schnörkeligen Wust
barocker Emblematik als der Speicherung bedürftig,
dann aber waren es nur noch die Polnisch-Deutsch-
Litauische Friedhofsgesellschaft und deren planeri-
sche Bedingungen, die den Professor vor der »kapitalistischen Ausgeburt« versammelten.

Nachdem er über die Universitätsbibliothek Einsicht in mehrere Jahrgänge der Monatszeitschrift »Unser Danzig« genommen hatte, speiste er seinen Heimcomputer – ich sehe ihn in Hausschuhen vor dem
Apple sitzen – mit Informationen, die er den letzten
Seiten dieses Heimatblättchens ablas. Dort fand er Todesanzeigen, Gratulationen zu runden Geburtstagen,
zur Silbernen, Goldenen, Diamantenen Hochzeit und
»zum verdienten Ruhestand«. Kommentierte Fotos von
Klassentreffen sagten ihm, wie viele restliche, inzwischen hochbetagte Schüler immer noch reiselustig

waren. Hinzu kamen Klassenfotos diverser Volks- und Mittelschulen, Lyzeen und Gymnasien, darauf namentlich aufgelistet vorn hockende, dann sitzende, nachgestellt stehende, dahinter erhöht gestellte Schüler und Schülerinnen. Ihre Seitenscheitel und Zöpfe, Propellerschleifen und Schillerkragen, ihre Kniestrümpfe und Ringelsöckchen, ihr Grinsen, verhuschtes Lächeln und so viel verkniffener Ernst, flankiert vom Schuldirektor und Klassenlehrer: gut vorsortierte Fundgruben für Reschke, denn diese und weitere Informationen verrieten einiges über die Langlebigkeit ehemaliger Flüchtlinge. Mein Mitschüler schwankt zwischen den Kategorien und sagt »Umsiedler«, wenn er »Vertriebene« meint, oder er klittert, indem er unsere immer älter werdenden Landsleute als »umgesiedelte Flüchtlinge« in seinen Rubriken führt.

Zum Beweis der überdurchschnittlich hohen Lebenserwartung schickte er der Piątkowska Fotokopien solcher Geburtstags- und Jubiläumsinserate, zudem Todesanzeigen, nach denen, zum Beispiel, ein Herr Augustin Habernoll nicht nur seinen 95. Geburtstag, sondern auch sein 75jähriges Organistenjubiläum feierte oder Frau Frieda Knippel bei bester Gesundheit 86 Jahre alt geworden war, oder Herr Otto Maschke im Alter von 91 Jahre »nach langer Krankheit sanft eingeschlafen ist«.

Alexandra las:»Ist es nicht so, als versuche das hohe Lebensalter der ehemaligen Umsiedler uns mahnend anzudeuten, daß man mit Ungeduld auf die Gründung der Friedhofsgesellschaft wartet, ja, sie herbeisehnt? Und mehr noch: Ich vermute, daß Furcht vor der zeitbedingten Gewißheit, in fremder Erde liegen zu müssen, gemischt mit der Hoffnung, einst doch im heimatlichen Gottesacker letzte Ruhe zu finden, den Lebensabend meiner Landsleute verlängert hat. Die Zahl der Hundertjährigen wächst. Die Wartebank wird immer länger. Es ist, als ob die Alten und Uralten uns zuriefen: Beeilt euch! Laßt uns nicht länger warten! Wie gut, daß in meinem sonst obskuren Heimatblatt, dessen Redaktion immer noch meint, man könne Geschichte rückläufig betreiben, alle Jubilare mit ihrer vormaligen Adresse, zum Beispiel, ›Früher Danzig, Am Brausenden Wasser 3 b‹, und ihrem derzeitigen Wohnsitz, ›jetzt 2300 Kiel 1, Lornsenstr. 57‹, bekannt gemacht werden. So ist es mir gelungen, über tausend Adressen zu speichern. Und täglich bekommt mein wirklich pflegeleichtes Haustier neues Futter. Die meisten Ortsstellen der organisierten Landsmannschaft beantworten mein Rundschreiben mit Interesse. Man versorgt mich mit elementaren Daten. Und dankenswerterweise haben beinahe alle Ortsstellen meinen Fragebogen in Umlauf gebracht. 72 Prozent der Rückmeldungen zeigen Beerdigungswilligkeit im Sinne unserer Friedhofsgesellschaft an. Davon wollen 51 Prozent so bald wie möglich den Grundbetrag einzahlen, nur 35 Prozent ziehen die angebotene Ratenzahlung vor, der Rest mag sich noch nicht entscheiden. Mehrmals habe ich diese Zahlen geprüft, und immer wieder bin ich erstaunt, was die Computertechnik, die mir als seelenlos lange suspekt war, zu leisten vermag. Wir werden demnächst in der Hundegasse einen solchen Zauberkasten etablieren. Mir ist gewiß, daß meine

Alexandra zügiger als ich lernen wird, ihn zu bedienen.«

Sie hat auf den Einzug des neuen Möbels reagiert: »Weiß schon, warum deutscher Herr immer sagen muß, was Polen müssen lernen, damit klappt alles...«

Das war gegen Ende Februar, als der ostdeutsche Staat in Richtung Westen auszulaufen drohte und Reschke die täglichen Abwanderungszahlen in seinem PC hochrechnete, worauf er ein Ergebnis ausgespuckt bekam, das nach absehbarer Zeit die Entvölkerung der zum Anschluß freigegebenen Länder befürchten ließ. Ich lese: »Zunehmend bereitet mir das Tagesgeschehen Kummer, weil unsere Idee unter der Last deutscher Unverträglichkeiten Schaden nehmen könnte...«

Darauf kommt postwendend Antwort, die Trost spenden soll, indem die Piątkowska das bekümmerte Gesicht ihres Ministerpräsidenten mit des westdeutschen Kanzlers Standardausdruck vergleicht: »Was jammerst Du, Aleksander! Wenn armes Polen hat edlen Ritter von traurige Gestalt, habt ihr dickleibiges Sancho Pansa, muß grinsen immer...«

Jetzt hätte ich Lust, meinen Ärger abzulassen. Was kümmern mich ihre Briefe! Was zwingt mich, bei seinen Computerspielen mitzumachen? Was reizt mich an ihrer Geschichte noch? Ist ihre Liebe nicht jetzt schon gewöhnlich, ihr Geschäft mit den Toten gemachte Sache? Wie viele Kröten muß ich noch schlucken?

Sauber und krakelig rechtfertigen die Februarbriefe meinen Unwillen. Die Piątkowska teilt mit, daß ihr in Bremen studierender Sohn alle Pläne seiner Mutter

und ihres Geliebten, die sich mit der Friedhofsgesellschaft befassen, als »typisches Produkt kleinbürger-
lichen Wunschverhaltens« abgekanzelt habe. »Witold
sagt, weil er mich ärgern muß immer, daß unsere Idee
ist von falsches Bewußtsein und daß er nun ist Trotzkist,
weil ich zu lange war in Partei, und daß er nicht will
kleine Freundin haben, wie ich mir wünsch immer
schon.«

Darauf jammert Reschke über die »selbstsüchtige
Uneinsichtigkeit« zweier seiner drei Töchter, deren
eine ihm »anachronistischen Heimatkult«, die andere
»nekrophilen Revanchismus« vorgeworfen habe. »Die
jüngste Tochter hält sich heraus, offenbar ist ihr unsere
Idee nichtig.«

Ferner beklagt er den bürokratischen Kleinkram im
Universitätsbereich, die Wahlniederlage der Sandini-
sten in Nicaragua, das Wetter und die neonationalen
Töne seiner Kollegen; sie hingegen berichtet klaglos
über ihre Arbeit, derzeit in der Marienkirche: »Wo
große astronomische Uhr steht, die gemacht hat, wie
Du weißt, gewisser Hans Düringer. Hat aber wieder
kaputt gemacht alles, wie Sage erzählt, denn Rat von
Patrizier hat ihm beide Augen gestochen und blind
gemacht, damit er nicht konnte Wunderuhren machen
woanders. Und ich muß jetzt heilmachen wieder...«

Die Arbeit der Vergolderin bestand darin, die Spu-
ren des ursprünglichen Zustands, etwa an den Ziffern
der kirchlichen Festtage, zu sichern. Als sie diesen
Brief schrieb, waren es dezemberliche: Santa Barbara,
Sankt Nikolaus, Mariä Empfängnis und Santa Lucia.
Die Goldene Zahl, der Mondzirkel von 1 bis 19 laufend,

danach die zwölf goldenen Stundenziffern auf dem Außenring der Uhr und die wenigen Goldspuren der im inneren Zirkel gereihten Tierkreiszeichen standen ihr noch bevor. »Besonders hat Löwe noch übrig von erste Vergoldung. Na, freu mich schon, wenn Löwe ist dran, weil ich Geburtstag hab, wenn Löwe ist Herrscher...«

Unser berufstätiges Paar. Schon macht es mich wieder neugierig. Zum Glück waren beide nicht nur auf ihre Idee fixiert. Während die Piątkowska zum Stillstand gebrachte Zeit vergoldete, dachte Reschke sich als Professor Übungen für seine Studenten aus. »Ich habe mich«, schreibt er, »durch ein liebenswürdiges Geschenk von Deiner Hand anstoßen lassen, den Ärger über die Universität und ihre Intrigenwirtschaft durch Tätigkeit abzustellen, indem ich ein Seminar über Gebrauchsgegenstände zum Zwecke des Einkaufs und Verkaufs veranstalte. In Betracht kommt alles, was in Kunstwerken anschaulich geworden ist. Es geht um Körbe, Kiepen, Beutel, Säcke, Netze, Tragetaschen, um Rucksäcke, wie sie heute bei der Jugend wieder in Mode sind, leider auch um erbärmliche Plastiktüten. Viel bieten natürlich die holländischen Kleinmeister. Sichtbar getragene Geldbeutel finden sich, oft in prachtvoller Ausführung, auf Holzschnitten seit der Spätgotik. Und die gegenwärtige Kunst, bis hin zu Beuys, zelebriert geradezu diese Gegenstände; kein Filzpantoffel ist vor ihr sicher. Übrigens hat unser gemeinsamer Freund Chodowiecki – Du erinnerst Dich an den kleinen Streit – in seinen Stichen und Zeichnungen viele dieser nützlichen Utensilien überliefert, zum Beispiel auf Blättern, entstanden während seiner Reise von Berlin nach Danzig und dortselbst, etwa die entzückende Skizze nach einer Magd mit Henkelkorb. Diese Originalzeichnungen begeistern meine Studenten. Und ganz aus dem Häuschen waren sie, als ich – hoffentlich mit Deiner Erlaubnis – Dein liebes Geschenk ins Seminar trug. Bei all dem geht es mir um Anschaulichkeit und um den Brückenschlag zwischen Kunst und Alltag. Kein Wunder, daß zwei Studentinnen und bald danach ein Student begonnen haben, Einkaufsnetze in Zackenmuster zu häkeln. Sie benutzen Dein Netz, das nun meines sein darf, als Vorlage ... «

Es könnte sein, daß der tägliche Umgang der Vergolderin mit der astronomischen Uhr die sonst sachliche Piątkowska ins Grübeln gebracht hat, denn im ersten Märzbrief schreibt sie: »Wir müssen Tempo machen. Zeit läuft sonst weg. Nicht nur, weil Deutsche bald eins sind und an Friedhof nicht mehr denken möchten, auch sonst wird knapp alles. Verstehst Du! Zeitverknappung, wie früher gegeben hat Fleischverknappung oder Zuckerverknappung. Nun gibt ja viel in Geschäfte, nur ist zu teuer, weil Geld wird knapp. Und Zeit läuft weg, wenn wir nicht bald machen Tempo ... «

Das entsprach Reschkes Befürchtungen, dem allerdings weniger die verstreichende Zeit, weit mehr das Wetter Sorgen bereitete: »Schon am 25. Januar hat der erste Sturm, von England über Belgien und Nordfrankreich kommend, beträchtliche Schäden angerichtet. Es gab Tote. Doch diesem Orkan folgten fünf weitere, die in den ohnehin kranken Wäldern ein unentwirrbares Chaos hinterlassen haben. Erschrecken macht sich breit. In Düsseldorf und anderswo mußte sogar der Karnevalsumzug am Rosenmontag abgesagt werden; das hat es noch nie gegeben. Dabei ist zwischen den Stürmen das Wetter mild, zu mild für den Februar. Einen richtigen Winter hat man schon lange nicht mehr erlebt. Seit Mitte des Monats blühen in den Vorgärten und Parkanlagen Krokusse und andere Blumen. Glaub mir bitte, Alexandra, nicht nur mich macht die beginnende Klimaveränderung besorgt, auch einige in diesem Bereich forschende Kollegen meiner Universität sehen, bei aller der Wissenschaft auferlegten Zurückhaltung, den sogenannten Treibhauseffekt als Verursacher der gewalttätigen Orkane. Ich schicke Dir mit gleicher Post einige Artikel zu diesem Thema, weil ich nicht weiß, ob und wieweit Eure Zeitungen über Klimaveränderungen berichten. Hier jedenfalls befürchtet man Schlimmes, doch ahne ich, Ihr habt andere Sorgen...«

Reschke und die Universität. Vielleicht sollte ich versuchen, meinen ehemaligen Mitschüler umfassender darzustellen, als aus seinen Briefen ersichtlich ist. Einiges bietet das mir überlassene Material. Anderes habe ich erfragen müssen. Unsere gemeinsame Schülerzeit dämmert mir: wir – zwei Hitlerjungs, in einer Schulbank zwar, doch nicht im selben Fähnlein bei Morgenfeiern in Kolonnen aufmarschiert oder vor der Tribüne auf dem Maifeld, wie später der Kleine Exerzierplatz gleich neben der Sporthalle hieß...

Er studierte in Heidelberg und promovierte in Hamburg, wo sein Vater bald nach der Flucht als Postbeamter untergekommen war. Spät erst, als Vierzigjähriger, kam Alexander Reschke zur Professur. Das geschah in Bochum, an der Ruhr-Universität. Die politischen Veränderungen während der endsechziger Jahre mögen dabei behilflich gewesen sein; mancher Assistent, Dozent oder Professor ohne Lehrauftrag hat damals seine Karriere eingefädelt. Jedenfalls ging von seinen zeitbedingten Thesen, sei es zur Universitätsreform, sei es zum Sinn studentischer Mitbestimmung, besonders aber zum Verständnis der Kunstgeschichte, etwas Radikales aus. Er forderte die Erforschung der Arbeitswelt, gespiegelt in bildnerischen Produkten künstlerischer wie trivialer Machart. Schon seine Doktorarbeit über Bodengrabplatten liest sich als Entwurf späterer Thesen. Ausführlich finden in ihr Begräbnisbräuche und deren soziale Stufungen Raum: das Gefälle zwischen Armenfriedhof und Fürstengruft.

Reschke war dennoch nur mäßig radikal. Zielsetzungen, die sich allzu revolutionär gaben, hat er als Mitglied des Lehrkörpers und als Einzelperson bei den damals üblichen Sit-ins abgelehnt. Nach einigem Hin und Her, das ihn kurzfristig sogar in die Nähe einer kommunistischen Absplitterung brachte, nahm er eine linksliberale Position ein, die im Verlauf zweier Jahrzehnte Abschleifungen erdulden mußte, doch kenntlich blieb. Gleich ihm brachten viele ihre Widersprüche auf einen Nenner, und der hieß: Das Leben geht weiter.

Im Verlauf der achtziger Jahre widerfuhr ihm durch immer neue Studentenjahrgänge eine Bereicherung seiner Positionen, so daß er den Resten linker und liberaler Grundausstattung ökologische Überzeugungen beimischen konnte. Diese breite Skala von Meinungen brachte ihn oft in Disput mit sich selbst. Er klagte über Enge und stickige Luft, denn gleich anderen Professoren haben auch ihm Gastdozenturen in Übersee sowie längere Studienaufenthalte in London und Uppsala jenes Maß an Weltläufigkeit vermittelt, das erlaubt, zu Hause nur noch Provinz zu wittern.

Bei seinen Studenten beliebt, doch von einigen, die nach mehr Autorität verlangten, als Achtundsechziger-Veteran belächelt, erlebte sich Reschke, als der Briefwechsel zwischen Witwer und Witwe begann, als »zutiefst gespalten und bar jeder Perspektive«. Die Universität und – wie er der Piątkowska schreibt – »mehr noch ihr Lehrbetrieb« ekelten ihn an. Kein Wunder, daß ihm die auf einem stillgelegten Friedhof geborene Idee sogleich einleuchtete. Das war ein Ziel – und ein humanes obendrein. Vorerst auf eine Region beschränkt, verhieß es dennoch globale Bedeutung. Später sprach Reschke von einer »Epiphanie«; er liebte es, nicht nur Dinge, sondern Gefühle, Tagträume, bloße Zufälle, selbst Luftspiegelungen auf sockelhohe Begriffe zu heben.

Eine Studentin, die am Seminar zum Thema Körbe, Einkaufsnetze, Plastiktüten teilgenommen hatte, sagte mir: »Der gab 'ne ziemlich traurige Figur ab mit seiner ewigen Baskenmütze, war aber nicht unsympathisch, nur ziemlich altmodisch, wenn er seine tausend Einzelheiten hin und her schob, na, wie beim Puzzle. Eigentlich mochten wir ihn. Was soll ich noch sagen? Manchmal stand er wie abgemeldet rum, und ständig hat er ziemlich negativ rumgefuchtelt, na, über die Zukunft, das Wetter und das Verkehrschaos, über die Wiedervereinigung und so. Hat ja mehr oder weniger recht gehabt – oder?«

Was er nicht wußte: Professor Dr. Alexander Reschke hing, aus Studentenmund, ein Spitzname an, die Unke.

Das also soll er gewesen sein: gespalten, zur linearen Handlung unfähig, ein sich einerseits, andererseits verzettelnder Reschke, dem jedes Thema Zappelei abnötigte; weshalb er in Sachen Einheit genauso viele Bejahungen wie Verneinungen gegeneinander aufrüsten konnte: war ihm einerseits die Lösung der deutschen Frage durch Vereinigung »rein gefühlsmäßig wünschenswert«, fürchtete er andererseits nationalen Überschwang und – wie er in einem Leserbrief schreibt – »lastend wie einen Alptraum, den Koloß in der Mitte Europas«.

Die Tatsache, daß nach Ende des Zweiten Weltkriegs Millionen Deutsche ihre Heimat, Schlesien und Pommern, Ostpreußen, das Sudetenland und – wie seine und meine Eltern – die Stadt Danzig verlassen mußten, teilte gleichfalls seine Urteilskraft, ohne ihn zu zerreißen; denn Reschke litt zwar unter dem Befund, zwei Seelen in seiner Brust zu haben, hätte sich aber nach operativer Entfernung der einen oder anderen als entseelt empfunden. Deshalb gestand er in einem Brief, »hamlethaft deutsch« zu sein, deshalb schien es ihm erlaubt, dies und zugleich das zu sagen, deshalb sprach er abwechselnd von »Vertriebenen«

und von »Umsiedlern«; während die Piątkowska Polen und Deutsche, ob sie nun Wilno oder Danzig hatten verlassen müssen, »arme Flüchtlinge alle« nannte.

Nachdem ich in der als Tagebuch geführten Kladde und in seiner ungedruckt gebliebenen Denkschrift »Das Jahrhundert der Vertreibungen« über diese Widersprüche gestolpert bin, ist zu fragen: Wie konnte sich der gespaltene Reschke auf eine Idee versteifen, die ihn täglich ermahnte, durchsetzungsfähig, unbeirrbar, ja, bedenkenlos zu sein? Was hat ihn, den Zauderer, »die Unke«, zum Handelnden gemacht?

Nun sagen meine Recherchen, daß er schon einmal – und zwar als Professor – eine Idee gehabt und beharrlich gegen Widerstände der Kollegen aus anderen Fachbereichen durchgesetzt, sogar ziemlich rücksichtslos durchgesetzt hatte. Dabei ging es um praxisbezogene Studiengänge für Kunsthistoriker. Reschke hatte anhand von Statistiken nachgewiesen, wie viele Studenten die Universität unvorbereitet auf das spätere Berufsleben verlassen. Seine Argumente sagten, es fehle an Praxisbezug. Da Arbeitsplätze in Museen rar seien, Kunstbuchverlage in der Regel am Lektorat sparten, bei der Bestallung von Kulturdezernenten innerhalb städtischer Behörden zumeist politisch entschieden werde, müsse der zukünftige Kunsthistoriker neue Berufswege einschlagen.

Also sah sein Studiengang Kurse für die Bereiche Erwachsenenbildung, Massentourismus, Freizeitgestaltung und Seniorenbetreuung vor. Fachleute, etwa der Leiter eines Reiseunternehmens, die Managerin eines von Millionen frequentierten Freizeitparks, der Programmdirektor einer sogenannten Sommerakademie, wurden zu Vorträgen eingeladen. Bei Hotelketten, auf Golfplätzen mit Clubräumen und in Seniorenheimen wurde Kulturbedarf erfragt.

Er hatte Erfolg. Seine praxisbezogenen Studiengänge wurden beispielhaft genannt. Die im Bundesland Nordrhein-Westfalen für Wissenschaft zuständige Ministerin sprach, als Reschkes Idee im Universitätshaushalt gutdotiert Platz gefunden hatte, von »einer sozial verantwortlichen Tat«. Viel Lob in der Presse und entsprechend viel Tadel: Das alles nivelliere das Studium. Die Universität dürfe nicht zum Vermittlungsbüro für Arbeitsplätze verkommen. Und so weiter.

Dennoch setzte Reschke sich durch. An anderen Universitäten wurde sein »praxisbezogener Studiengang für Kunsthistoriker« kopiert. Mein ehemaliger Mitschüler, den ich nun rückblickend in festeren Konturen zu sehen beginne – war es nicht er, der während der Kriegsjahre die obligaten Kartoffelkäferaktionen organisiert und durch effektive Methoden des Absammelns zum Erfolg geführt hat? –, Reschke, der gespaltene Alexander Reschke, konnte zielstrebig handeln, Tatsachen schaffen und einer bloßen Idee Beine machen.

Deshalb bin ich nicht überrascht, in einem Anfang März geschriebenen Brief zu lesen, daß er mit seinen hochgerechneten Belegen für »ausgesprochene und latente Beerdigungswilligkeit« ehemaliger Vertriebener Gehör gefunden, das heißt, Termine in Bonn, Düsseldorf und Hannover wahrgenommen hatte. Man zeigte Interesse. Bereits in der Idee sah man die Möglichkeit einer deutsch-polnischen Entkrampfung abgezeichnet. Man bewertete seine Pläne als konstruktiv und förderungswürdig. Es hieß, als flankierende Maßnahme könne ein solch langfristiges Vorhaben sogar der deutschen Einheit nützlich werden. In einem Grenzvertrag mit Polen, der nunmehr unaufschiebbar sei, dürfe ein diesbezüglicher Passus nicht fehlen. Nun komme es darauf an, aus dem erklärten Verzicht Gewinn zu ziehen.

Amtliche Schreiben bestätigen, daß es Reschke gelang, allen »Beerdigungswilligen« die steuerliche Absetzbarkeit des Grundbetrages in Aussicht zu stellen. Seinem Brief legte er entsprechende Unterlagen bei. »Du siehst, liebe Alexandra, unsere Sache läuft. Sogar meine Korrespondenz mit der Danziger Zentralstelle in Lübeck erlaubt nunmehr Offenheit. Dort und anderswo: keine Zurückhaltung mehr. Zudem haben mich Gespräche mit dem Management zweier namhafter Beerdigungsinstitute erfahren lassen, daß diese Großunternehmen bereit sind, neue Wege zu gehen; so hat das eine Institut jetzt schon Verhandlungen mit einem Betrieb in der DDR geführt, der sich, dem dortigen Sprachgebrauch folgend, »VEB Erdmöbel« nennt und Billigsärge produziert. Demnächst wird auch dieses Unternehmen mit Absatzschwierigkeiten zu kämpfen haben; gäbe es unsere Friedhofsgesellschaft schon, könnte es mich verlocken, in die Erdmöbelproduktion einzusteigen. Ich hätte nie gedacht, daß mir die praktische Umsetzung unserer Idee, also das Kalkulieren von Überführungskosten, der Entwurf einer zukünftigen Friedhofsordnung, das Wälzen von Sargkatalogen und die Vorbereitung von Gesprächen mit sogenannten Berufsvertriebenen, so viel Spaß, nein, wohl mehr innere Freude bereiten könnte. Übrigens waren beide Beerdigungsinstitute an einer Zusammenarbeit mit einem polnischen Institut, im Sinne von Joint venture, interessiert. Gleichfalls – wenn es denn eines Tages soweit sein wird – an Überführungen von Gdańsk nach Wilna...«

Von dort hatte die Piątkowska schlechte Nachricht erhalten. Zwar zeigte man sich grundsätzlich an Geschäften gegen Devisenzahlung interessiert, hielt aber dennoch das Ganze für nicht realisierbar. Alexandra schreibt: »In Wilno klappt nicht, weil Litauen will erst eignen Staat haben. Kann ich verstehn sogar, wenn sie weg von Sowjetunion wollen. Aber traurig ist schon, daß wir abhängen von verfluchte Russen immer noch. Du meldest schönen Erfolg für Anfang, und ich muß warten, bis Politik ja sagt. Na, machen wir erst deutsch-polnische Friedhofsgesellschaft. Hier wollen viele sprechen mit Dir. Solche von Wojewodschaft und von Kirche. Aber auch Vizedirektor von Nationalbank will schon nicht warten mehr. Du mußt kommen, mein Aleksander. Auch ich will herzlich, daß Du hier bist bald...«

Doch bevor er abermals nach Gdańsk reiste, trafen sich die beiden auf dem Hamburger Flughafen Fuhlsbüttel. Nach vom Stau behinderter Taxifahrt zum Hauptbahnhof nahmen sie den nächsten Zug nach Lübeck. Dort hatte Reschke im Hotel Kaiserhof zwei nebeneinander liegende Zimmer mit Blick auf das nahe Mühlentor und die Türme der Stadt bestellt. Das lese ich der Hotelrechnung ab, die mit den Flugtickets, den Eisenbahnkarten und mehreren Taxiquittungen fotokopiert zu den Unterlagen auf meinem Tisch gehört. Er hat sich alles quittieren lassen, sogar ihren Stehimbiß auf dem Hamburger Hauptbahnhof.

Das Paar hatte sein Wiedersehen per Telefon abgesprochen. Außer dem Datum, 15. März, weiß ich nicht viel. Nur aus später geschriebenen Briefen sind Vermutungen abzuleiten. Fest steht, daß sie am Tag nach der Ankunft und Hotelübernachtung – Zimmer neben Zimmer – einen Stadtbummel gemacht, den Dom und in ihm die astronomische Uhr besucht, danach im Restaurant »Schiffergesellschaft« zu Mittag gegessen haben und nachmittags in der Engelsgrube, im »Haus der Hansestadt Danzig« und Sitz der organisierten Landsmannschaft, verabredet gewesen sind, und zwar »mit einigen dort tonangebenden Herren und Damen«.

Vielleicht blieb zwischen Mittagessen und Verabredung noch Zeit für einen Besuch in der Marienkirche. Dort könnte Reschke der Piątkowska die Geschichte des Bilderfälschers Malskat erzählt und ihr die hoch im Chor ausgewaschenen, hohnvoll leeren Bildflächen erklärt haben. Ich höre ihn reden und reden. Seine altmodische, immer ein wenig gekränkt wirkende Sprechweise, seine Abschweifungen... Verbrieft ist nur ihre spätere Meinung zum Fall Malskat: »Warum haben sie weggemacht alles, wenn doch schön war? Wir haben auf Fassaden viel gemalt, was nie ist gewesen vorher. Ist Kunst nicht Fälschung immer bißchen? Aber verstehe, daß deutsche Kunst muß hundert Prozent sein.«

Vom Mittagessen in der »Schiffergesellschaft«, einem Restaurant, in dem die Gäste auf langen Bänken und unter getreu aufgetakelten Schiffsmodellen an langen Tischen sitzen, zeugt, außer der quittierten Rechnung, eine Speisekarte, darauf Reschkes klein und sauber an den Rand geschriebene Notiz: »Alexandra wollte etwas exotisch Norddeutsches essen: Labskaus, ein Seemannsgericht. Mein Matjes, von dem sie probierte, schmeckte ihr besser und auch die rote Grütze zum Nachtisch...«

Ich nehme an, daß unser Paar beim Tischgespräch die Politik kaum zugelassen hat, wenngleich zu jener Zeit viele Besucher aus Schwerin und Wismar über die nahe, nun offene Grenze kamen, mehr um zu sehen als zu kaufen – womit auch?

Eigentlich wünschte ich mir, daß die beiden am langen Tisch ihr Gespräch weniger privat geführt hätten, zumal damals schon in Zeitungen Berichte über Fremdenfeindlichkeit standen: Haß, besonders polnischen Grenzgängern gegenüber. Aber nein, sie schmeckten noch einmal die Nacht im Hotel Kaiserhof nach, den Besuch von Zimmer zu Zimmer, die Wiederkehr ihrer gestauten Inbrunst; und erst nach der roten Grütze mögen Alexander und Alexandra den politischen Alltag – er die dem auslaufenden Staat bevorstehende Volkskammerwahl, sie die polnische Teuerung – und danach die Verabredung im »Haus der Hansestadt Danzig« besprochen haben.

Wenn spätere Briefe kaum Einzelheiten ihrer zweiten gemeinsamen Nacht preisgeben wollen – denn was sagt schon die Belobigung des Hotels, das sie als

»schön sauber alles und roch gut« erinnert –, der Nach-
mittagstermin wird von beiden gewertet. Nach detail-
lierter Erwähnung einer Vitrinenausstellung, die alte
Stiche, Veduten und vergilbte Dokumente zur Ansicht
brachte, schreibt er: »Wir haben einen nicht unwesentli-
chen Schritt voran getan«, und schreibt sie: »Hätte
nicht gedacht, daß Eure Funktionäre können so höflich
sein und revanchistisch reden kein bißchen . . . «

Das sagt wenig, doch so viel ist sicher: Reschke
konnte nicht nur den in Tabellen und Hochrechnungen bewiesenen Fleiß seines Computers, sondern auch
Zusicherungen von Begräbnisinstituten und Sterbekassen, dazu wohlwollende Schreiben hochrangiger
Ministerialbeamter, fiskalische Gutachten und einen
Lageplan des zukünftigen Friedhofs ausbreiten. Die
Piątkowska legte Schreiben der Wojewodschaft, der Polnischen Nationalbank, Zweigstelle Gdańsk, zweier
Abgeordneter des Sejm und der Bistumsverwaltung
vor. Hinzu kam seine Gabe des Vortrags: beredt besie-
delte er die ehemals Vereinigten Friedhöfe Grabreihe
um Grabreihe, all das nach deutscher Friedhofsordnung.

Im nachhinein weiß ich, daß von seiten des Flücht-
lingsverbandes – offiziell »Bund der Danziger e.V.«
genannt – diskrete Unterstützung zugesagt worden ist.
Es hieß, man wolle Einblick in die Kartei gewähren.
Personelle Beteiligung sei zu erwägen, ohne daß der
Bund weiterreichende Ansprüche stellen werde. Niemand dürfe vom humanen Gemeinschaftswerk der
Deutsch-Polnischen Friedhofsgesellschaft irgendwel-
che Forderungen ableiten. Eine Frau Johanna Dettlaff

sagte: »Nur um dieses Stückchen bemessene Heimaterde geht es.« Man war sich einig: All das werde dem Frieden und der Völkerverständigung dienen.

Er hat sogar den zwischendurch servierten Kaffee protokolliert, die Bahlsenkekse und einige Gläschen Aquavit sind aufgelistet, und daß Frau Dettlaff, eine rüstige Mittsechzigerin, mit einer Bernsteinkette, gereiht aus rundgeschliffenen Klunkern, behängt war, wird erwähnt. Schließlich das Geschenk der Piątkowska an den Bund: die Kopie eines aus Silber getriebenen und teilvergoldeten Bechers der Danziger Brauerzunft, mit Widmung, 1653 datiert; und die Gegengabe des Bundes: ein offenbar listig von Reschke in Vorschlag gebrachtes Exemplar der bei Velhagen und Klasing 1907 erschienenen Künstlermonographie »Aus den Kupferstichen Daniel Chodowieckis«.

Sie sind am späten Nachmittag abgereist. Eine Rechnung belegt, daß sie die Nacht vom 17. zum 18. März im Hamburger Hotel Prem, diesmal in einem Doppelzimmer, verbracht haben. Gleichfalls ist ihr Besuch auf dem Ohlsdorfer Friedhof, einer weitläufigen, parkähnlichen Anlage, sicher, denn später begeistert sich die Piątkowska: »Daß ich gesehen hab das! So schön wie Ohlsdorf muß werden deutsche Friedhof in Gdańsk. Natürlich nicht so groß, aber gepflegt, daß man möcht Lust haben auf Spazierengehn und letztes Plätzchen suchen schon ... «

Danach hat sich das Paar mehrere Tage lang in Bochum eingelebt. Über weitere Friedhofsbesuche steht nichts geschrieben. Eine knappe Notiz zum Ausgang der Volkskammerwahl, den Reschke »einen Pyrrhussieg der Blockparteien« nennt. Nichts über das Ruhrgebiet, doch muß des Witwers Wohnung der Witwe gefallen haben, schreibt sie doch gleich nach ihrer Rückkehr: »Das war wirklich Überraschung, daß mein Aleksander hat Zuhaus so ordentlich, nicht nur Bücher, alles, Handtücher, Bettwäsche. Möcht schon nicht glauben, daß er ist Junggeselle... «

Von diesem ersten Besuch in Bochum gibt es Fotos von beiden allein und mit anderen zusammen. Reschke hat sie in die Universität mitgenommen und dort mit Kollegen und seinen praxisbezogenen Studiengängen bekanntgemacht. »Alexandras improvisierter Vortrag über das Vergolden als Handwerk und ihre Thesen zur Notwendigkeit des Wiederaufbaus kriegszerstörter Altstädte fanden bei meinen Studenten Anklang. Kein Wunder: mit all ihrem Charme überspielte sie die jeder Rekonstruktion zugrunde liegende Fälschung... «

Sie waren viel unterwegs und haben nicht nur dem Vergnügen gelebt. In Gegenwart eines Ministerialbeamten aus Bonn wurde in Düsseldorf ein Vorvertrag notariell beglaubigt, der die Einrichtung eines Sperrkontos bei der Deutschen Bank erlaubte. Obgleich unbürokratisch, ging es dennoch seriös zu. Da das Bonner Ministerium für gesamtdeutsche Fragen die Förderungswürdigkeit der noch zu gründenden Friedhofsgesellschaft bereits anerkannt hatte, fanden sich Mittel, gedacht als Starthilfe, für die ein Sonderkonto eingerichtet wurde; in Reschkes erstem Kassenbericht sind sie mit 20 000 DM beziffert. Ein breitgestreutes Beitrittsformular wird erwähnt, das erlaubte, den Grundbetrag in voller Höhe oder in Raten einzuzahlen. Rückzahlung wurde zugesichert, falls die Gründung der Friedhofsgesellschaft bis Jahresende nicht zustande gekommen sein sollte.

Auf einem Foto, das beide zeigt, stehen sie vor einer Haustür, neben der ein Notar auf einem Messingschild die Öffnungszeiten seines Büros wie für ewig festgeschrieben hatte. Sie trägt ein in Essen gekauftes und im Tagebuch oft erwähntes Kostüm: weinrot. Er mit gewohnter Baskenmütze. Beide ohne Einkaufsnetz. An ihm hängt ein Aktenkoffer.

Am 21. März reiste Alexandra ab. Zuvor wurden auf dem Sperrkonto die ersten Einzahlungen verbucht. Der Computer hatte richtig gerechnet: nur ein Drittel der Einzahler machte von der angebotenen Ratenzahlung Gebrauch. Am 31. März betrug der Kontostand 317 400 Deutschmark. Kein schlechter Start. Die Idee zahlte sich aus. Bald sollte die erste Million rund sein.

Man mag fragen, warum sich Witwer und Witwe nicht früher wiedergesehen haben, etwa zu Weihnachten schon. Wenn es bei ihr nicht schnell genug mit dem Visum geklappt hätte, wäre ihm die Anreise mit dem Wagen oder per Flugzeug möglich gewesen. Auf einen dritten, sozusagen neutralen Ort hätten die beiden sich einigen können, etwa auf Prag. In seinem Tagebuch ist kein spontanes Treffen zu finden. So sehr sie einander in Briefen begehrten und beide nun überhitzte Wörter für ihre Begierde fanden, sie wollten dennoch nichts übereilen. Schöngeschrieben steht: »In unserem Alter gebietet Erfahrung Vernunft.«

Aus ihrem Gekraksel lese ich: »Unsere Liebe ist nicht bißchen nur und läuft nicht weg.«

Er im Dezember: »Jahre haben wir aufeinander gewartet; was zählen da wenige Monate...«

»Weißt Du«, schreibt die Vergolderin, »wenn ich sitz in Gerüst und hab vor mir große astronomische Uhr, vergeht Zeit wie nichts.«

Er will wie die Mücke im walnußgroßen Stück Bernstein sein: »Bin ich doch eingeschlossen in Dir...«

»Und ich in mein Aleksander...«

»Ja, Alexandra, jeder in jedem...«

»Aber Verlangen ist groß schon...«

»Wir dürfen nicht, Liebste, noch nicht!«

Zudem war das Paar familiär verpflichtet. Sie hatte über Weihnachten ihren Sohn Witold zu Besuch – »War ganz lieb und hab ich verwöhnt wie Kind« –, er verbrachte die Feiertage bei seiner jüngsten Tochter, indem er sich drei Tage lang als Großvater seinen Enkelkindern auslieferte: »Dennoch haben mich die beiden Buben weniger angestrengt als ihre auf Dauerkonflikt versessenen Eltern.«

Ich weiß nicht, ob sie schon in Gdańsk, etwa beim Frühstück im Hevelius, geschworen hatten, einander mit einem Wiedersehen erst dann zu belohnen, wenn ihre Idee gelernt habe, freihändig zu laufen, doch beschlossen war, im Zweifelsfall immer der Polnisch-Deutsch-Litauischen Friedhofsgesellschaft Vortritt zu lassen. »Dienst ist Dienst und Schnaps ist Schnaps«, steht in einem ihrer Aprilbriefe. Deshalb ließen sie die

Osterferien verstreichen und gaben einander erst Mitte Mai einen dritten Termin. Bis dahin sollte die Gründung der Gesellschaft vorbereitet sein.

Er nahm den Wagen, drei weitere Personen flogen ab Hamburg: Frau Johanna Dettlaff, 65 Jahre alt und Ehefrau eines pensionierten Kreissparkassendirektors in Lübeck, Herr Gerhard Vielbrand, 57 Jahre alt, mittelständischer Unternehmer aus Braunschweig, und Dr. Heinz Karau, Konsistorialrat der Nordelbisch-Lutherischen Kirche. Diese Personen hatten zugesagt, im Gründungsfall als Gesellschafter die drei deutschen Sitze im Aufsichtsrat zu besetzen, Frau Dettlaff auf Vorschlag des Bundes. Ferner reiste ein Justitiar an, dessen Name nicht überliefert ist.

Natürlich war es das zentral gelegene Hotel Hevelius, in dem die Piątkowska Einzelzimmer und einen Konferenzraum im siebzehnten Stockwerk vorbestellt hatte. Mir liegen die Kopien von Spesenabrechnungen vor, beglichen von jenem Konto, das vom Gesamtdeutschen Ministerium mit einer Starthilfe ausgestattet worden war. Zweimal wurde das Mittagessen für vierzehn Personen aus dieser Kasse bezahlt. Das nach dem zweiten Verhandlungstag abschließende Abendessen, von dem Reschke schreibt, »es verlief bei gelöster Stimmung, Tischreden wurden gehalten«, hat offenbar die Wojewodschaft Gdańsk übernommen oder die Polnische Nationalbank, ich finde keinen Beleg.

Vieles bleibt unklar: Warum sich Reschke und die Piątkowska nur als geschäftsführende Gesellschafter ohne Stimme im Aufsichtsrat verstehen wollten, auf welcher Rechtsgrundlage verhandelt wurde. Eine Kopie des Gesellschaftervertrages liegt mir nicht vor. Doch so viel ist sicher: Der gesamte Grund und Boden der ehemaligen Vereinigten Friedhöfe, mithin der Park Akademicki, ein insgesamt elfeinhalb Hektar großer Komplex, wurde, ausgenommen das Areal der Studentenklinik, auf 60 Jahre von der nunmehr kurzgefaßt deutsch-polnisch genannten Friedhofsgesellschaft unter Pachtvertrag genommen, bei festgeschriebenem Vorkaufsrecht. Den Maßeinheiten deutscher Friedhofsordnung folgend, konnte bei voller Belegung mit 20 000 Grabstellen gerechnet werden, einschließlich der kleineren Urnengräber. Wie auch immer errechnet, betrug die Pachtsumme 484 000 DM und sollte jährlich zum 2. November fällig sein. Die zusätzliche Nutzungsgebühr für die gesamte Dauer des Pachtvertrages belief sich auf 6 Millionen DM und mußte innerhalb von zwei Jahren beglichen werden. Alle Nebenkosten gingen zu Lasten der Gesellschaft.

Ich nehme an, daß die beiden ihr Novemberdatum in den Vertrag hineingeredet haben, ohne auf die zusätzliche Bedeutung von Allerseelen hinzuweisen. Selbstverständlich lagen die Begräbniskosten und die Pflege des neuerdings deutschen Friedhofs, der offiziell »Versöhnungsfriedhof« heißen sollte, bei den Nutznießern. Die von Reschke ausgearbeitete Friedhofsordnung wurde akzeptiert. Nach letzten Korrekturen seitens der Rechtsbeistände – es ging um Ruhefristen und das Recht auf anonyme Bestattung – unterzeichneten Aleksandra Piątkowska und Alexander Reschke als geschäftsführende Gesellschafter den Vertrag. Die litauische Komponente der Idee, der »Polnische Friedhof in Wilna« und dessen finanzielle Ausstattung auf DM-Basis, wurde in einem zusätzlichen Paragraphen aufgehoben, ein Kompromiß, den sich die Piątkowska hatte abzwingen müssen.

Er schreibt: »Wir tagten in einem dürftig ausgestatteten Sitzungsraum, doch hat der Blick vom siebzehnten Stockwerk auf die mit allen Türmen wiedererstandene Stadt den Anwesenden die Dimension der vorliegenden Beschlußsache deutlich gemacht. Am Ende ging es feierlich zu. Weiß nicht, wer den Champagner bestellt und bezahlt hat ... «

Der Aufsichtsrat bestand aus den Gesellschaftern Dettlaff, Vielbrand und Karau sowie auf polnischer Seite aus den Gesellschaftern Marian Marczak, Stefan Bieroński, Jerzy Wróbel und Erna Brakup, die, weil deutscher Abstammung, das ungleiche Gewicht von drei zu vier Mitgliedern zu relativieren hatte; eine, wie Reschke schreibt, »freundliche Geste der Polen, zumal diese Frau von besonderem Kaliber ist. Weit über achtzig, brabbelt sie unentwegt ... «

Tags drauf wurde die Sache öffentlich. Mein ehemaliger Mitschüler, der seine zum Vertrag verfestigte Idee »ein Jahrhundertwerk« genannt hat, reagierte empfindlich, als ihm nicht alle Welt zustimmen wollte. Die Beschwerden der Presse, man habe den Journalisten erst nach Unterzeichnung des Vertrages erlaubt, Fragen zu stellen, wehrt er wie Fliegen ab: »An diese lästige Dreinrede werden wir uns gewöhnen müssen.«

Am Ende nennt er den Verlauf der Pressekonferenz dennoch zufriedenstellend. »Eher harmlose als bös-

artige Fragen. Als der Chefredakteur einer Studenten-
zeitung die immer noch nicht ausgesprochene Anerkennung der polnischen Westgrenze anmahnte, konnte
ich auf jenen Passus im Vertrag hinweisen, nach dem
bei Nichtanerkennung alles hinfällig wird. Eine Klau-
sel, die ohne Gegenstimmen, bei nur einer Enthaltung,
angenommen wurde...«

Als hilfreich der Presse gegenüber erwähnt Reschke
den vorhin genannten Marian Marczak, der als Vizedirektor der Nationalbank mit »sanfter Schärfe« darauf
gepocht habe, daß die gebotene Umorientierung der
Wirtschaft auf die Gesetze des Marktes, im Interesse
Polens, keine Halbheiten dulde, es sei denn, man habe
vor, das kommunistische Mangelprinzip abermals
großzuschreiben. »Dieser Pan Marczak gefällt mir,
wenngleich ich seinen Wirtschaftsliberalismus nicht
voll und ganz teilen kann...«

Beifällig wurden die Hinweise der Piątkowska auf
das Fernziel Wilna und den dort in Pacht zu nehmen-
den Friedhof bewertet. Der könne gleichfalls Versöhnungsfriedhof heißen, denn zwischen Litauen und
Polen bestehe Bedarf an Versöhnung. Zuerst soll sie in
ihrer Sprache, dann in ihrem Deutsch gesagt haben:
»Wir haben schon alle gelitten genug!«

Und doch sah Reschke Anlaß, ihre heftigen, er
schreibt »rüden«, antirussischen Ausfälle zu bedauern,
die zwar nicht während der Pressekonferenz, doch
danach allzu laut wurden: »Es schmerzt mich, Alexandra so sprechen zu hören. Wie erklärbar der Russen-
haß vieler Polen sein mag, unsere Idee läßt Pauschalur-
teile nicht zu. Zumindest sollte sie mir zuliebe darauf
verzichten...«

Sonst trübte nichts den Mai unseres Paares. Alexander Reschke ließ sein Einzelzimmer im Hevelius so gut wie unbenutzt: Die Dreizimmerwohnung in der Hundegasse stand ihm offen. Sein Mitbringsel aus dem Westen, ein handlich tragbarer Personalcomputer, begeisterte Alexandra, bald konnte sie ihn bedienen.

Es müssen glückliche Tage gewesen sein. Die Gesellschafter Dettlaff, Vielbrand und Karau reisten ab, nachdem sich der Aufsichtsrat eine Satzung plus Geschäftsordnung gegeben und den Vizedirektor der Nationalbank zum Vorsitzenden gewählt hatte. Trotz einiger organisatorischer Probleme, die noch zu lösen waren, blieb Zeit für Ausflüge in die Kaschubei und ins Werder bis nach Tiegenhof. Sie nahmen den Wagen. Doch als mein ehemaliger Mitschüler für die nur kurze Fahrt zum nunmehr gepachteten Friedhofsgelände eine Fahrradrikscha benutzen wollte, kam es zu einem Wortwechsel, der ihr Glück hätte trüben können.

Laut Tagebuch gab Reschke nach. Und Mister Chatterjee, dessen Firma mittlerweile über dreißig Rikschas betrieb, stellte eine spätere Fahrt in Aussicht.

Der kurze Streit zwischen Alexander und Alexandra hat sich übrigens nicht am Rikschafahren an sich entzündet. Wären nur Pakistani und Bengalen oder auch Russen dienstwillig Chatterjees Angestellte gewesen, hätte die Piątkowska das kleine exotische Abenteuer gewagt, weil aber Polen, inzwischen nur Polen die drei Dutzend Rikschas in Bewegung hielten, war das Nein der Witwe vom Nationalstolz bestimmt und deshalb dem Witwer ärgerlich. »Soweit kommt noch«, rief Alexandra, »daß polnischer Mensch muß Kuli sein!«

4

Mein ehemaliger Mitschüler hat mir viele Personen aufgeschrieben: den maßgeschneiderten Vizedirektor Marian Marczak, als Priester in Jeans Stefan Bieroński, den städtischen Angestellten Jerzy Wróbel, von dem es heißt, er betreibe in seiner ewigen Windjacke spurensichernde Feldforschung, und Erna Brakup unterm Topfhut und in Galoschen, die mir jetzt schon lebendig wird.

Mit den Herren Karau und Vielbrand ist Frau Johanna Dettlaff, der Reschke nachsagt, sie habe sich bei den Verhandlungen durch damenhaftes Lächeln und blitzschnelles Kopfrechnen ausgezeichnet, abgereist, um wiederzukommen, sobald Marczak den Aufsichtsrat rufen wird. Von Personen umstellt, die abstimmen, dreinreden, aufpassen wollen, dürfen Alexander und Alexandra noch ein Weilchen für sich sein; viel Zeit, vorrätig für das Paar, blieb nicht.

Die Piątkowska begann, die Goldspuren am äußersten Rand der astronomischen Uhr zu sichern. Reschke führte Gespräche mit den polnischen Mitgliedern der Aufsicht, besonders häufig mit Marczak, der liberale Modalitäten seiner Bank im Altbau am Hohen Tor versprach. Dort täuschte die von Granitsäulen getragene Kassettendecke Beständigkeit vor; mit ihrem ganz in

Majolika gefertigten Ornament – die Außenfelder in Grün, Weiß und Ocker gehalten, das Mittelfeld braun, ocker und weiß abgetönt – hatte sie wechselnden Währungen ein solides Gehäuse geboten, in dem Reschke nun ein und aus ging.

Zwischendurch mußte Alexandras Computer mit dem in Bochum gespeicherten Fleiß gefüttert werden. Vom Interpress-Büro in der Hundegasse konnte Reschke Ferngespräche führen und später sogar faxen. Jemand, wahrscheinlich Wróbel, riet Vorsicht an – dort könne, wie altgewohnt, ab- und mitgehört werden –, aber Reschke blieb unbesorgt: »Wir haben nichts zu verbergen.« Sein Tagebuch meldet täglich neue Aktivitäten; und doch sind zwei Wochenendausflüge belegt: die Autofahrt über die Weichselbrücke ins Werder und die Fahrt an einen See.

Seit Anfang Mai, früh für die Jahreszeit, blühte überall der Raps. »Zu früh!« schreibt er. »So prächtig der Eindruck ist, das Gelb wolle sich selbst feiern, es bleibt bei meinem Verdacht, daß dieser, schon ab Februar mit orkanartigen Stürmen zu früh ausgerufene Frühling alle Welt trügt. Mag Alexandra mich auslachen und den einfarbigen Blütenrausch ein Gottesgeschenk nennen, an dem man nicht rummäkeln dürfe, ich bleibe dabei: wir bekommen die Quittung für unser Tun und Nichtstun, wenn nicht morgen, dann übermorgen. Schon sehe ich uns voraus, etwa um die Jahrtausendwende, kurz nachdem, wie Chatterjee sagt, die Fahrradrikscha das Auto aus den Städten verdrängt hat. Strenge Gesetze herrschen. Viel von dem, was heute wichtig tut, verkümmert unter dem Kennzeichen: Es war einmal. Abgelebter Luxus! Doch unsere Idee, die nun eine feste Adresse hat, wird von den großen Umwälzungen nicht betroffen sein, weil sie den Toten dient, nicht den Lebenden. Gleichwohl sollten wir bei der gärtnerischen Pflege des Friedhofs, dessen Versöhnung beschwörenden Namen wir dem Konsistorialrat Karau, mithin einem Gottesmann verdanken, der gerne in Gleichnissen redet, auf Pflanzen bedacht sein, die der künftigen Erwärmung der Erdoberfläche standhalten können. Weiß leider zu wenig davon. Will mich kundig machen. Was hält Trockenheit, sogar Dürreperioden aus? Auf der Hinfahrt fiel mir diesmal, während ich die als sandig und wasserarm verrufene Tuchler Heide durchquerte, jenes kugelige Wacholdergebüsch auf, das ich mir sogleich als genügsam vorstellte, geeignet für unsere Friedhofsanlage...«

Doch nicht nur der zu früh blühende Raps gab seinen Vorahnungen Nahrung, mein Mitschüler, dem schon während der wöchentlichen Doppelstunde Kunsterziehung auf seinem Pelikanblock erschreckend vorauseilende Kritzeleien gelungen waren – etwa Mitte '43 hatte er ein Blatt hingestrichelt, auf dem die bis dahin heile Stadt unterm Bombenhagel mit allen Türmen in Flammen stand –, fand für sein Talent breiteren Spielraum: ob im flachen Werder oder an den Ufern kaschubischer Seen, hier in den Wassergräben des eingedeichten Landes, dort im Uferschilf, allerorts lärmten Kröten, aus deren Brunstgeräusch Reschke Rotbauchunken, die sogenannten Feuerunken, heraushörte. Er schreibt:»Hier gibt es sie noch! Und in höher gelegenen Seen und Tümpeln gibt es Gelbbauchunken sogar.«

Als die Piątkowska, stolz auf ihren Wortschatz, aus-
rief:»Richtiges Froschkonzert überall«, war der Professor der Kunstgeschichte gut vorbereitet zum nicht nur
naturwissenschaftlichen Vortrag über Scheibenzüngler,
Schlammtaucher, Erd- und Wechselkröten, Frösche jeder Größe, Froschlurche, also auch Unken:»Hörst du
nicht, wie sich ihr Ruf deutlich abhebt? Es klingt, als
werde eine Glasglocke angeschlagen. Wieder und wieder. Dieser nach kurzem Anschlag klagende Doppel-
ton. Dieser ›Oh, weh dir!‹ kündende Dauerjammer.
Kein Wunder, daß der Ruf der Unke, mehr noch als
Kauz und Eule, Aberglauben gefördert hat. In vielen
deutschen Märchen – ich bin sicher, in polnischen auch
– verheißt der Unkenruf Unheil. Die Unke unkt Unheil
herbei, wird gesagt. In Bürgers Balladen finden wir sie,
bei Voss und Brentano. In früheren Zeiten jedoch ist
der Unke Weisheit angedichtet worden; erst später, bedrängt vom immer schlimmeren Gang der Zeitläufte,
wird ihr, nicht etwa der Erdkröte, die Rolle der Ruferin
zugedacht, die kommendes Unheil einläutet.«

Niemand hätte wie Reschke mit diesem Thema per
du sein können. Am schilfbestandenen Seeufer nahe
Kartuzy und als sie auf der Chaussee von Neuteich
nach Tiegenhof den Wagen zwischen Chausseebäu-
men parkten, um Kopfweiden zu fotografieren, die am
Ufer der Tiege oder längs Wassergräben in Reihe standen, zitierte der Professor, weil Unken den Ton angaben, aus den Dichtungen der Romantiker und war mit
dem letzten Zitat nach Achim von Arnim –»... und die
Frösche und die Unken singen bei Johannisfunken ihre
Metten ganz betrunken...«–wieder beim zu früh aus-

gebrochenen Frühling: Wenn Arnim die Unkenrufe auf Johannisfunken reime, wolle er den späten Juni, die Zeit des Johannisfeuers andeuten; was jedoch hier, Mitte Mai zu Gehör komme, sei beklemmend vorweggenommenes Unkenrufen. »Glaub mir, Alexandra, wie der Raps zu früh blüht, rufen Rotbauchunke und Gelbbauchunke zu früh. Sie wollen uns etwas sagen...«

Nachdem er diese Begegnung mit verfrühter Natur ausgebreitet hat, steht geschrieben, daß sie nach anfänglichem Gelächter und Ausrufen wie »Kannst du nicht einfach sagen: Ist schön, wie Raps blüht!« und »Bist selber Unke!«, Zigarette nach Zigarette gepafft habe, immer stiller geworden und am Ende verstummt sei. »Noch nie habe ich Alexandra so einsilbig erlebt.« Nur eine einzige Bitte war ihr übrig: »Laß uns zurückfahren in Stadt. Hier ist bißchen unheimlich alles.«

Das Tagebuch sagt nicht, ob sie diese Bitte an einem Seeufer oder zwischen Kopfweiden ausgesprochen hat. Nur ein Tonband gibt mit Reschkes Stimme Auskunft, wo er mit seinem Aufnahmegerät und dem sensiblen Mikrofon unterwegs gewesen ist, um die deutlich glasglockenzarten Rufe der Unke einzufangen. In der Kaschubei, nahe Chmielno, höre ich über das Geläut hinweg Alexandra. »Mich fressen Mücken auf!« ruft sie und ist der Meinung: »Nun ist genug Geräusch von Natur, Aleksander. Wird Abend bald.«

»Sofort, nur noch ein Viertelstündchen, damit ich das Verhältnis der Intervalle zueinander...«

»Bin schon zerstochen ganz...«

»Tut mir leid, Liebste, aber...«

»Weiß schon, muß gründlich sein alles.«

So ausführlich sind mir, mit Hilfe der Tontechnik, seine Orts- und Zeitangaben, ihre Beschwerden und die Unkenrufe zum Trio gemischt. Seitdem weiß ich, daß Feuerunken in längeren Abständen als Gelbbauchunken rufen, wie warm, weich, annähernd in Baßlage grummelnd, doch immer ein wenig verschnupft seine Stimme klingt, wie fordernd sie ihre Wörter anstößt und mit dem Unkengeläut mischt.

Mit gleicher Technik hat Reschke den Redefluß einer Frau eingefangen, die als polnische Staatsbürgerin deutscher Herkunft zum Aufsichtsrat der Deutsch-Polnischen Friedhofsgesellschaft gehörte. Zugleich war Erna Brakup Sprecherin der deutschstämmigen Minderheit in Gdańsk, die sich bis dahin hatte sprachlos verhalten müssen; es durfte keine Minderheit geben.
     Eine Tonbandaufzeichnung, die gleich hinter den Unkenrufen Erna Brakups Gebrabbel bewahrt, wärmt Erinnerungen auf. So sprachen Opa und Oma väterlicherseits. So maulten Nachbarn, Bierkutscher, Werftarbeiter, die Fischer in Brösen, die Arbeiterinnen der Margarinefabrik Amada, Dienstmädchen, sonnabends Marktfrauen, am Dienstag Müllmänner, mit gemildert sich breitmachendem Gemaule sogar Studienräte, Post- und Polizeibeamte und sonntags der Pastor von der Kanzel.
     »Nech nuä de Obrechkait hädd ons jekwält ond jepiesackt...« – Erna Brakups Sprachfluß führt, nach bald fünf Jahrzehnten Eindämmung – wenige ihrer Mundart waren übriggeblieben – Eigentümlichkeiten mit sich, Raritäten sozusagen, die vom Verhall bedroht

sind: Wer weiß schon, was Peluschken sind? Sie sprach eine aussterbende Sprache, »weshalb ihr«, schreibt Reschke, »der Sitz im Aufsichtsrat der Friedhofsgesellschaft zu Recht zugesprochen wurde. Wenn sie, die bald Neunzigjährige, eines Tages zu Grabe getragen wird, wird mit ihr dieser übriggebliebene Zungenschlag unter die Erde kommen; ein Grund mehr, die Brakup aufs Tonband sprechen zu lassen.«

Ich verfüge über ein halbes Dutzend Kassetten. Doch bevor die erste zum Mitschreiben ablaufen wird, muß ich, zum besseren Verständnis der Alten, auf die Hauptstraße der hohen Politik ausweichen: Kaum hatten die Verhandlungen zur Gründung der Friedhofsgesellschaft begonnen, wurde zuerst in Warszawa, dann in Gdańsk Staatsbesuch angekündigt. Der Präsident der westdeutschen Republik war unterwegs, um mit wohlgesetzten Reden ein halbes Dutzend Tölpeleien des amtierenden Kanzlers zu überdecken und für die bevorstehende Nachbarschaft der beiden, einander so viel Leid nachtragenden Völker gut Wetter zu machen.

Erna Brakup lief mit, als der hohe Gast, inmitten Gefolge, die Langgasse hochschlenderte, historisierenden Erklärungen zuzuhören schien, hierhin, dorthin hellwachen Auges Blicke warf, dabei den inneren und äußeren Kreis aus Sicherheitsbeamten und Fotoreportern als natürliche Gegebenheit ertrug, schließlich die Treppe zum rechtstädtischen Rathaus hinaufgeleitet wurde, um – nachdem er so freundlich wie zurückhaltend treppab gewinkt hatte – im Rathaus zu verschwinden; dort sollten ihm Kostbarkeiten gezeigt werden, darunter solche, die unter den Händen der Piątkowska vor Jahren neuvergoldet zu Glanz gekommen waren. Inmitten heimischer Zuschauer und Touristen, die alle dem Blick des Präsidenten standhalten mußten, blieb Erna Brakup draußen.

Und so sprach sie später für Reschke aufs Tonband: »Dabei häddech mid ihm reeden jewollt. Dassä miä Freide jemacht häd nu, wo jeht Jahrhundät zuänd. Ond dassech mecht noch äleeben, wie deitsche Friedhof wird wiedä sain, wo is jewesen. Ond maine jingere Schwestä, wo häd jleich nachem Kriech nach Wästen rieberjemacht ond wohnt nu schon fuffzich Jahr in Bad Sejeberch, Jorchfoggstraß Nummä fier, kann och hiä zu liejen kommen, wenn zuänd jeht mid ihä. Wollt ech nuä sagen: Härzlechen Dank och, Härr Bunns-bräsident, dasse daas middem deitschen Friedhof ham hinjekriecht ond so ändlich dem Härzenswunsch von maine Schwestä Frieda ham Jeniege jetan. Ond och ech, häddech zu ihm jesacht, wo ech nu so lang bin polnisch jewest, mecht liegen, wenn miä de Härrjott mecht rufen, auffem deitschen Friedhof ond nech zwischen all die Pollakens, wo uns ham durchjemen-gelt, bis nuscht nech jeblieben is. Abä da waar son Jedränge, dessech ihm nech hab äwischt...«

Nicht nur Erna Brakup, auch Alexander und Alex-andra standen vor der von steinernen Kandelabern flankierten Rathaustreppe. Die Touristen klatschten, als der Staatsmann von oben herab ein wenig winkte und sein Silberhaar, weil dem die Sonne günstig stand, aufleuchten ließ. Die Bürger der besuchten Stadt staun-ten angesichts der Herrlichkeit, mochten aber nicht klatschen; selbst Reschke hielt sich zurück, obgleich ihm bewußt war, daß schon die Ankündigung des Staatsbesuches dem Unternehmen »Versöhnungsfriedhof« ein günstiges Licht geworfen hatte. Gleich Erna Brakup war der Vizedirektor der Nationalbank von allerhöchster Hilfe überzeugt. Und Alexandra Piątkowska versicherte Jerzy Wróbel, daß ihr Alexander die Kurzvisite des Staatsoberhauptes zwar nicht eingefädelt, doch in terminliche Nähe mit den Verhandlungen gebracht habe.

Später, als der Besuch schon über alle Berge war, höre ich sie, vor Uferschilf stehend, über die Unkenrufe hinweg aufs Tonband sprechen: »Hat schönes Auge, dein Herr Bundespräsident. Muß nicht dunkle Brille tragen wie unser. War gut, daß er gekommen ist auf richtige Zeit. Vielleicht wär' sonst schiefgegangen mit Friedhof für Deutsche.«

Aus naheliegenden Gründen und weil ihm die Universität ohnehin stank, ließ sich Professor Reschke beurlauben. Kaum in Bochum zurück, übergab er die laufenden Seminare und den praxisbezogenen Studiengang für Kunsthistoriker seinen Assistenten und sagte für das folgende Semester die lehrende Tätigkeit ganz und gar ab. Er mußte sich deshalb nicht einschränken. Die Aufsicht der Friedhofsgesellschaft hatte noch während der Gründungssitzung den geschäftsführenden Gesellschaftern eine pauschale Vergütung zugestanden; so rückversichert, fiel es ihm leicht, von der Universität und ihrem Lehrkörper Abschied zu nehmen.

Gewiß, man grinste, doch Reschke ließ sich vom Spott seiner Kollegen nicht irritieren, er lachte sogar, als ihn ein Literaturwissenschaftler, mit Anspielung auf das bekannte Begräbnisinstitut, »Professor Grieneisen« nannte. Nun sah man bestätigt, daß die sorgfältig katalogisierte Sammlung handgeschmiedeter Sargnägel, die er seiner langjährigen Erforschung barocker Grabsteine auf norddeutschen Friedhöfen verdankte, mehr war als eine Schrulle: was ihm Totengräber und Küster zugetragen hatten, krumme wie gerade, oft rostzerfressene und solche mit rissigem Nagelkopf, aber auch heil und kantig gebliebene Sargnägel wiesen, die meisten gut einen Zeigefinger lang, aus frühbarocken bis spätbiedermeierlichen Vorzeiten auf Reschkes gegenwärtige Pläne. An Alexandra schrieb er: »Nie hätte ich gedacht, daß dieses bloße Nebenprodukt meiner Habilitationsschrift von Gewicht sein könnte ... «

Er richtete in seiner Junggesellenwohnung ein Sekretariat ein, das bald darauf seiner Universitätssekretärin Raum und leergeräumte Regale bot. Mit den Büchern mußte die Sammlung handgeschmiedeter Sargnägel in die Wohndiele umziehen.

Und jetzt erst überprüfte Reschke seine Garderobe und kaufte für sich, was mir vorliegende Quittungen belegen, einen schwarzen Kammgarnanzug, schwarze Schuhe, schwarze Socken, grau in grau gemusterte Krawatten, einen schwarzen Borsalino und – passend zum Schirm – einen asphaltgrauen Regenmantel gleichfalls italienischer Herkunft; denn während der zweiten Junihälfte sollte der Versöhnungsfriedhof feierlich eingesegnet werden: die ersten Begräbnisse standen auf dem Programm.

Sein Mitbringsel war diesmal ein Porzellanwaschbecken mit Zubehör. Wie Reschke sich um alles kümmerte, ergänzte die Piątkowska das umsichtige Planen: während er und sein vorerst nur halbtags besetztes Sekretariat vorsorglich mit der Visaabteilung der polnischen Botschaft Kontakt hielten, sicherte sie über das Büro für Touristik »Orbis« ausreichend viele Einzel- und Doppelzimmer für die demnächst zu erwartenden Trauergäste.

Die Überführung der Leichen sollte von einem Beerdigungsinstitut übernommen werden, das Kontakt mit einem Institut in Gdańsk gesucht und bald darauf einen Kooperationsvertrag geschlossen hatte. Mit der ostdeutschen Firma »VEB Erdmöbel« war man nicht ins Geschäft gekommen, weil deren Sargproduktion allenfalls für Kremierungen getaugt hätte; die sollten jedoch, falls erwünscht, am Wohnsitz der Verstorbenen stattfinden. An eine Wiederinstandsetzung des alten Krematoriums am Michaelisweg, dessen Öfen erst kürzlich ausgelagert worden waren, konnte vorerst nicht gedacht werden.

Gut, daß Reschke in seine Kladde auch Alltagsbanalitäten eingetragen hat: »Nun kann endlich das defekte Waschbecken in der Hundegasse ausgewechselt werden, und Alexandra ist froh, daß ich über allen Aktivitäten ihren Wunsch nicht vergessen habe.«

Dann war es soweit. Da der Bischof von Oliva, der zugesagt hatte, plötzlich verhindert sein wollte, segneten Hochwürden Bieroński, als Priester der Petrikirche, und Konsistorialrat Karau, als Doktor der Theologie, den Versöhnungsfriedhof als ökumenisches Doppel ein; in Gestalt des katholischen und des evangelischen Geistlichen spiegelte sich nicht nur die konfessionelle

Mischung des Aufsichtsrates, sondern auch dessen Absicht, keine nach Glauben geschiedenen Grabfelder anzulegen, wie sie zu Zeiten der Vereinigten Friedhöfe üblich gewesen waren.

Man hat das nicht groß an die Glocke gehängt. Kaum Presse, kein Fernsehteam war anwesend, wohl aber hatte Reschke einer privaten Produktion den Auftrag erteilt, die Einsegnung des Friedhofs und – aus gebotener Distanz – die ersten Beerdigungen aufzuzeichnen. Eine Videokassette von immerhin halbstündiger Laufzeit gehört zum mir gelieferten Material. Nach mehrmaligem Abspielen der Kassette, die allerdings ohne Tonspur läuft, könnte ich sagen: Ich bin dabeigewesen.

Auf Sommeranfang fanden die Einsegnung und danach zwei Beerdigungen in der rechten hinteren Ecke des weitläufigen Geländes statt, dort, wo die Allee zum Hauptgebäude der Technischen Hochschule dem Versöhnungsfriedhof die Grenze zieht. Trotz schönen Wetters, heiter bis wolkig, waren gottlob nur wenige Neugierige gekommen: scheu abseits stehende alte Frauen, einige Arbeitslose. Jedenfalls kamen nur Trauergäste ins Bild und Reschke, natürlich im neuen Kammgarnanzug, wie er den Borsalino seitlich und den gerollten Regenschirm eingehenkelt trägt. Neben ihm die Vergolderin in Trauerschwarz und unter breitrandigem Hut, nicht unelegant. Dazu die Brakup: klein, hutzelig, bedeckt vom topfförmigen Filz, die Füße in Gummigaloschen. Und hinter dem Paar Jerzy Wróbel. Oben schon kahl, doch seitlich noch langhaarig gewellt, schaut aus ihm ein immer erstaunter Künstler. Seine Windjacke, die ihm Reschke bei jeder Gelegenheit nachsagt, muß zum gegebenen Anlaß passen.

Weil am 21. Juni gleichzeitig, wenn auch an anderem Ort, Hochpolitisches stattfand, hat man später gesagt: Das Paar Reschke-Piątkowska versteht es, bedeutende Termine mit seinem Interesse zu verknüpfen: Ganz schön schlau die beiden. Dennoch steht in seinem Tagebuch, daß keine Absicht, vielmehr Zufall, und wenn nicht Zufall, dann Fügung, bei der Terminierung der Erstbegräbnisse im Spiel gewesen sei, allerdings eine Fügung, die ihn froh und dankbar gemacht habe. »Die Tatsache, daß am gleichen Tag, ja, zur Stunde der Einsegnung des Versöhnungsfriedhofes, in Bonn und Ostberlin, im Bundestag wie in der Volkskammer die völkerrechtlich wirksame Anerkennung der polnischen Westgrenze ausgesprochen wurde, ist für die weitere Umsetzung unserer Idee günstig gewesen: ab August schon durften wir die ehemalige Abdankungshalle des Krematoriums für Trauergottesdienste nutzen. Die weißrussische Gemeinde hat die einst nüchterne Leere des nur zweckdienlichen Raumes mit orthodoxem Pomp gefüllt...«

Dann stand man um offene Gräber. Als hätte sich unser Paar die ersten Leichen ausgesucht: ein alter Mann lutherischen Glaubens und eine alte Frau katholischen Glaubens wurden so kurz nacheinander beerdigt, daß beide Trauergemeinden der einen wie der anderen Zeremonie teilhaftig wurden. Zudem lud das Wetter zum Bleiben ein. Gefiltert von Laubbäumen fiel Sonnenlicht auf die Trauernden; der Videofilm bezeugt es.

Unter die Erde kamen: Egon Eggert, früher Danzig, Große Krämergasse 8, letzter Wohnsitz Böblingen, 82 Jahre alt, und Auguste Koschnick, früher Nassenhuben, Kreis Danziger Niederung, letzter Wohnsitz Peine, 91 Jahre alt. Ein schwarzer Sarg, ein nußbrauner. Bieroński und die Meßbuben in Weiß und Violett. Karau mit Beffchen und Talar.

Laut Reschkes Bericht waren nicht nur Familienangehörige und Freunde der Verstorbenen anwesend; etliche Ortsstellen der organisierten Landsmannschaft hatten Beobachter, der Bund Frau Johanna Dettlaff geschickt. Man wollte prüfen, ob ein würdiger Verlauf deutscher Beerdigungen inmitten polnischer Gegebenheiten gesichert sei. Die Lage des Friedhofs sollte in Augenschein genommen und Auskunft über die Pflege der Gräber eingeholt werden. Zudem war das Interesse an Doppelgrabstellen groß. Weil Frau Martha Eggert, die Witwe des Egon Eggert, anwesend war, konnte sie eines späteren Platzes an der Seite ihres Mannes sicher sein. Das alles wurde halblaut erfragt. Und mit leiser, immer um richtigen Ausdruck bemühter Stimme antwortete Jerzy Wróbel wie eine Amtsperson.

Reschke ist noch in seinen Aufzeichnungen bewegt von den ersten Bestattungen. Ich glaube im Verlauf des Videofilms erkennen zu können, daß die Piątkowska beim einen wie beim anderen Trauerakt unter breiter Hutkrempe geweint hat. Anrührend, wie sich der jungenhaft schlaksige Priester der Petrikirche zu Beginn seiner kurzgefaßten Grabrede für sein, wie er sagte, »sehr mangelhaftes Deutsch« entschuldigte. Etwas zu lang die Predigt des Konsistorialrates Karau, der überbetont die Wörter »Heimaterde« und »Rückkehr« in seine immerfort Gleichnisse suchenden Sätze schummelte. Eigentlich hatte Frau Dettlaff, die ich als stattliche, geschmackvoll in Schwarz gekleidete Dame zu erkennen glaube, als Sprecherin des Bundes nach der Einsegnung eine vorbereitete Rede halten wollen, doch war es Reschke gelungen, ihr abzuraten: sie möge doch, bitte, ihren Beitrag bei anderer, weniger dem Mißverständnis ausgesetzter Gelegenheit leisten.

So taktvoll ging es zu. Alles in allem wurden die ersten Beerdigungen auf dem Versöhnungsfriedhof als würdig und dankenswert frei von politischen Nebengeräuschen empfunden, urteilte die Presse. Während das Beileid ausgesprochen wurde, hat der Videofilm-Kameramann mit langsamen Schwenks die in Kreuzform verlaufenden Lindenalleen, das große Rondell, einzelne Baumgruppen, hier Ulmen und Kastanien, dort die Trauerweide und dort eine Blutbuche eingefangen, und aus polnischer Sicht einige Akzente gesetzt, indem er Benutzer der Parkanlage, Frauen mit Kleinkindern, Rentner, Lesende, einen einsamen Trinker und kartenspielende Arbeitslose vorführt, die von den Beerdigungen kaum Notiz nehmen. Dann kommt das hexenhaushafte Backsteinhaus am Park- beziehungsweise Friedhofseingang ins Bild und mit ihm jenes auf gelben Klinker montierte Messingschild, das in deutscher und polnischer Sprache die zukünftige Nutzung der Parkanlage als »Versöhnungsfriedhof« – »Cmentarz Pojednania« – bekannt macht.

Ältere Trauergäste fanden es anstößig, daß einige jüngere Trauergäste, unter ihnen Urenkel der Verstorbenen, schon den Hinweg vom Hotel zum Friedhof, dann den Rückweg in Chatterjees Fahrradrikschas genommen hatten, »wenngleich«, wie Reschke schreibt, »nichts Unschickliches geschehen ist, denn die Rikschas legten wie die Taxis den nur im Fahrpreis unterschiedlichen Weg mit seitlich wehendem Trauerflor zurück«.

Was man früher Leichenschmaus nannte, fand im Hevelius statt. Beide Trauergemeinden nahmen im reservierten Hotelrestaurant an langen Tischen Platz. In Reschkes Aufzeichnungen wird erwähnt, daß Frau Johanna Dettlaff bei dieser Gelegenheit doch noch zu ihrer insgesamt maßvollen Rede kam. Leider liegen mir weder Text noch Mitschnitt vor. Doch als im späteren Verlauf der Doppelfeier das Aufsichtsratsmitglied Erna Brakup in Stimmung geriet, lief das Tonband. Unter und über Nebengeräuschen höre ich: »Na, nähm ech noch Stickchen vom Schwain ond laß miä nech neetigen, wänn miä dä Härrjott doch Hände jejeben häd, dassech miä nähm... Abä Beärdigung häd miä jefallen, wänn och nech war wie frieher, als noch Väainichte Friedheefe had jehaißen. Hab richtich Lust jekriecht, baldich och under de Ärde zu kommen. Jessesmaria! Na, beßchen wart ech noch...«

Was mag Reschke sich gedacht haben, als er dem Leichenschmaus im Hevelius einen Nachruf lieferte, indem er in seiner Kladde die Begräbnisriten der Mexikaner und Chinesen in Vergleich brachte und schließlich die Vorzüge der hinduistischen Feuerbestattung aufzählte? Er lobt die »Minimalisierung der Leichen« und wagt das Wort »Raumersparnis«. Fürchtete er, es könne der Versöhnungsfriedhof eng, eines Tages voll, überfüllt sein? Hat er, der Massengräber ausdrücklich ablehnte – »Nie wieder darf es dazu kommen!« –, mögliche Sammelbestattungen vorweg geahnt?

Nachdem er im neuen Anzug – und bei Regen mit Schirm – weiteren Begräbnissen das Geleit gegeben, gemeinsam mit der Piątkowska Beileid ausgesprochen, dabei den geordneten Verlauf der Zeremonien im Auge gehabt und behutsam gelenkt hatte, unterbrach er seinen Aufenthalt in Gdańsk, um von seiner Bochumer Wohnung aus die regelmäßige Beschickung des Versöhnungsfriedhofs zu sichern. In einem kurzen, wie in Eile geschriebenen Brief steht zu lesen: »Es war richtig, Liebste, das Sekretariat so früh einzurichten, auch wenn uns dadurch meine Wohnung klein geworden ist. Frau von Denkwitz erweist sich bei den neuen Aufgaben als hilfreich. Als meiner langjährigen Sekretärin kann ich ihr vollauf vertrauen. Erfreulich ist der Kontostand. Bald wird die vierte Million rund sein. Die Zahl der Beerdigungswilligen wächst. Hinzu kommt, daß, neben vielen Kleinspenden, beachtliche Beträge, darunter einige aus Übersee, auf dem seit Anfang Juni eröffneten Spendenkonto verbucht worden sind. Frau von Denkwitz ist jetzt ganztags hier... «

Das Geschäft lief, doch blieben die Erfolge meines Mitschülers nicht ungetrübt: viele Schmähbriefe in der gestapelten Post. Zeitungskommentare gefielen sich in Reihungen von »hämischem Witz und zynischen Ausfällen«. So empfindlich las Reschke die Glossen, daß ich mich frage, ob mein Banknachbar aus Schulzeiten etwa jener langaufgeschossene, picklige Junge gewesen ist, den leiseste Kritik zum Weinen brachte. In fast allen Fächern überdurchschnittlich gut, ließ er zwar von sich abschreiben, wollte dafür aber gelobt, von allen gelobt werden. Und als ihm diese ungeschickte Zeichnung, auf der die Stadt unterm Bombenhagel in Flammen aufging, Tadel, von allen Lehrern und Schülern nur Tadel einbrachte, stand er in Tränen; dabei hat er alles richtig vorausgesehen.

Jedenfalls fand Reschke es lächerlich, daß man ausgerechnet ihn als »unbelehrbaren Revanchisten« beschimpfte. »Geschäftemacherei mit Toten« wurde ihm unterstellt. Auf eine der Glossen, die unter der Überschrift »Deutsche Friedhofsruhe gesichert!« stand und in dem Vorwurf gipfelte, »mit Leichen Rückeroberung« betreiben zu wollen, hat er prompt als geübter Leserbriefschreiber geantwortet und seine organisatorischen Bemühungen die »letztmögliche Form der Völkerverständigung« genannt.

Demnach kann Reschke doch nicht der picklig langaufgeschossene, auf Lob erpichte Junge gewesen sein; vielmehr sehe ich meinen ehemaligen Banknachbarn als eifrigen Fähnleinführer, der sich, außer beim Organisieren der Kartoffelkäferaktionen, durch die Einrichtung einer Sammelstelle ausgezeichnet hat, in der während des ersten oder zweiten russischen Kriegswinters Wollsachen, vom Pullover bis zum Pulswärmer, lange Unterhosen und Pelzmäntel, zudem Ohrenschützer und Skier für die Soldaten an der Ostfront gestapelt und verpackt wurden. Doch auch die schreckliche Zeichnung muß Leistung des Fähnleinführers Reschke gewesen sein; nur er sah voraus...

Im übrigen hat eine Vielzahl beipflichtender Artikel und begeisterter Briefe die Schmähungen aufgewogen. Sogar aus Amerika und Australien schrieben Landsleute. Ein Briefzitat soll für alle stehen: »... und freudige Genugtuung wurde mir kürzlich bereitet, als ich in unserem immer verspäteten Mitteilungsblatt lesen konnte, daß die Vereinigten Friedhöfe an der Hindenburgallee wieder aufgemacht haben. Gratuliere! Bin zwar noch rüstig mit meinen demnächst 75 Jahren und mach bei der Wollschur mit, erwäge aber, von Ihrem hochherzigen Angebot Gebrauch zu machen. Nein! Ich will nicht in fremder Erde liegen...« – Später kam es zu Überführungen aus Übersee.

Diesen Brief hat Reschke persönlich beantwortet. Doch einen Großteil der Korrespondenz konnte er seiner Sekretärin überlassen, seit Jahren war sein Briefstil ihrer. Mehr war zwischen den beiden nicht, keine Klammheimlichkeit, nichts, das Alexandra hätte ausstechen können; zudem hätte ich mich geweigert, hier eine Nebenhandlung einzuleiten.

Erika von Denkwitz, die mir auf keinem Foto vorliegt, war fünf Jahre alt, als sich ihre Mutter mit ihr und drei Geschwistern sowie dem Gutsverwalter und dessen Frau von Stuhm aus mit zwei vollgepackten Pferdewagen auf die Flucht in Richtung Westen machte. Zwei der Geschwister und die Frau des Gutsverwalters starben unterwegs. Nur ein Pferdegespann hielt durch. Die Denkwitz verlor ihre Puppen.

Reschke ist in seinen Aufzeichnungen verwundert über die »an Details des westpreußischen Landlebens so tiefverwurzelten Kindheitserinnerungen« seiner Sekretärin, die sich allerdings nicht in die Kartei der im Computer versammelten Beerdigungswilligen einreihen wollte. Er gibt vor, ihre Bedenken zu verstehen, will sie zu nichts überreden, lobt die »trotz grundsätzlicher Zweifel« unbeirrbare Loyalität der Denkwitz und überläßt ihr das Sekretariat nach knapp zwei Wochen. Mein ehemaliger Mitschüler verstand es, Aufgaben zu delegieren; ich säße sonst nicht an diesem Bericht.

Zurück in Gdańsk, mußte Alexander seine Alexandra beruhigen, die wegen der kürzlich vollzogenen Währungsunion in Sorge um das arme Polen war, das fortan mit der Deutschmark Tür an Tür leben müsse. »Was sollen wir machen bloß, wenn ihr uns kauft mit dickes Portemonnaie?«

Reschke war sicher, daß die Deutschmark genug zu tun haben werde, die ostdeutsche Wirtschaft auf die Beine zu bringen. »Da bleibt für Polen nicht viel übrig. Und dennoch wird die Friedhofsgesellschaft unter der veränderten Marktsituation kaum zu leiden haben. Die Vorsorge für den Tod ist frei von Rücksicht auf den Konjunkturverlauf. Glaub mir, Alexandra, am Begräbnis wird nicht gespart!«

Dieses Gespräch fand, bald nach seiner Rückkehr aus Bochum, an einem Wochenende statt. Das Paar war mit dem Wagen in die Kaschubei gefahren. Kein blühender Raps mehr, doch gleichbleibend schönes Sommerwetter. Hier gab es noch Mohn- und Kornblumen und Bauern hinterm Pflug und Pferd. Auf dem Misthaufen krähte der Hahn aus dem Bilderbuch.

Alexandra hatte zum Picknick eingekauft, das sie am Ufer eines Sees nahe Zuckau auf hübsch rotblau besticktem Tuch breitete: grobe Knoblauchwurst, mit Zwiebeln und Schnittlauch vermengten Quark, ein Glas Senfgurken, Radieschen, zu viele hartgekochte Eier, Pilze in Essig und Öl, dazu Butter und Brot, das Streudöschen Salz nicht vergessen. Vier Flaschen Bier stellte sie ins schmatzende Uferwasser. Zwischen dem Schilfbestand hatten sie eine sandige Bucht gefunden, klein genug für das Paar. Beide saßen barfuß auf Klappstühlen, er mit hochgekrempelten Hosenbeinen.

Nein, kein Krötenlärm. Einmal entfernt ein Motorrad. Libellen über dem Wasser, Hummeln, Kohlweißlinge, was noch? So wurde es Abend. Ab und zu sprang ein Fisch. Zigarettenrauch gegen Mücken. Und plötzlich dann doch der Ruf einer einzelnen Unke: mehr Geläut als Rufen. »Als wir schon nicht mehr hoffen wollten, die dreimal angeschlagene Glocke: kurz, lang, lang... Von unbewegter Wasserfläche hebt sich solch Geläut besonders ab. Wo kam es her? Ich könnte nicht sagen, von nah, aus der Ferne. Sonst gab nichts Laut, es sei denn Lerchen, die hoch über den frühreifen Feldern bis in den Abend hinein ihre Bühne hatten. Und weiße, von Nordost her schwimmende Wolkensäcke gehörten zum kaschubischen Sommer. Der Unkenruf wollte nicht enden...«

Und in die Stille und über das endlose Unken hinweg sagte die Piątkowska: »Wir sollten aufhören jetzt.«

Reschke wird nicht sogleich geantwortet haben: »Du meinst, es kann nicht gelingen, was wir begonnen haben?«

»Nur was ich sag', aufhören, weil noch schön ist.«

»Aber wir haben kaum angefangen...«

»Sag' ich trotzdem.«

»Keine drei Grabreihen sind voll...«

»Glaub mir, Aleksander, schöner wird nicht.«

»Das hieße, den Karren laufen lassen, denn anhalten kann ihn niemand mehr...«

»Bloß weil wir haben Idee gehabt?«

»... die, unvollendet, bloßes Stückwerk ist...«

Alexandra hat diesen Wechselreden, die sich mit den Unkenrufen wiederholten, ein Ende gesetzt: ihr Gelächter ist durch Reschkes Tonbandaufzeichnung überliefert.

Natürlich haben die beiden weitergemacht – jetzt will sogar ich, daß sie weitermachen, verdammt!–, doch wurde mit dem Vorschlag, aufzuhören, solange es schön sei, ihrer Geschichte die Wendemarke gekerbt. Später finde ich Eintragungen, die diese Zäsur bestätigen: »Es ist die einzelne Unke gewesen, die Alexandra geraten hat, das Ende unserer Bemühungen vorwegzunehmen. Hätte ich darauf hören sollen?«

Von jenem Picknick ist noch zu melden, daß die vier Bierflaschen im lauen Seewasser nicht kühl werden wollten. »Wir hätten, wie ich geraten habe, Badezeug mitnehmen sollen«, schreibt Reschke. Doch bin ich froh über dieses Versäumnis, weil so dem Berichtenden die Aufgabe erspart wird, den Kunsthistoriker und die Vergolderin, den Witwer, die Witwe, den bleichknochigen Reschke und die hier straffe, dort überbordende Piątkowska, Olek und Ola, das späte Paar als Badende nachzuzeichnen.

Mit hochgekrempelten Hosen nur, mit geschürztem Rock haben sie sich ins seichte Uferwasser gestellt. Er betrachtet seine Füße unter Wasser, wie sie verschwimmen, mal so, mal so versetzt, ihm fern, fremd sind. Sie raucht linker Hand, während sie rechts den Rock rafft.

Dann hat Reschke flache, kaum überspülte Steine aus dem Sandbett gehoben. »In meiner Jugend gab es hier Krebse«, sagte er, als sich unter den Steinen nichts regte.

Sie sagte: »Als ich mit Mama und Papa hier bin gewesen, gleich nach Krieg war zu Ende, gab Krebse immer noch viel.«

Als Alexandra nachsetzte: »Das ist vorbei nun«, bestätigte Alexander: »Das ist für immer vorbei.«

Am nächsten Tag mußte sich Reschke in seinen Anzug für feierliche Anlässe werfen. Drei Begräbnisse standen auf dem Programm, nach zwei protestantischen ein katholisches. Und jeweils hatten die trauernden Angehörigen den Pastor, den Priester mitgebracht, was der Gesellschaftsvertrag zuließ.

Hochbetagte Frauen wurden zu Grabe getragen, denen viel Familie Geleit gab. Mit der Beerdigung nach katholischem Ritual konnte die vierte Gräberreihe begonnen werden. Den Fotos nach, die Reschke geschossen und auf den Rückseiten datiert hat, hätten die polnischen Sargträger auch deutsche sein können. Mittlerweile waren, außer den Totengräbern, zwei Friedhofsgärtner fest angestellt. Zur Großen Allee hin saß im Backsteinhaus eine Aufsichtsperson, die tagsüber Friedhofsbesuchern Auskunft erteilte, außerdem wurden ihr der Leichenwagen, das Gärtnergerät und Werkzeug der Totengräber anvertraut.

Gerne hätte die Brakup diesen vorerst noch ruhigen Posten bezogen. Mit Mühe hatte ihr Jerzy Wróbel die Unvereinbarkeit eines zum Friedhof gehörenden Arbeitsplatzes mit ihrem Sitz in der Aufsicht erklärt, doch erst als er der Brakup den hohen Grad ihrer Verantwortung als Sprecherin einer Minderheit deutlich gemacht hatte und Reschke ihr für Tonbandmonologe gute Bezahlung anbot, war die Alte zufrieden: »Na, wennech jeht, jeht nech. Hädd ech miä fain ausjedacht in dem Klainhäuschen ond jemietlich jemacht. Och inne Nacht, wänn draußen ist duster. Ond oofjepaßt häddech, wänn Raudis mechten kommen ond Zappzerapp machen. Na macht nuscht. Abä häddech miä emmer jewinscht, Aufsicht sain auffem Friedhof...«

Nicht nur Reschke hörte ihr, wenn möglich, mit laufendem Tonband zu; Jerzy Wróbel, der aus Grodno stammte, wurde nach Kriegsende in die Ruinen der Stadt Gdańsk verschlagen, wuchs unter Baugerüsten auf und war nun auf Geschichten von früher versessen, weil er das Vorleben der aus Trümmern erwachsenen Stadt allenfalls auf dem Katasteramt fand. Lehrer und Priester hatten ihn glauben lassen, Gdańsk sei immer polnisch, urpolnisch gewesen. Seitdem dieser Kinderglaube Risse zeigte, wollte Wróbel mehr wissen, als in Papieren zu finden war. Die verschnürten Akten voller deutschsprachiger Rechtshändel um Grundstücksgrenzen und Wegerecht, verjährte Besitztitel und Erbnachfolge, der gestapelte Mief seit Jahrhunderten angestammter Rechthaberei machten ihn nicht satt; doch Einzelheiten, die Geschmack und Geruch hatten, konnte ihm die Brakup liefern. Ihr Spruch –»De Fremde soll man belobijen, abä nech hinjehn, wo fremd ist« – war Zeugnis ungebrochener Seßhaftigkeit. Aus zeitverschobenen Erinnerungen holte sie Tratsch und politische Eintrübungen hoch. Sie wußte, wer in den großbürgerlichen Villen längs der Allee, also in Nachbarschaft zu den Vereinigten Friedhöfen gewohnt hatte: »Direktors waren die all ond stinkraich. Mid Kindermädchens und Hausmeesters. Na hier, die Hindenburchallee rauf bis inne Adolf-Hitler-Straß, wie dänn de Hauptstraß häd haißen gemißt. Waiß noch jenau, wail ech war inne Villa von Doktä Citron wejen main Härz. Ech sag Sie, Pan Wróbel, ain fainer Doktä, och wännä Jud is gewesen. Dem ham se färtich jemacht, bissä häd rieber jemußt nach Schweden, wail ä häd Doktä nech sain dirfen mähr...«

Alles, was Wróbel wichtig war, sogar die Linienführung der Straßenbahnen und wer in welcher Kirche kurz oder lang gepredigt hatte, konnte die Brakup auf Befragen hersagen. Weil mit einem Werftarbeiter verheiratet, der '42 auf der Krim fiel, wußte sie, wer mit wem während der Freistaatzeit spinnefeind gewesen war: »Ech kann Sie flistern, Pan Wróbel! Hiä auf Schichau ond inne Waggonfabrik war dä Daibel los. Rote jegen Braune ond mit Knippel de Braunen jegen Rotfront. Na, bis denn Adolf kam ond häd glaichjemacht alles...«

Wróbel konnte davon nicht genug hören. Saß mit Reschke die Piątkowska dabei, wenn solche Geschichten kein Ende fanden, zog sie Vergleiche mit einer Großtante, die, sobald sie ins Erzählen von Anno dazumal geriet, auf Marschall Piłsudski und dessen Einmarsch in Wilno gekommen sei: daß dessen Auge geblitzt, sich sein Schnurrbart gesträubt, sein Pferd, ein Schimmel, geäpfelt habe. Alexandra lachte: »Muß man nicht glauben alles.« Und Reschke schrieb in sein Tagebuch: »Wir sollten nicht allzu erinnerungssüchtig die alten Geschichten aufrühren, denn, wie die Brakup sagt: ›Wer haut mit Knippel auf Sumpf, dem mecht Modder bespritzen.‹ Im übrigen ist der Friedhof Aufgabe genug. Unsere Idee weist nach vorne, selbst dann, wenn sie den Toten ein nur knapp bemessenes Stück Heimaterde verspricht.«

Mit dieser Beschwörung aufgefüllter Grabstellen konnten nur die bisher üblichen Erdbestattungen gemeint sein; schon Ende Juli wurde es notwendig, auf dem Versöhnungsfriedhof ein Urnenfeld anzulegen, weil eine wachsende Zahl »Beerdigungswilliger« auf Feuerbestattung Wert legte. Viele Anmeldungen aus den Ländern des kaum mehr als Staat existierenden ostdeutschen Gebildes verlangten Einäscherung und verzichteten auf christliche Begräbnisrituale. Ohne sich Atheisten zu nennen, wollten die Antragsteller aus Stralsund, Neubrandenburg oder Bad Doberan »nur eine schlichte Beisetzung ohne Pfarrer und Reden am Grab«. Für diese Wünsche werden außerdem die niedrigen Kosten, insbesondere bei Urnenüberführungen, gesprochen haben, zumal die neue, nur begrenzt eins zu eins umgetauschte Währung zwar nicht ihren Glanz verlor, doch knapp wurde.

Da es nicht möglich war, das alte Krematorium am Michalisweg wieder in Betrieb zu nehmen – dort hatte sich in den Kellerräumen ein Video-Verleih eingemietet –, wurde das erste Urnenfeld gleichfalls im westlichen Bereich des Versöhnungsfriedhofs angelegt, parallel zur Großen Allee.

Bei den Urnenbeisetzungen war der Kreis der Leidtragenden kleiner, oft nur auf die engere Familie beschränkt. Diese geringere Anteilnahme erklärt sich auch aus der bald gängigen Praxis, die Asche längst Verstorbener zu überführen. Sicher ging man dabei von zu Lebzeiten geäußerten Wünschen aus, die ihre Erfüllung in immer dem gleichen Satz suchten, dort, nur dort den letzten Platz zu finden, wo man geboren sei. Solche Rückgriffe sollten schon bald den Aufsichtsrat der Deutsch-Polnischen Friedhofsgesellschaft in Schwierigkeiten bringen; doch will ich nicht vorgreifen.

Noch lief ja alles wie geschmiert. Nur Reschke war, weil Ästhet von Berufs wegen, angesichts der überführten Urnen besorgt. Deshalb hat er, mit Hinweisen auf die Friedhofsordnung, ein Formmusterblatt an alle im Computer Gespeicherten geschickt. Indem er Kunststoffgefäße unter Verbot stellte, gelang es ihm, die Verwendung von hartgebrannten, aus Töpferton geformten Urnen zu fördern.

Bald danach war die Beschaffenheit aufzustellender Grabsteine Thema; nach dem Absinken der Grabstellen würde es soweit sein. Vermittelt durch die Piątkowska, führte Reschke Gespräche mit einigen Steinmetzen, die in städtischen Bauhütten Restaurationsaufträge ausführten. Seitdem die Beischläge, zuletzt in der Brotbänkengasse, wiederhergestellt waren, klagten sie über knapp werdende Arbeit. Nach Zahlung eines zinslosen Kredits, den der Aufsichtsrat nach kurzer, zum Teil fernmündlich geführter Debatte genehmigte, ließ sich auf dem Gelände des ehemaligen Krematoriums ein Steinmetzbetrieb nieder, der bald für den Versöhnungsfriedhof auf Vorrat zu arbeiten begann.

Reschke achtete streng darauf, daß kein Stein den Vorschriften der Friedhofsordnung querstand. In Paragraphen war festgelegt worden: »... jedes Grabmal muß standsicher aufgestellt und durch Dübel mit dem Sockel oder dem Fundament verbunden sein. Verboten ist das Anbringen von Fotografien, künstlichen Kränzen und Tafeln aus Glas oder Emaille...« Hinter weiteren Verboten stand das Verbot von Kunststein geschrieben.

Doch Reschke begnügte sich nicht mit Vorschriften; einige der Steinmetzwerkstatt empfohlene Muster, die mir in Kopie vorliegen, wollten barocke Grabsteingestaltung wiederbeleben. Er schlug überlieferte Embleme und Ornamente vor. Nach Zitaten aus seiner Habilitationsschrift sollten flache, bildhafte Reliefs Bibelmotive nacherzählen: den Sündenfall, das Gleichnis vom verlorenen Sohn, des Lazarus wunderbare Erweckung, die Grablegung des Herrn, die Auferstehung der Toten... Es fehlte nicht an Akanthusblättern und Fruchtdolden.

Mehr Schwierigkeiten bereiteten gewünschte Grabsteininschriften. Weil viele abgelehnt werden mußten, war oft lästiger Briefwechsel mit Familienangehörigen die Folge. Einige nicht in Stein gehauene Sprüche finde ich in den Aufzeichnungen meines überkorrekten Mitschülers, zum Beispiel diese: »Was Dir der

Feind genommen, hast Du im Tod gewonnen.« Oder: »In deutscher Heimaterde ruht unser lieber Vater und Großvater Adolf Zöllkau.« Oder: »Vertrieben und zurückgekommen ruht hier in Gott und Heimaterde Elfriede Napf, geb. Zeidler.« Oder kurz und bündig: »In deutscher Erde ruht...«

Der Aufsichtsrat mußte bemüht werden, wobei es zu Meinungsverschiedenheiten zwischen dem mittelständischen Unternehmer Gerhard Vielbrand und dem Vizedirektor Marian Marczak kam, als die Grabsteininschrift »Nach Unrecht ward das Recht geboren, die Heimat blieb ihm unverloren« zur Debatte stand. Nach kurzem Hin und Her, bei dem deutsche Rechthaberei und polnische Empfindlichkeit einander die Waage hielten, soll Erna Brakups Einwand, »Ech mecht hiä nech räden vonne Jerechtichkait, wo nech jiebt, abä was Haimat is, muß blaiben och Heimat«, einen Kompromiß gefördert haben, demzufolge die erste Zeile der Grabsteininschrift gestrichen wurde, die zweite in Stein gehauen werden durfte.

Vielbrand entschuldigte sich schriftlich, weil er im Verlauf einer telefonischen Intervention das Wort Zensur verwendet hatte; Marczak bat darum, gewisse, ihm unterlaufene Gereiztheiten nicht auf die Goldwaage zu legen. Die Piątkowska soll über diesen Streit hinweg gelacht haben: »Warum Sprüche? Ist nicht Name genug in Stein?«

Auf vielfache Weise bewies der August seine Veranlagung zum Krisenmonat. In Gdańsk und anderswo blieben die Touristen aus. Zwar hatte sich der Złoty irgendwo tief unten, wie es aus Warschauer Sicht hieß, stabilisiert und war nun konvertibel, aber die Preise kletterten weiter und straften Löhne und Gehälter mit Mißachtung. Weit weg, doch mit Hilfe des Fernsehens nah herangebracht, löste der Überfall des Irak auf das Ölscheichtum Kuwait eine Krise aus, die bald Golfkrise genannt wurde. Nicht zu vergessen die Zuspitzung der ohnehin zugespitzten Lage in Georgien, Litauen, Jugoslawien. Doch auch ohne Blick über die Grenzen sah es nicht gut aus: der Deutsch-Polnischen Friedhofsgesellschaft stand Streit bevor.

Die Frage, ob das Versöhnungsfriedhof heißende Parkgelände zwischen der Technischen Hochschule und der Poliklinik eingezäunt werden sollte, wurde früh, gleich nach Gründung der Friedhofsgesellschaft gestellt, doch als nicht dringlich vertagt. Als jedoch Blumengebinde und Kränze von frisch aufgeschütteten Grabhügeln verschwanden, zudem behauptet wurde, man hätte das Diebesgut tags drauf, ohne Kranzschleifen zwar, doch immer noch ansehnlich frisch, bei Blumen- und Kranzverkäufern mit Stand neben der Dominiksmarkthalle käuflich erwerben können, als trotz Ersatz der Schäden die Klagen betroffener Trauerfamilien kein Ende nahmen, als dann sogar eine Urne, ohne allerdings zu zerscherben, umgestoßen, brutal mutwillig umgestoßen wurde, faßte der gerade noch beschlußfähige Aufsichtsrat – auf deutscher Seite fehlten die Mitglieder Karau und Vielbrand – nach zu kurzer Debatte und auf Antrag von Frau Johanna Dettlaff, die all das »unzumutbar empörend« nannte, den Beschluß, das Friedhofsgelände durch einen Zaun zu schützen und obendrein Nachtwächter einzustellen, selbstverständlich auf Kosten der Friedhofsgesellschaft.

Jetzt rächte sich, daß die Piątkowska und Reschke als geschäftsführende Gesellschafter keine Stimme im Aufsichtsrat hatten. Ihr Einwand, der Zaun werde zum Ärgernis mißraten, blieb ohne Gewicht. Sogar Wróbel stimmte für den Zaun.

Bereits Mitte August, als die Golfkrise täglich nur noch eine Meldung zwischen vielen krisenhaften Meldungen hergab, wurden längs der Grunwaldzka Pfosten gesetzt, geeignet, mannshohem Maschendraht Halt zu geben, der später begrünt werden sollte. Sogleich griff die Presse den Fall auf. Formulierungen wie »Friedhofs-KZ« und »Die Deutschen lieben Zäune« wurden von einer Glosse überboten, die mit der Empfehlung schloß, man möge am teuren Draht sparen und Bauelemente der jüngst hinfällig gewordenen Berliner Mauer zollfrei nach Polen einführen, um sie zum Schutz des deutschen Friedhofs abermals aufzustellen. »Die Mauer muß her!«

Insgesamt wurde mehr gelacht als geschimpft. Kaum errichtet, sind Teile des Zauns niedergelegt worden. Man ging dabei behutsam vor, schonte das Material, denn der Maschendraht und die Betonpfosten haben anderswo, etwa zwischen Schrebergärten oder bei der Umzäunung von Hühnerhöfen, Verwendung gefunden. Die Demontage geriet zum Volksfest.

»Und dennoch«, schreibt Reschke, »ein häßlicher Anblick!« Denn täglich konnten sechs bis zehn Erdbestattungen gezählt werden. Schon lag die siebte Grabstellenreihe aufgefüllt, und das Urnenfeld verlangte Erweiterung. Der Friedhof florierte, als ihm der Streit um den Zaun widerfuhr; kein Wunder, daß die wechselnden Trauergesellschaften Fragen nach der Sicherheit ihrer Toten zu stellen begannen. Eine Familiengruppe reiste empört mit der Asche des Vaters und Großvaters wieder ab. Als schließlich Protestveranstaltungen vor den restlichen Bauelementen stattfanden und Sprechchöre die Friedhofsruhe störten, zog der Aufsichtsrat nach fernmündlicher Beratung seinen Beschluß zurück: Das, politisches Gezänk, habe niemand gewollt.

Die Zaunreste verschwanden über Nacht. Gegen die Anpflanzung einer schnellwachsenden Hecke – Reschke schlug Wacholder vor – gab es keine Einwände. Der Aufsichtsrat erklärte öffentlich sein Bedauern, und die Journalisten verloren den Spaß an der Sache. Wenngleich die Blumen- und Kranzdiebstähle, trotz Nachtwächterdienst, nie ganz aufhörten, war zumindest die Friedhofsruhe wieder gewahrt. Anders die weltweiten Krisen: War es hier die arabische Wüste, in der neue Waffensysteme erprobt werden sollten, war es dort die Sowjetunion, die in ihre weit voneinander entfernt liegenden Bestandteile zu zerfallen drohte. Der August litt unter überfülltem Programm; und nur aus Deutschland kamen Nachrichten, die erfreulich sein wollten: dem Tag der Einheit wurde vorauseilend ein Termin zugesprochen.

Reschkes letztes Mitbringsel aus Bochum, eine verchromte Duschgarnitur mit regulierbarer Mischbatterie, wurde bereits am 7. August – und fern jeder Krise – eingeweiht: so feuchtfröhlich begann Alexandras 60. Geburtstag. Er schreibt: »Wie sie sich freuen kann. ›Ist Luxus schon!‹ rief sie. Unbedingt mußten wir gemeinsam unter die Neuanschaffung, als seien wir Kinder...«

Danach hat sich das Paar in Sankt Marien vor Alexandras Arbeitsplatz, die astronomische Uhr, gestellt. Alles sah fertig aus. Sie hat ihm nicht ohne Stolz im Kreis der Tiere und zeichenhaften Gestalten den Löwen gezeigt, der mit Krebs und Schütze, Stier und Jungfrau nicht neuvergoldet glänzte, sondern matt erdfarben schimmerte. »Das ist mein Zeichen. Löwe macht, daß ich bin gut für Abenteuer und bißchen leichtsinnig. Löwe will herrschen natürlich, aber ist großzügig immer, will weite Reise machen und lustig feiern mit Freunde...«

Nur im kleinen Kreis haben sie gegessen. Eine ihrer Kolleginnen und Jerzy Wróbel waren in der Hundegasse dabei. Geräucherter Aal ist auf den Tisch gekommen, danach Zanderfilet. Gesprochen wurde über alles mögliche, zuletzt über Krisen nah und fern. Doch vorher hatte sich das Paar unter Touristen und Ortsansässige gemischt: in allen Gassen fand, wie immer ab Anfang August, der Dominiksmarkt statt. Von ihrem Bummel zu zweit zeugt als Schattenriß ein Scherenschnitt, der beide auf ein Blatt bringt: im Profil und leicht versetzt hintereinander Alexandra vor Alexander. Ihr Näschen, seine Nase. Ihr voller Mund, seine zurückweichende Unterlippe. Ihr Kinn, das sich doppelt vor kurzem Hals wölbt, seine hohe und steile Stirn, der zu wenig Kinn widerspricht. Sein Hinterkopf, der auslädt wie – im Ansatz bereits – ihre Brust. Ein biedermeierliches Paar, dem Reschkes zweites Geburtstagsgeschenk entsprach: ein mit vielen Scherenschnitten illustrierter Band.

In meinen Unterlagen finden sich keine Hinweise auf Reisen. Nach soviel Vorleben begannen die beiden, sich zu entdecken. Dennoch glaube ich nicht, daß sie einander Geständnisse gemacht, sich aufgeschlüsselt haben. Weder Witwe noch Witwer hatten Anlaß, über den toten Ehemann, die tote Ehefrau zu klagen; nicht nur die Wohnung in der Hundegasse, auch das Bochumer Appartement bewahrte gerahmte und in Fotoalben versammelte Erinnerungsstücke aus normal glücklichen Tagen auf. In Vergangenheiten rumzustochern war nicht nötig, denn die wenigen Abenteuer im Abseits gaben nur ungenaue oder falsch eingeordnete Erinnerungen her. Und daß er mit vierzehneinhalb Fähnleinführer gewesen ist, sie mit siebzehn begeistert Mitglied der kommunistischen Jugendorganisation wurde, sahen sich die beiden wie Geburtsfehler ihrer Generation nach; keine Abgründe mußten ausgelotet werden; selbst wenn er in Momenten des Selbstzweifels meinte, ständig in sich den Hitlerjungen bekämpfen zu müssen, und sie ihren Parteiaustritt gerne früher, schon '68 oder zwei Jahre später, datiert hätte: »Als Miliz hat geschossen auf Arbeiter hier...«

Auf Beerdigungen sind sie ab Ende August nur selten gegangen. Man überließ das Wróbel und Erna Brakup, die keine Beisetzung und im Hevelius keinen

Leichenschmaus verpaßten. Der Versöhnungsfriedhof war jetzt ungestört in Betrieb. Der Piątkowska gab die Uhr letzte Arbeit: die Sonne zwischen Krebs und Zwillingen und auch der Mond zwischen Waage und Skorpion verlangten nach Gold. Reschke konzentrierte sich auf organisatorische Aufgaben.

Weil der Computer in Bochum mit dem in der Hundegasse korrespondierte, indem sich beide wechselseitig fütterten und abfragten, kam es selten zu Pannen oder Engpässen bei der Belieferung des Versöhnungsfriedhofes. Die Presse hatte sich auf polnischer wie deutscher Seite beruhigt. Andere Nachrichten hatten Vortritt, etwa der tägliche Zuwachs an Mannschaft und Gerät in der Golfregion, das Neueste aus Litauen und die zermürbende Spannung zwischen dem immerfort traurigen Ministerpräsidenten und dem in Gdańsk ansässigen Arbeiterführer, der sich, wie viele Kleinwüchsige, berufen sah, Großes zu tun. Der Kontostand der Friedhofsgesellschaft bewies jedoch, daß die gespannte Weltlage dem deutsch-polnischen Versöhnungswerk nicht abträglich war.

Trotz erheblicher Neben- und Unterhaltskosten schnellten die Konten in unerwartete Höhe. Gut angelegte sechzehn Millionen Deutschmark brachten einen so hohen monatlichen Zinsgewinn ein, daß die anfallenden Überführungs- und Nutzungskosten – den Rest zahlten Kranken- und Sterbekassen – nur unerheblich das Kapital minderten. Nicht zu reden vom Spendenkonto, mit dessen Hilfe die Begräbniskosten der Bedürftigen beglichen wurden; ihnen, wie den Angehörigen der deutschen Minderheit in Gdańsk, sollte ein letzter Platz auf dem Versöhnungsfriedhof sicher sein, die DPFG wirkte gemeinnützig.

Trotz der günstigen Kontostände muß gesagt werden, daß ein Drittel des Kapitals samt Zinsen der immer noch ruhenden litauischen Vertragskomponente vorbehalten war; doch das Verlangen der Litauer nach nationaler Unabhängigkeit schloß Wünsche von Minderheiten aus. Dem Extrafriedhof für tote Polen, die einst in Wilno ansässig gewesen waren, wurde kein Raum zugestanden, jedenfalls noch nicht, hieß es. Zuerst müsse man eigenstaatlich ganz unter sich sein. Vielleicht könne später, wenn man die Russen raus habe, auf Devisenbasis verhandelt werden, doch gegenwärtig...

In der Kladde meines Mitschülers lese ich: »Alexandra leidet unter dieser alles verweigernden Haltung. Um wenigstens etwas zu tun, schickt sie neuerdings über ihren Verein, ›Die Gesellschaft der Freunde von Wilno und Grodno‹, polnische Schulbücher über die Grenze. Das ist wenig, zu wenig, finden wir beide. Dennoch erlaubt sie ihrem Leid nicht, unser anhaltendes Sommerglück zu verschatten...«

Dann wurden jene Fotos geschossen, die Reschke allzu sinnfällig ausgelegt hat. Das Motiv ergab sich Anfang September, an einem Wochenende. Da die Fotos nicht, wie sonst üblich, mit Ortsangaben beschriftet sind, kann ich nur mutmaßen. Sicher ist, daß sie die Fähre von Schiewenhorst nach Nickelswalde über die mündende Weichsel genommen haben; ein Schnappschuß zeigt die Piątkowska in hellblauer Bluse an der Reling der Autofähre. Also werden sie auf der Chaussee neben den Kleinbahngleisen in Richtung Stutthof, Frische Nehrung unterwegs gewesen sein. Im Laubtunnel der Chausseebäume an Strandwäldern entlang. Meine Annahme stützt sich auf eine Tagebucheintragung: »Auf der Fahrt durch die Niederung fällt auf, wie krebsartig das östlich der Stadt wuchernde Industriegebiet sich ins flache, nur durch den Weichseldeich begrenzte Land frißt. ›Hat schon in Gierekzeit begonnen!‹ rief Alexandra. Über allem liegt Schwefelgeruch...«

Auf den vier Fotos schimmert der Asphaltbelag einer Chaussee. Dem Belag sind deutlich die Umrisse plattgewalzter Kröten eingezeichnet. Es ist nicht ein und dieselbe Kröte. Vier Kröten wurden nicht nur einmal, ich bin sicher, mehrmals überfahren. Vielleicht waren sie gleichzeitig, als Gruppe unterwegs, vielleicht paarweise. Es kann aber auch sein, daß sie in kilometerweitem Abstand zueinander unter die Räder gekommen sind. Erst die Fotos bringen sie nah zueinander. Ich nehme an, daß mehr als vier Kröten versucht haben, hier oder dort oder alle an einer Stelle die Chaussee zu überqueren. Einige hatten Glück, andere hat es erwischt. Einfach platt gemacht, zum Flachrelief geworden, sind sie als Kröten dennoch kenntlich geblieben. Eine der typischen Chausseen, die beiderseits von Linden und Kastanien bestanden sind und im Sommer einen tiefgrünen Tunnel bilden, ist den Kröten zur Falle geworden.

Alle vier Finger der Vorderbeine und gleichfalls die vier der Hinterbeine samt Schwimmhaut, sogar der Ansatz des fünften Fingers vorne wie hinten, sind den

Fotos abzulesen. Die Flachköpfe und Augenwülste in den Leib gedrückt. Dennoch zeichnet sich deutlich die warzige Rückenspur ab. Entsaftet hat der Leib Falten geworfen. Auf zwei Fotos ist das Gedärm seitlich weggetrocknet.

Nach meiner Kenntnis von Kröten, die, zugegeben, nicht groß ist, dürften es Erdkröten sein; doch Reschke hat auf die Rückseiten der Fotos geschrieben:»Das war eine Unke« – »Diese Unke ruft nicht mehr« – »Platte Unke« – und »Noch eine plattgewalzte Unke, kein gutes Zeichen!«

Mag sein, daß er recht hat. Da Rotbauch- und Gelbbauchunken kleiner als Erdkröten sind und er das Längenmaß der platten Körper mit fünf, zweimal mit fünfeinhalb und mit sechs Zentimetern angibt, werden es wohl doch Froschlurche, also Unken, gewesen sein und keine Erdkröten, die sich bis zu fünfzehn Zentimeter Körpermaß auswachsen. Weil im Werden plattgewalzt, waren es sicher Tieflandunken. Hätte Reschke das eine oder andere Relief vorsichtig vom Asphalt gelöst, gewendet und die seitlich geplatzte Unterseite fotografiert, könnte ich jetzt mit Bestimmtheit von Rotbauchunken sprechen. Aber ihm reichte die Draufsicht. So sicher war der Professor.

Ich nehme an, daß sie nicht weiter nach Stutthof und zur Gedenkstätte des gleichnamigen Konzentrationslagers gefahren sind. Alexandra wird Rückkehr gewünscht haben. Wenn sie auch gerne gottlos redete – bei anderer Gelegenheit sagte sie:»Da bleib' ich Kommunist, auch wenn ich raus bin aus Partei« –, ihrem Aberglauben hing sie dennoch an.

Dazu gab es kein Sitzungsprotokoll. Weder Spesenabrechnungen noch Fotos belegen die wiederholten Treffen. Nur sein Tagebuch gibt preis, was auch Alexandra verschwiegen wurde: Reschke traf sich ab Anfang September wiederholt mit Chatterjee, »weil«, so motiviert er seine Heimlichkeiten, »dieser weltläufig umtriebige Bengale unentwegt Hoffnungen, recht doppelbödige Hoffnungen, keimen läßt. Er preßt aus allem, was uns zentnerschwer drückt, ein positives Wässerchen. Zum Beispiel stimmt ihn fröhlich, daß die gestiegenen Ölpreise das Benzin teurer und teurer machen, spürbar besonders in armen Ländern, so auch in Polen, weshalb seinem Rikschabetrieb immer mehr Kundschaft zulaufe. Das stimmt. Täglich sehe ich, wie seine Rechnung mit der Teuerung aufgeht. Nicht nur in der Altstadt sind die flinken, mittlerweile ungeniert von jungen Polen bewegten Rikschas unterwegs, man sieht sie die Grunwaldzka rauf und runter, gut besetzt in Sopot und Oliwa und nicht mehr ausschließlich mit Touristen beladen. Schiffsbauingenieure, Beamte der Stadtverwaltung, Prälaten und sogar Milizoffiziere lassen sich kostengünstig zum Arbeitsplatz oder nach Dienstschluß bis vor die Haustür bringen. Chatterjee sagt: ›Wir sind nicht nur umweltfreundlich, wir sind autonom. Unabhängig von den demnächst heißumkämpften Ölquellen, garantieren wir einen fairen Preis. Doch kommt es noch besser, weil alles schlimmer wird. Sie kennen ja meine These: Nur die Fahrradrikscha hat Zukunft!‹ – Ich habe ihm nicht widersprochen; wie könnte ich auch...«

Mein ehemaliger Mitschüler wird sich häufig am Ort ihrer ersten Begegnung, im Fachwerkhäuschen, mit dem Bengalen getroffen und mit ihm Dortmunder Exportbier getrunken haben. Ihre Thekengespräche: Reschke, den plattgewalzte Kröten bestätigt hatten, höre ich unken, indem er jedem ökologischen Sündenfall, vom brasilianischen Regenwald bis zum Braunkohleabbau in der Lausitz, schlimmste Folgen voraussagt; und Chatterjee höre ich auf zukünftiger Fahrspur autoverstopfte Großstädte, Rom und Paris, retten. Die einzige Sorge, die ihn bewegt, betrifft zu lange Einfuhrfristen für holländische Fahrradrikschas, zudem den ständigen Ärger beim Zoll.

Und folgerichtig finde ich Hinweise auf die neuesten Initiativen des Bengalen mit britischem Paß. »Er hat sich in die ehemalige Leninwerft eingekauft. Die neuen liberalen Gesetze erlauben das. In zwei mittelgroßen Montagehallen, die seit der Werftkrise leer stehen, will er produzieren. Die Lizenz einer Firma aus Rotterdam hat er schon in der Tasche. Nicht nur der polnische Bedarf soll gedeckt werden, Export ist sein Ziel. Achtundzwanzig ausgesucht tüchtige Werftarbeiter, sagt Chatterjee, habe er unter Vertrag und zwei holländischen Meistern zur Umschulung anvertraut. Deren Fachwissen sei Grundlage der angestrebten Fließbandproduktion, demnächst laufe sie an . . .«

Zwischen zwei Flaschen Export hat der Professor in Reschke den Bengalen darauf hingewiesen, daß die Stadt Gdańsk während Jahrhunderten, als sie noch Dantzik geheißen hatte, Handelsbeziehungen zu Holland und Flandern unterhalten und Künstler ins Land gerufen habe, so daß der aus Mecheln stammende Baumeister Anthony van Obbergen im Auftrag des Magi strats das nahegelegene Altstädtische Rathaus, in der Wollwebergasse das große Zeughaus sowie die Predigerhäuser neben der Katharinenkirche im Spätstil der Renaissance habe bauen können; und Chatterjee wird sich erinnert haben, daß es am Fluß Hooghly Handelsniederlassungen der Holländer gegeben hat, bevor Calcutta den Engländern zur Beute wurde, auch daß um 1870 herum ein in Japan missionierender Franziskaner holländischer Herkunft die Rikscha erfunden hat und dieses Wort sich vom japanischen »Jin riki shaw« herleitet, das heißt: vom Läufer gezogenes Fahrzeug.

Das sind Vermutungen nur, doch sicher ist bei einem solchen Thekengespräch die erste finanzielle Absprache zwischen dem Geschäftsmann und dem geschäftsführenden Gesellschafter zu Papier gekommen, so früh wurden die beiden handelseinig; aber die dreißigprozentige Kapitalbeteiligung der Deutsch-Polnischen Friedhofsgesellschaft an S. Ch. Chatterjees Fahrradrikschaproduktion ist erst anläßlich einer viel später einberufenen Sitzung der Aufsicht ans Licht gekommen. Jedenfalls war Reschke so kühn und weitblickend, in das erfolgversprechende Projekt zu investieren. Der Kontostand der Friedhofsgesellschaft erlaubte die Transaktion.

Im Tagebuch wird keine Summe genannt. Keine Kontoauszüge belegen die riskante Eigenmächtigkeit. Seiner Kladde sind nur »zukunftweisende Überlegungen« abzulesen. »Dieser Mister Chatterjee versteht es, meine oft trüben Vorahnungen in Luft aufgehen zu lassen; oder er koloriert sie im Handumdrehen zu rosaroten Wölkchen. Wenn ich doch Alexandra von der

Menschenfreundlichkeit seiner Idee überzeugen könnte. Wie gerne würde ich ihr den Bengalen als unseresgleichen ein wenig näherbringen. Mir jedenfalls steht vor Augen, wie unser Werk, das dem zu Staub verfallenden Menschen gewidmet ist, seinem Werkentwurf beigeordnet werden kann. Sind wir den Toten verpflichtet, will er das Überleben der Menschheit sichern. Sind wir .aufs Ende bedacht, steht ihm Anfang bevor. Wenn große Worte noch Sinn machen, dann hier, auf dem Feld unserer gemeinsamen Bestrebungen. Die Heimkehr der Toten, wie sie tagtäglich auf unserem Versöhnungsfriedhof stattfindet, und die Fahrradrikscha als Transportmittel, das besonders gerne von unseren jungen Trauergästen benutzt wird, sind – ich spreche es aus – gültige Belege des ewigen ›Stirb und werde‹...«

Alexandra blieb außerhalb. Kein noch so kühner Bogenschlag konnte sie zu Chatterjee führen. Sie lehnte nicht nur Fahrten mit den melodisch läutenden Rikschas ab, sie empörte sich gegen deren Besitzer, die ihr unbegreifliche Person. Der sei unheimlich. Der rieche fremd. Dem traue sie weder bei Tag noch bei Nacht. »Hat Augen immer halb zu!« rief sie. Schon früh, noch vor den ersten Beerdigungen, hat Reschke ihr Urteil festgehalten: »Ist falscher Engländer! Werden wir kleinkriegen, wie wir Polen haben Türken vor Wien besiegt...«

Alexandras Mißtrauen war nicht unbegründet, soweit es Chatterjees Herkunft betraf. Bei einem der Thekengespräche kam es wie beiläufig zum Eingeständnis, daß der »Rikschamann«, wie die Piątkowska wegwerfend Subhas Chandra Chatterjee nannte, nur väterlicherseits bengalischer Herkunft war. Nicht ohne Verlegenheit erklärte er, daß seine Mutter ungetrübt der Händlerkaste der Marwaris entstamme, daß die Marwaris, von Norden, aus Radschasthan kommend, in Bengalen eingewandert seien, daß sie dort in Kürze den Grundstücksmarkt beherrscht, dann in Calcutta viele Jutefabriken in Besitz genommen, sich nicht gerade beliebt gemacht hätten. Doch so seien nun mal die Marwaris: geschäftstüchtig. Und er, Chatterjee, schlage ganz nach der Mutter, während der Vater ein Liebhaber der Poesie und besessen von Herrschaftsträumen gewesen sei, weshalb er dem einzigen Sohn entsprechende Vornamen gegeben habe. Doch wolle er nicht dem Größenwahn des legendären Subhas Chandra Bose, der als Führer Indiens so erbärmlich habe scheitern müssen, auf der Spur bleiben, vielmehr setze er, das Mutterkind, auf die Geschäftsmoral der Marwaris. »Bitte, glauben Sie mir, Mister Reschke, wenn wir Zukunft wollen, müssen wir sie vorfinanzieren!«

Das alles kam in der Hundegasse natürlich nicht zur Sprache. Mit seinen Hausschuhen hatte Reschke sich dort eingenistet. Ich bin sicher, Alexandra roch seine Heimlichkeiten. Doch weil die Thekengespräche Ausnahme blieben und das Paar selten abendlichen Einladungen folgte, kann man sagen: sie lebten häuslich. Nur wenige Minuten lang erlaubten sie dem Fernsehen, ihr Wohnzimmer mit krisenhaften Ereignissen zu besetzen. Sie bekochten einander – einig auch darin – nach italienischen Rezepten. Einige polnische Wörter wurden ihm geläufig. Abwechselnd spielten sie mit

dem Kleincomputer. Wenn sie in der Küche üppig geschnitzte Bilderrahmen grundierte und vom Vergolderkissen weg Blatt nach Blatt neu vergoldete, sah
Reschke zu. Und wenn er emblematisch wurde und ihr
die Doppeldeutigkeiten barocker Grabsteine offen-
barte, hing sie an seinen Lippen. Manchmal hörten
Olek und Ola gemeinsam Tonbandkassetten; was von
den Wochenendausflügen ins Werder oder an die
Schilfufer kaschubischer Seen geblieben war: im Chor
und vereinzelt, Unkengeläut.

5

Auf Fotos sehe ich sie Hand in Hand oder Arm in Arm. Dieses Verhalten, dem am Wochenende angepaßte Kleidung, der Partnerlook entsprach, wurde von Reschkes Reise nach Bochum unterbrochen. Außer Tagebucheintragungen und kopierten Quittungen berichten Briefe, die Liebe nur beiläufig beteuern. Geschäftig schreibt er über »unumgängliche Transaktionen« und »die fällige Neuordnung der Konten«. Zwischen Hinweisen auf Kursgewinne einiger Versicherungskonzerne teilt er mit, daß es ratsam wäre, »hier und dort stille Reserven zu bilden«. Doch den Satz: »Gegenwärtig erlaubt das hohe, dem politischen Trend angepaßte Zinsniveau günstige Anlagen«, hat er keinem Brief anvertraut, vielmehr mit Schönschrift nur deshalb in seine Kladde geschrieben, damit ich folgern darf: Reschke kann mit Geld umgehen.

Alexander Reschke konnte schon immer mit Geld umgehen, zum Beispiel, als er während der Kriegsjahre die damals zwangsläufigen Kartoffelkäferaktionen organisiert und zum Feldzug gegen den amerikanischen Coloradokäfer umbenannt hat. Nach zackigem Rapport beim Kreisbauernführer gelang es ihm, die Prämie pro randvoll gefüllter Literflasche um einen Groschen auf annähernd eine Reichsmark zu steigern, worauf er den Zugewinn als »stille Reserve« verwaltet hat, damit sich unsere Kolonne – ich war beim »Unternehmen Coloradokäfer« dabei – zum Schlußfest in der Gutsscheune Kelpin ein paar Extras leisten konnte: Streuselkuchen, Lutscher und Malzbier.

Und diesen frühen Einübungen entsprechend, begann der Professor der Kunstgeschichte, mit dem Kapital der Deutsch-Polnischen Friedhofsgesellschaft zu arbeiten. Am Aufsichtsrat vorbei, hat er Gespür bewiesen, Konten gesplittet, hier rechtzeitig abgestoßen, dort Gewinn gemacht und unterm Strich Grundlagen für Investitionen geschaffen, mit deren Hilfe die DPFG ein verzweigtes, ich meine, ein undurchsichtiges Unternehmen wurde. Nur sein Bochumer Sekretariat blieb überschaubar, »...wenngleich es dort«, schreibt Reschke, »nicht mehr recht wohnlich zugeht. Die Denkwitz hat eine Schreibkraft einstellen müssen und jemanden, der ihr bei der kompliziert gewordenen Buchführung zur Hand geht.«

Seine Geschäftsreise ist zwischen Ende September und Anfang Oktober datiert. Er nennt Termine in Frankfurt am Main, Düsseldorf und Wuppertal dringlich, hat aber die politischen Ereignisse jener Tage in seiner Kladde ausgespart, nur im Brief vom 4. Oktober lese ich: »Nun steht die Einheit auf dem Papier. Den Menschen im Ruhrgebiet, die mir, zugegeben, nicht annähernd vertraut sind, hat das wenig bedeutet und allenfalls das auf Sportplätzen übliche Gebrüll abverlangt. Du magst recht haben, Alexandra, wir Deutschen können uns nicht freuen...«

Danach geht es wieder um das Geld der »Beerdigungswilligen«. Das sei ihnen anvertraut. Mit dem müsse für- und vorsorgend gewirtschaftet werden. Geld, das nur liege, arbeite nicht. Deshalb wolle er auf verschwiegenen Wegen dessen Wert mehren. »Mag sich die Politik durch auftrumpfende Lebensbeweise immer wieder in den Vordergrund drängen, wir, Liebste, bleiben in Stille unseren Toten verpflichtet; endlich abseits der wechselsüchtigen Geschichte, sollen sie sicher liegen.«

Soweit Reschkes Wille, den er, neben Mitbringseln anderer Art, darunter eine formschöne Stehlampe, zum Gepäck für die Rückreise zählte. Und doch gelang es dem Paar in der Hundegasse nicht, nur sich und seiner erdgebundenen Versöhnungsidee zu leben. Wenn im November noch Friedhofsbetrieb vorherrschte, standen ab Dezember nun auch in Polen Großereignisse an. Jener Ministerpräsident, den die Piątkowska gerne mit dem hispanischen Ritter von der traurigen Gestalt verglich, konnte sich, als in zwei Wahlgängen um das höchste Staatsamt gestritten wurde, bereits im ersten nicht behaupten; abgeschlagen überließ er das Feld zwei Vielversprechern. Über den Sieger sagte Alexandra: »War mal gut für Streik von Arbeiter. Will nun kleiner Marszałek Piłsudski sein. Muß ich lachen jetzt schon...«

Fast bewundere ich, wie die beiden, gehoben von ihrer Idee, mehr und mehr abseits ihrer Nationen lebten oder sich ihnen überstellt begriffen, so daß sie aus schrägem Winkel an ihnen vorbei und zugleich von hoher Warte auf sie herabsahen. Aus des allabendlich diskutierenden Paares Gerede kann ich ein halbes Dutzend Beurteilungen der Deutschen und Polen herausfiltern, darunter dieses Zeugnis: Es seien die einen und reichen nicht reif genug, sich nun, nachdem die Einheit unterm Hut sei, als erwachsene Nation zu betragen; den anderen und armen jedoch, die ihrer Nation immer, selbst bei nicht existierendem Staat, gewiß waren, fehle, da nur im Widerstand erfahren, die demokratische Reife, so daß fortan Unausgereiftes nachbarlich ins Kraut schießen werde, arm wie reich. »Das wird schiefgehen«, sagte Reschke. »Geht schon schief!« rief die Piątkowska.

Die Beurteilung solch trüber Diagnosen gehört nicht zu den Aufgaben, die mir mein ehemaliger Mitschüler gestellt hat, auch fiele es schwer, dem doppelten Unreifezeugnis mit besseren Schulnoten nachzuhelfen, zumal die Schwarzseher, nach Lage der Dinge, meistens recht behalten; doch könnte mildernd gesagt werden, daß unser deutsch-polnisches Paar Reife bewies, als ihm die täglich neue Aufgabe gestellt war, in Alexandras Dreizimmerwohnung zu überwintern. Sie sah ihm, ohne »typisch« zu sagen, sein Besserwissen nach; er ertrug ihren Haß auf die Russen, indem er ihn so lange relativierte, bis er als enttäuschte Liebe erträglich wurde. Vielleicht hat die Weltkrisenlage, deren Bilderflut jeden Haushalt heimsuchte, das Paar so friedfertig gemacht, jedenfalls nahm sie nicht Anstoß an seinen Hausschuhen, und er verzichtete darauf, Ordnung in ihre Kraut-und-Rüben-Bibliothek zu bringen. Mehr noch: nicht nur ihn, auch seine Hausschuhe aus Kamelhaar liebte sie. Und ihm war mit ihrer Person das Durcheinander im windschiefen Bücherregal liebenswert. Sie wollte ihm nicht das Schlurfen, er ihr nicht das Zigarettenpaffen abgewöhnen. Die Polin und der Deutsche! Ich könnte mit ihnen ein Bilderbuch füllen: frei von Gezänk, satt an Verträglichkeit, zu schön, um wahr zu sein.

Besuch kam nur selten. Erwähnt wird der Priester der Petrikirche und dessen einziges Thema: das fehlende Gewölbe im immer noch kriegswüsten Mittelschiff seiner Kirche. Zweimal waren Erna Brakup und Jerzy Wróbel zu Gast. Alexandra soll sich an einer mit Äpfeln und Beifuß gefüllten Martinsgans versucht haben. Die auf Mitte November datierte Tonbandaufzeichnung läßt die Brakup zu Wort kommen: »Son Ganschen mit Äppel drin habech schon lang nech jekriecht. Abä ech mecht miä äinnern, als inne Fraistaatzait...« So erfuhr Wróbel den Guldenpreis kaschubischer Gänse, und wer alles am Tisch saß, als Frieda Formella, Erna Brakups jüngste Schwester, im Herbst '32 mit Otto Prill, einem Vorarbeiter der Margarinefabrik Amada, Hochzeit feierte.

Zögernd ging das Jahr seinem Ende entgegen. Der Herbst wollte nicht aufhören, und der Winter versprach, so milde zu werden, daß der Versöhnungsfriedhof, wenn die Erde nicht tiefer als einen Spatenstich fröre, wie selbsttätig wachsen würde: Gräberreihe um Gräberreihe, Urnenfeld an Urnenfeld. Ich könnte mich mit dem Befund, außer Begräbnissen ereignete sich nichts, kurz fassen, gäbe es nicht die Notiz: »Bei sonst normalem Friedhofsbetrieb kam es während der

Aufsichtsratssitzung vom 5. November zu kontroverser Debatte. Unruhe seitdem... «

Schon Allerseelen, das man still auf dem Friedhof am Hagelsberg begehen wollte, verlief hektisch: »Mehr Besucher als vorbedacht haben die weite Reise nicht gescheut. Bei der Beschaffung von Hotelzimmern gab es Engpässe, denn auf dem Versöhnungsfriedhof herrschte Massenauftrieb. Zwar hatte mich die Denkwitz per Telefon und Fax vorgewarnt, aber dieser Ansturm... Beschwerden wurden laut. Die kümmerliche Blumenauswahl neben der Dominiksmarkthalle muß wirklich ärgerlich gewesen sein. Nur Astern und Chrysanthemen. Dazu die überhöhten Preise. Ich mußte Abhilfe fürs nächste Mal versprechen und mir Vorwürfe wie ›Polnische Wirtschaft‹ anhören. Erst am Nachmittag fanden wir Zeit für Alexandras Elterngrab, ein Stündchen nur, kurz vorm Eindunkeln. Wróbel begleitete uns. Er, dem zwischen Oliva und Ohra alle längst abgeräumten Friedhöfe geläufig sind, führte uns später in angrenzendes Gelände, zum ehemaligen Garnisonsfriedhof. Dort fanden wir wahre Raritäten, die uns Jerzy mit verschämtem Finderstolz wie Stücke aus grauer Vorzeit bloßlegte. Zum Beispiel: inmitten Gestrüpp ein von guter Steinmetzarbeit zeugendes Muschelkalkkreuz, dessen Inschrift an französische Kriegsgefangene erinnert, die während der Jahre 1870/71 in Lagern gestorben waren. Dreiblattförmige Kreuzenden. An anderer Stelle wußte er, hinter Unkraut versteckt, eine hohe Stele aus Kalkstein, davor einen verrosteten Schiffsanker. Diesmal war der Tod mehrerer Matrosen vom Kreuzer SMS Magdeburg und eines einzelnen Matrosen vom Torpedoboot Nr. 26 auf das Kriegsjahr 1914 datiert. Und weitere Überbleibsel, die unser Freund für uns aufgespart hatte: etwa jene in eine freistehende Ziegelmauer eingelassene Travertinplatte, auf der in erhabenem Relief überm Eichenlaub das Profil eines Polizeihelms aus Freistaatzeiten zur Ansicht kommt, darunter durch Schläge beschädigte Schrift: ›Unsern Toten‹. Alexandra wunderte sich über ein Dutzend schwarzpolierter Granitsteine, auf denen samt Mondsichel und Stern die Namen und Daten polonisierter Tataren eingemeißelt stehen. Kein Todesdatum vor '57. ›Was haben die zu suchen auf Militärfriedhof‹, rief sie. Wróbel, der sich gelegentlich, wie Alexandra auch, chauvinistisch verengt, wußte keine Erklärung, stand verlegen in seiner Windjacke zwischen den Steinen und meinte, die Tatarengräber als ›wilde Beerdigungen‹ entschuldigen zu müssen. Nicht weit entfernt erschreckten Holzkreuze auf Kindergräbern, denen wir schon vor Jahresfrist unter deutschen und polnischen Namen das Seuchenjahr '46 abgelesen hatten. Ich sagte: ›Weißt du noch, Ola … ‹ – ›Na, werd' ich nicht wissen, Olek … ‹ – ›Ich trug das Netz mit den Pilzen … ‹ – ›Und an Grab von Mama und Papa fiel uns schöne Idee ein … ‹ So begingen wir Allerseelen. Die Zeit holte uns ein. Ich suchte vergeblich nach einer alles klammernden Formulierung, doch selbst Jerzy und Alexandra standen versteinert, als uns am Rand des brüchig eingezäunten Geländes, wo Schrebergärten beginnen, ein mutwillig mit Farbe beschmiertes Grab für russische Kriegsgefangene des Ersten Weltkrieges entsetzte. So viel tödliche Geschichtsschreibung und

Barbarei! So viele Tote in fremder Erde! So viel Anlaß zur Versöhnung! Und immerfort fielen aus altem
und nachgewachsenem Baumbestand Blätter. Das frei
schwebende Blatt. Wie doch alle den Tod umschrei-
bende Emblematik der Natur zugeordnet bleibt. Plötzlich sah ich Alexandra und mich, wie wir unsere Gräber in fremder Erde suchen... Als uns Wróbel bei
einbrechender Dunkelheit von dem wüsten Gelände
führte, schlug ich vor, hier Ordnung einkehren zu
lassen, selbstverständlich auf Kosten der Friedhofsgesellschaft. Jerzy versprach, den Antrag während der bevorstehenden Aufsichtsratssitzung einzubringen. Alexandra lachte, ich weiß nicht, warum.«

Zwar lief die Sitzung zufriedenstellend an – der Vizedirektor der Nationalbank bestätigte die fristgerechten
Überweisungen der Pacht und der Nutzungsgebühren
–, doch dann löste die deutsche Seite durch bloßes Nennen von Wünschen eine grundsätzliche Diskussion aus.
Immer wieder hatten hochbetagte Trauergäste nach
Begräbnissen gleichfalls Hochbetagter den Wunsch
geäußert, wenn nicht in unmittelbarer Nähe des Versöhnungsfriedhofs, dann doch in dessen landschaftlich
freundlicher Umgebung ihren Lebensabend verbringen zu dürfen. Und schon trug Vielbrand, unterstützt
von Frau Johanna Dettlaff, einen Antrag auf Einrichtung komfortabler Seniorenheime vor: Ostseelage,
Strandkiefernwälder und kaschubische Seeufer seien
erwünscht.

Während Frau Dettlaff mehr dem Gefühl folgte,
nannte Vielbrand Argumente, die er für sachlich hielt.

»Unsere hochbetagten Landsleute sind sogar bereit, leerstehende oder vom Konkurs bedrohte Gewerkschaftsheime zu beziehen, selbstverständlich nach gründlicher Renovierung.« Dann schlug er vor, schon jetzt »vorausblickend« Neubauten zu planen. Das Interesse an heimatlich gelegenen Seniorenheimen wachse. Deutlich, wenn nicht gar fordernd, spreche sich die Bereitschaft der Familienangehörigen aus, diesen Wunsch der Eltern, Großeltern, Urgroßeltern zu erfüllen. Dabei spiele die Kostenfrage eine untergeordnete Rolle. Versicherungskonzerne seien zur Mitfinanzierung bereit. Mit Bedarf von zwei- bis dreitausend Seniorenheimplätzen dürfe man rechnen. Da werde viel Pflegepersonal benötigt. Das schaffe Arbeitsplätze. Handwerksbetrieben, mithin dem Mittelstand, könne das förderlich sein. »Denn was Polen fehlt, ist ein gesunder Mittelstand!« rief Vielbrand. Falls man aber die Wünsche alter Menschen mit Mißtrauen höre und – wie er Hochwürden Bierońskis Zwischenruf entnehme – die Gefahr unkontrollierter Rückwanderung befürchte und deshalb glaube, sich sperren, grundsätzlich sperren zu müssen, könne man das Programm »Lebensabend in der Heimat verbringen« durchaus im Rahmen der Deutsch-Polnischen Friedhofsgesellschaft abwickeln, denn im Grunde gehe es um die Einrichtung von Sterbehäusern, die man natürlich so nicht nennen dürfe. In der vorliegenden Projektbeschreibung werde ausschließlich der Ausdruck Seniorenheime benutzt.

Frau Dettlaff zitierte wirkungsvoll aus Briefen. Konsistorialrat Dr. Karau nannte den Lebensabend »die

Zeit der Einkehr und also Heimkehr«. Der Priester Bieroński kam plötzlich und unpassend auf das kriegswüste Gewölbe der Petrikirche zu sprechen. »Zur Sache, bitte!« rief der Vorsitzende Marczak. Worauf dem städtischen Angestellten Wróbel sogleich Gewerkschaftsheime längs der mit Badeverbot belegten Bucht einfielen, desgleichen auf der Halbinsel Hela, wo in Jastarnia, vormals Heisternest, das Gewerkschaftshaus Fregata geeignet sei; und Wróbel bot sich an, der versammelten Aufsicht einige Projekte am Pelonker Weg zu zeigen, etwa den schloßähnlichen Sommersitz der Familie Schopenhauer oder das schon vormals als Altenheim genutzte Herrenhaus Pelonken. Er sprach wie ein Makler mit günstigem Angebot und hatte zimmerreiche Nebengebäude, das Säulenportal und ein Eschenrondell im Innenhof zu bieten, dazu Karpfenteiche zu Füßen des Olivaer Waldes.

Das war zu erwarten gewesen: die Nationalbank in Gestalt ihres Vizedirektors zeigte Interesse, der Antrag wurde polnischerseits befürwortet und schließlich genehmigt; dem Gesellschaftervertrag widerfuhr eine Ergänzung, der abzulesen war, daß man auf deutscher Seite kein finanzielles Opfer scheuen werde.

Projekte wurden besichtigt, verworfen oder angenommen, so das Herrenhaus Pelonken mit Nebengebäuden und Fischteichen, obgleich dieser Komplex nach langjähriger Einquartierung militärischer Einheiten augenfällig vernutzt war.

Bei den Besichtigungen waren Alexander und Alexandra dabei. Reschke, der überall Verfall sah, wohl Verfall sehen wollte, hat nur Verfall notiert: »Absurd, dieser ausgeweidete Trolleybus zwischen Herrenhaus und Wirtschaftsgebäude. Einzig die Sonnenuhr in Funktion. Noch schlimmer das Schopenhauersche Palais: als wolle der Sommersitz des Vaters nachträglich die Philosophie des Sohnes bestätigen. Ach, und die Neubauten! Wie Alexandra sagte: ›Sind aus Gomułkazeit...‹ – Ruinen von Anbeginn. Der gute Wróbel hätte sein katasteramtliches Wissen besser unter Verschluß halten sollen. Einfach widerlich, wie dieser Vielbrand überall Maß nimmt, hier am Putz klopft, dort die Dielenböden nach Hausschwamm absucht. Und Bieroński schweigt, weil ihm Karau die Finanzierung eines ›echt spätgotischen‹ Gewölbes versprochen hat...«

Noch vor Jahresende wurden die ersten Pacht- und Nutzungsverträge unterzeichnet; schmerzhaft für Reschke, weil er, zwecks Anschubfinanzierung, einige Konten erleichtern mußte, darunter »stille Reserven«. Zusätzliches Kapital stellten Privatversicherungen, später die Volkswohlfahrt. In Bochum mußte die Denkwitz eine weitere Bürokraft einstellen.

Bald darauf begannen Renovierungsarbeiten in einem halben Dutzend Gewerkschaftsheime, darunter solche mit Meeresblick. Den Pelonker Weg entlang – heute ul. Polanki – wurden etliche Großvillen und die genannten Herrensitze in Pacht genommen und sogleich eingerüstet. Ärger mit den bisherigen Mietern konnte vermieden werden; großzügig abgefunden, fanden sie neues Quartier.

All das geschah nach Beschluß. Nur Erna Brakups Kommentar wurde als Stimmenthaltung gewertet: »Ond waas is, wennech nich mecht Läbensabend in

Haimat väbringen, sonders mecht maine paar Jahr-
chen jemietlich auf aine Insel väjuksen, wo auf deitsch
haißt Machorka?«

Dem geschäftsführenden Paar konnten die Ent-
schlüsse der Aufsicht keinen nachhallenden Widerspruch abnötigen. Soweit ich sehen kann, waren beide
zufrieden, weil der Antrag »Ehemaliger Garnisonsfriedhof«, den Jerzy Wróbel eingebracht hatte, ohne
Gegenstimmen angenommen wurde: Geld, ausreichend viel Deutschmark sollte dort Ordnung stiften.

Vielleicht hielten sie die Seniorenheime für vertretbar, sogar für lobenswert als Ergänzung ihrer Idee.
Jedenfalls waren die Sterbehäuser nicht Thema ihrer
abendlichen Gespräche in der ul. Ogarna. Das Paar
war der Meinung, es dürfe nach Feierabend an sich,
nur an sich denken. Wer sich spät paare, habe keine
Zeit zu verlieren. Man müsse viel nachholen. Und ähnliche Vorsätze. Bei Reschke steht: »Selten, daß Alexandra einen Wunsch hat, der nur sie betrifft. Alles will sie
mit mir, will sie gemeinsam erleben...«

Wenig später hat sich die Piątkowska doch etwas
gewünscht, das nur Ziel ihrer Träume sein konnte: »Einmal will ich italienischen Stiefel lang runterreisen und,
wenn geht, Neapel sehn.«

»Warum Neapel?«

»Weil man sagt so.«

»Und Umbrien, auf den Spuren der Etrusker...«

»Aber Neapel dann.«

Weil sich in Alexandras windschiefem Büchergestell zwischen der nautischen Fachliteratur, oder belastet von einem Stoß Krimis, gewiß ein Atlas fand, sehe

ich die beiden über den italienischen Stiefel gebeugt. »Natürlich Assisi. Orvieto auch. Firenze dürfen wir nicht umgehen.« Sie will nun doch nicht allein den Stiefel lang runter, sondern mit ihm gemeinsam. Er weiß so viel. Er hat schon alles mehrmals gesehen: »Du kannst mir zeigen dann.«

So sehe ich beide: zufrieden. Ich sehe sie gerne so. Nach Schweinebraten zu gekümmeltem Sauerkohl haben sie gemeinsam und beispielhaft in der Küche den Abwasch gemacht. Mit Tüchern verhängt, wartet ein Spiegelrahmen auf Neuvergoldung. Nachdem wieder einmal das elektronische Glockenspiel vom nahen Rathausturm verhallt ist, wird es Zeit für eine Zigarette. Alexandra raucht jetzt mit Spitze. Die neue, formschöne Stehlampe hat ihren Platz gefunden. Sie sitzen, ohne Händchen zu halten, auf der Couch, beide mit Brille. Der Atlas aus dem Nachlaß des Offiziers der Handelsmarine macht Angebote. »Na, wenn ich schon gesehn hab' Neapel, kann ich ja sterben gleich.« Danach ihr Lachen.

Mußte das Paar sich unbedingt der Familie zeigen? Ich hätte mir gewünscht, diesen Bericht auf ihre schöne Idee und deren entsetzliche Fleischwerdung beschränken zu können.

War den beiden diese Reise überhaupt zuzumuten? Nach meiner Meinung, die – ich weiß – nicht zählt, hätten sie sich in ihrem Alter keine Antrittsbesuche abnötigen müssen. Diese Peinlichkeiten, diese verlegen um Nachsicht bittenden Worte.

Hätten nicht Fotos, die das Paar als Paar ausweisen – etwa beide auf der Weichselfähre oder der Schnappschuß durch Selbstauslöser, der sie beim Picknick an einem Seeufer zeigt –, als Hinweis auf ihr spätes Verhältnis genug gesagt? Und mußte diese familiäre Gewalttour, wenn schon, dann unbedingt zwischen den Feiertagen abgehakt werden, Station nach Station?

Heiligabend verbrachten sie noch in Bochum, allerdings ohne Tannenbaum. Er schenkte ein leiseres Parfüm, sie laute Krawatten. Am Nachmittag des ersten Weihnachtsfeiertages trafen sie – per Wagen – in Bremen ein. Schon für den zweiten Feiertag war in Göttingen, Gebhards Hotel, ein Doppelzimmer bestellt. Am übernächsten Tag ist ihnen in Wiesbaden die Hotelreservierung sicher. Am 30. Dezember steht Limburg an der Lahn auf dem Programm, wo sie über Silvester bleiben und die Altstadt besichtigen wollen. Dazu kommt es nicht. Nur von der Autobahnbrücke herab sieht Alexandra tief unten den Dom. Wieder zu zweit trinken sie in Reschkes Wohnung plus Sekretariat auf das neue Jahr: beide erschöpft, bedrückt und nachhallend verletzt, aber doch froh, diese Anstrengung hinter sich zu haben. »Wie gut, daß Alexandra vorsorglich Tannenzweige mit Kerzen drauf in eine Vase gestellt hatte.«

Die vier Antrittsbesuche stehen bei Reschke zum Lamento gereiht. Keine hymnischen Ausschüttungen diesmal. Schlimm muß es ihnen ergangen sein, wenn auch von Station zu Station mehr oder weniger schlimm. Nicht daß Alexandras Sohn Witold den Mann an der Seite seiner Mutter direkt und mit Fingerzeig beleidigt hätte; nicht daß Alexanders Töchter Sophia, Dorothea und Margaretha der Frau an der

Seite ihres Vaters schnippisch, abschätzig, schroff begegnet wären; mit Gleichgültigkeit ist den beiden als Paar der Empfang bereitet worden. Nur die drei Schwiegersöhne hätten, schreibt Reschke, Interesse für die Deutsch-Polnische Friedhofsgesellschaft gezeigt: der eine spöttisch, der andere herablassend, der dritte mit durchweg zynischen Ratschlägen. Keine Klagen über Speisen und Getränke. An Weihnachtsgeschenken für den Vater, die Mutter habe es nicht gefehlt.

Zur ersten Station, Bremen, steht geschrieben: »Es muß Alexandra verletzt haben, daß Witold sich geweigert hat, mit uns über den Versöhnungsfriedhof – und sei es nur allgemein – zu sprechen. Sein Satz ›Das ist euer Bier!‹ beweist immerhin, wie geläufig sein Umgangsdeutsch ist. Meine Frage nach dem Stand seines Philosophiestudiums hat er erhellend beantwortet: ›Wir nehmen jetzt Bloch auseinander. Na, diese Utopiescheiße. Bleibt nichts von übrig.‹ Und so, auf diese Tonlage abgestimmt, verlief das Abendessen im – zugegeben – provozierend gutbürgerlichen Restaurant unseres Hotels. Er gab zu verstehen, daß ihm eine ›Frittenbude‹ lieber gewesen wäre. Noch über der Suppe hat er dann heftig und auf polnisch seine Mutter beschimpft. Ich war für ihn Luft. Er sprang auf, setzte sich wieder. Einige Gäste drehten sich um. Alexandra, die anfangs Widerspruch versucht hatte, wurde stiller und stiller. Später, als Witold, noch vor dem Dessert, gegangen war, hat sie geweint, wollte mir aber nicht sagen, mit welchen Worten ihr Sohn sie gekränkt hat. Nur so viel verriet sie, schon wieder lächelnd: ›Na, kleine Freundin hat er nun endlich.‹ Sein Weihnachtsgeschenk, ein gewiß teurer Dachshaarpinsel für die Vergolderin, lag neben dem Teller der Mutter, in einer Plastiktüte verpackt.«

Über den Aufenthalt in Göttingen schreibt Reschke: »Nur Sophias Kinder gaben sich natürlich: anfangs scheu, dann herzlich, auch Alexandra gegenüber. Meine jüngste Tochter ließ nur Gespräche über ihre Halbtagsstellung als Sozialpädagogin zu, das heißt, sie klagte über alles: den Job, die Sozialfälle, die Kollegen, die Bezahlung. Als ich sie fragte, ob ich ihr Fotos vom Versöhnungsfriedhof, die ich für eine fortlaufende Dokumentation sammle, zeigen dürfe, winkte sie ab: ›Weihnachten und der ganze Feiertagsrummel sind schon deprimierend genug.‹ Ihr Mann, der als Buchhändler über die ›viel zu vielen Ossis‹ zu klagen wußte und angestrengt locker deren Käufergier auf Ratschlagliteratur zur Betriebswirtschaft und zum Arbeitsrecht bewitzelte, brachte es nur zu dem einen Satz: ›Richtig einladend, euer Friedhof!‹ Dazu sein Grinsen. Ein Zyniker, der früher mal extrem links stand, jetzt aber nur noch Witze reißt, zum Beispiel über die Friedensbewegung und deren Protest gegen den drohenden Golfkrieg. Da beide seit kurzem leidenschaftliche Nichtraucher sind, mußte Alexandra, sobald ihr nach einer Zigarette war, auf den Balkon. Er schenkte mir ein Taschenbuch zum Thema Alterspotenz, witzig, ungemein witzig! Sophia schenkte Pantoffeln, die sie Puschen nannte, scheußlich. Einzig die Kinder bereiteten Freude.«

Zum Antrittsbesuch in Wiesbaden lese ich: »Was ist nur aus Dorothea geworden! Ihren Beruf, Kinderärztin, hat sie aufgegeben. Überall stehen Süßigkeiten rum: zusehends verfettet sie, wird dabei mürrisch und maulfaul, nur ihre Krankheiten machen sie gesprächig: Atemnot, Hautjucken und so weiter. Kein einziges Mal hat Dorothea das Wort an Alexandra gerichtet. Ihr Mann, der mittlerweile Abteilungsleiter im Umweltministerium ist, ging zwar auf unsere Idee und deren, weiß Gott, schwierige Umsetzung ein, allerdings so, wie ich ihn kenne, von oben herab: ›Das hättet ihr den Polen entschieden billiger abkaufen müssen. Pachtvertrag, das bringt doch nix. Jetzt, seit Anerkennung ihrer Grenze, wäre die Forderung nach Eigentum durchaus berechtigt, zumindest das Friedhofsgelände betreffend. Schließlich hat das alles mal uns gehört.‹ Alexandra schwieg dazu. Ich sagte: ›Ihr vergeßt, daß wir – und auch unsere Toten – dort Gäste sind.‹ Danach ging es um hessische Mülldeponien, immer kleinlicher werdendes Parteiengezänk und die bevorstehenden Landtagswahlen. Geschenkt bekam ich einen Bildband, den ich bereits besitze: Drost, ›Die Marienkirche‹, und Alexandra Topflappen aus einem Dritte-Welt-Laden. Wir schwiegen zu alledem.«

Schließlich die letzte Station auf diesem Leidensweg, den mein Mitschüler so lückenlos wie seine Grabbodenplatten in Reihe gebracht hat. Bewundernswert, daß die Piątkowska bereit blieb, bis Limburg an der Lahn stillzuhalten und seine drei Töchter und deren Partner zu ertragen; schon in Göttingen hätte sie hinschmeißen müssen. Das sieht selbst Reschke so: »Meine Allerliebste! Was habe ich dir zugemutet. Diese Kälte! Diese Kaltschnäuzigkeit! – Eigentlich hatten wir mit Magaretha und ihrem Fred gemeinsam Silvester feiern wollen. Das war ihr Wunsch gewesen. Als meine älteste Tochter jedoch ganz ungefragt ihre Meinung über unsere Idee zum besten gab, war das selbst für Alexandra zuviel. Gret, wie ich sie früher rief, schnippte die gebreiteten Fotos und schnalzte mit der Zunge. ›Da habt ihr ja 'ne echte Marktlücke entdeckt!‹ rief sie. Und: ›Was springt denn dabei raus für euch?‹ Und dann noch: ›Na ja, Ideen muß man haben.‹ Dieser Fred, der sich für einen Schauspieler hält, in Wirklichkeit aber seit Jahren von meiner dummen Gret ausgehalten wird, gab seinen Senf dazu: ›Genau! Auf solchen Dreh muß man kommen. Das nenn' ich Absahnen. Ihr solltet auf jeden Fall Umbettungen zulassen. Das sorgt für Nachschub bis, na, sagen wir, bis zur Jahrtausendwende.‹ Ich hätte ihn ohrfeigen sollen. Alexandra meint allerdings, das wäre der Ehre zuviel gewesen. Wir fuhren sogleich ab. Die für uns bestimmten Weihnachtsgeschenke – Konfekt für Alexandra, für mich ein recht hübsches Brillenetui, Jugendstil – ließen wir liegen. Und Margarethe, Studienrätin aus Passion, wurde abschließend, bei schon offener Wohnungstür vulgär: ›Ihr vertragt wohl keine Kritik? Hier den Beleidigten spielen! Laßt euch von mir aus beerdigen auf eurem Friedhof. Versöhnungsfriedhof! Daß ich nicht lache. Leichenfledderei nenn' ich das!‹«

Wenig später schreibt Reschke: »Ich weiß nicht, woher Alexandra die Kraft nimmt, nach alledem gelassen zu bleiben, ja, schon wieder heiter zu sein. Als wir endlich zurück waren und bei uns auf das neue Jahr anstießen, bat sie mich, gute Musik aufzulegen. Während ich etwas Passendes suchte, hat sie die beiden Kerzen auf den Tannenzweigen angezündet und dabei gesagt: ›Ich verstehe deine Töchter. Auch Witold bißchen. Das ist andere Generation. Die haben nie durchgemacht Vertreibung und Flucht in Kälte. Die haben alles und wissen nichts.‹«

Ich kann nur mutmaßen, welche Musik er aufgelegt hat, bin sicher, klassische. In seinem Tagebuch kommt Musik nur als Hintergrund vor. Nie nennt er Komponisten, nicht mal Chopin. Sonst steht noch zu lesen, daß das Wetter während der Feiertage zu mild, viel zu mild gewesen sei: »Schon wieder keine weiße Weihnacht ...«

Als unser Paar nach Ende der ersten Januarwoche wieder in der Hundegasse die Dreizimmerwohnung bezog, wurde es doch noch kalt. Schnee fiel, der liegenblieb, immer mehr Schnee, Schnee pulvrig auf Schnee. Dazu Reschke: »Es ist, als wollte sich die Natur für allzu lange ausgebliebenen Schneefall entschuldigen. Auf allen Ziergiebeln Mützen. Wie sehr ich dieses Geräusch vermißt habe: über knirschenden Schnee laufen, Spuren machen im Schnee. Alexandras Stöckelschuhe müssen pausieren ...«

Was im Tagebuch steht, begründet den Kauf pelzgefütterter, »sündhaft teurer Stiefeletten« für die Piątkowska; er hat sich gleichfalls festes Schuhwerk geleistet. So ausgerüstet sind sie unterwegs gewesen, etwa auf den Befestigungswällen am Leegen-Tor oder mit Wróbel zum alten Salvatorfriedhof oberhalb der Radaune, wo unter den Schneelasten das geräumte, gut eineinhalb Hektar große Friedhofsgelände immer noch zu erahnen war; oder ich sehe sie zu zweit, weil Wróbel dienstlich verhindert ist, auf der linken Baumseite der Großen Allee Richtung Versöhnungsfriedhof stiefeln, dieses mir vorgeschriebene Paar: sie fäßchenrund unter der Pelzmütze, er im schwarzschlotternden Mantel und wie bei Gegenwind vornübergebeugt, obgleich es frostig windstill ist. Da auch er eine Pelzmütze trägt, frage ich mich: Kleidet ihn saisonbedingt eine Neuanschaffung, oder hat Alexandra ein eingemottetes Stück aus vergangenen Ehejahren gefunden? Fotos lösen Vermutungen aus. Die beiden haben sich unterwegs und später auf dem Versöhnungsfriedhof fotografieren lassen, mehrmals in Farbe.

Man hatte den Begräbnisbetrieb einstellen müssen. Die tiefgefrorene Erde erlaubte keinen Aushub. Bei minus siebzehn Grad konnten selbst Urnen nicht fachgerecht beigesetzt werden. Reschke schreibt: »Wir waren froh, uns allein zwischen den Gräberreihen zu sehen. Hügel neben Hügel. Erstaunlich, wie schnell die ersten Grabfelder in Reihe gekommen sind. Im Frühjahr wird das rechte obere Viertel des Friedhofsgeländes aufgefüllt sein. Das untere Viertel, den Urnenbereich, sehe ich bis dahin gleichfalls als geschlossenes Feld. So individuell die einzelnen Gräber auf Wunsch der Familien gärtnerisch gestaltet sein mögen, der Schnee hat alles gleich gemacht. Hinzu kommt, daß die schlichten Grabkreuze, die vorläufig die Namen und Daten der Toten aufsagen, in ihrer Einheitlichkeit bestätigt werden: alles liegt unter dickem Weiß, die frischgepflanzten Buchsbaumeinfassungen, alle die Gräber zur Winterzeit abdeckenden Tannenzweige.

Angesichts der Schneekappen auf den Urnen mußte Alexandra lachen. Zum ersten Mal höre ich sie über Schnee hinweg lachen. Wie heiter sie wieder ist. ›Sehn drollig aus eure Töpfe. Gibt nicht so was auf polnische Friedhof. Wir machen katholisch alles.‹ Später waren wir nicht mehr allein. Dick eingemummelt kam in ihren Filzstiefeln die Brakup angewackelt und hörte nicht auf zu reden...«

Ich bin ihm dankbar, daß er den Wortfluß der alten Frau gleich nach dem Friedhofsbesuch niedergeschrieben hat, ohne ihr Gebrabbel in schriftdeutsche Reihe zu bringen. »Na, ham de Härrschaften jesehn in Telewaze, wie se Kriech machen jegen die Arabers inne Wieste!«

Das rief die Brakup zur Begrüßung. Erst durch sie steht in Reschkes Tagebuch der Beginn des Golfkrieges gemeldet. »So isses schon emmer jewest. Wenn de Härren da oben nuscht nech mä wissen, denn machen se Kriech. Ärst habbech jedacht, se zaichen ons Feierwerch, wie frieher war, wänn Dominik jing zuänd. Abä denn habbech jemerkt, dasse auf Daibel komm raus alle Arabers mechten kaputt machen. Ond ech hab miä jefragt, warum man bloß. Is doch och Mänsch, son Araber. Och wänna falsch jemacht häd womeeglich. Wer auffe Welt macht nech falsch! Das frag ech ihnen, Härr Professä. Is denn noch emmer nech kain Äbarmen?«

Ich weiß nicht, ob er oder sie der alten, übriggebliebenen Frau den Sinn des Golfkrieges erklärt hat. Reschke bleibt in seinem Tagebuch indirekt. Seine Sätze:»Die Brakup war mal wieder auf dem laufenden.

Erstaunlich, wieviel Interesse die Alte für jeweils aktuelle Ereignisse aufbringt...«, sagen wenig über seine Einschätzung der neuen, im Fernsehen gefeierten Vernichtungssysteme. Ich lese nur, daß er, wie immer, zwei Meinungen gehabt und das Gemetzel einerseits gerechtfertigt, andererseits barbarisch genannt hat. Als noch das Ultimatum lief, hatten ihn eindeutig die deutschen Waffenlieferungen in den Irak empört, doch seine Empörung verliert sich im Allgemeinen, sobald er chemische Kampfstoffe »deutsches Gift« nennt: »Es ist, als wollten die Menschen einander mit Vorbedacht auslöschen, damit nichts bleibt...«

Er hat die Brakup im Schnee fotografiert, und die Alte wird das Paar zwischen verschneiten Grabhügeln, vor weißverkappten Urnen und unter überzuckerten Friedhofslinden fotografiert haben. Alle mir vorliegenden Fotos erzählen vom Januarfrost, von der Wintersonne, vom blau verschatteten Schnee. Wie sich das Paar in verschneiter Umgebung darstellte, wissen wir schon, neu ist die Brakup. Sie hat ihr Kopftuch mehrmals so fest um ihren kleinen, bereits geschrumpften Schädel gewickelt, daß die vermummte Kugel grad noch die engstehenden Augen, den geröteten Nasenhaken und den eingefallenen Mund preisgibt. Und dieser fotografierte Mund ist es, der über die Friedhofsruhe hinweg gesagt hat: »Ond wennse mechten aufheeren mid Kriech, wird sain, wie jewäsen is hiä in Danzich. Kaputt ieberall. Ond Laichen so viel, daas kainer häd zählen jekonnt...«

Fremd und gewiß unpassend für Reschkes Dokumentation wirkt ein Foto, daß die Piątkowska geschossen haben muß. Ich sehe ihn und die Brakup mitten im Friedhofsrondell, beide in heftiger Bewegung. Leicht verwackelt bewerfen sie sich. Breitbeinig in Filzstiefeln, wie sie in Kriegszeiten getragen wurden, wirft Erna Brakup. Sie trifft, daß es aufstäubt, Alexander Reschke, der zum Wurf ausholt und dessen Pelzmütze verrutscht ist. Schneeballschlacht nennt man das.

Bis Mitte Februar hielt der Frost an. Der Friedhof wie tot. Doch war diese stille Zeit ausgefüllt mit Aktivitäten: die ersten ehemaligen Gewerkschaftshäuser wurden als Seniorenheime bezogen. In anderen Häusern machten Renovierungsarbeiten Fortschritte. Langsamer ging es mit den Großbürgervillen und Herrenhäusern am Pelonker Weg voran. Reschke hat das eher beiläufig notiert; beide wußten kaum Gründe gegen die zusätzlichen Pachtverträge; den geschäftsführenden Gesellschaftern fehlte ohnehin die Stimme im Aufsichtsrat.

In glanzvollen Werbebroschüren gepriesen, war das Projekt unter dem Motto »Den Lebensabend in der Heimat verbringen« ein Selbstgänger. Die Anmeldungen nahmen zu. Wartelisten wurden notwendig. Für acht weitere Häuser, darunter Hotels, die vorm Konkurs standen, mußten Pachtverträge abgeschlossen werden, selbstverständlich mit Vorkaufsrecht. Vielbrand investierte viel Zeit in die neue Aufgabe; sein mittelständisches Unternehmen, spezialisiert auf Fußbodenheizung, bot Möglichkeiten fachkundiger Zusammenarbeit.

Eine Zeitlang wurden Reschke und die Piątkowska von diesen Aktivitäten mitgerissen. Beeindruckt von der Lebensfreude einer Vielzahl alter Menschen – die ersten fünf Heime konnten mit über sechshundert Senioren belegt werden –, billigten sie nachträglich den Beschluß der Aufsicht. Er gab sogar weitere Beträge seiner streng gehüteten »stillen Reserven« preis, als die Einrichtung einer nach westlichem Standard ausgerüsteten Seniorenklinik beschlossen werden mußte. Die Altersgebrechen der Greise und Greisinnen behaupteten nach kurzer, verjüngend wirkender Ankunftsfreude ihr Gewohnheitsrecht, schlimmer: gefördert durch den gewünschten, ja, heiß ersehnten Ortswechsel, steigerte sich die Hinfälligkeit der Senioren. Die Klinik war vonnöten, denn auf polnische Krankenhäuser wollte man sich nicht verlassen. Die mochten allenfalls für den Übergang taugen. Jedenfalls nahmen die Sterbefälle in den Seniorenheimen zu. Ab Ende Februar entstand, wie selbst Vielbrand zugeben mußte, eine kritische Situation.

Reschke, dessen früh geäußerte Bedenken durch die Todesrate bestätigt wurden, hat dennoch eine Polemik zurückgewiesen, die, in einem westdeutschen Magazin verbreitet, zu dem Schluß gekommen war, bei dem »einträglichen Geschäft mit dem Heimweh alter Leute handelt es sich um triste Asyle und wahre Sterbehäuser, die man dichtmachen muß«. In seiner Gegendarstellung wies der geschäftsführende Gesellschafter auf das hohe, bei ihm steht, »biblisch hohe« Alter der Verstorbenen hin: Unter den achtunddreißig Todesfällen seit Eröffnung der Seniorenheime zähle man sieben Neunzig- bis annähernd Hundertjährige, keiner der Verstorbenen sei jünger als siebzig gewesen.

»Im übrigen kann man davon ausgehen, daß in allen Fällen ein Alterswunsch erfüllt worden ist. Ausgesprochen in vielen Briefen, lassen sich diese Wünsche auf wenige Worte bringen: Wir wollen in unserer Heimat sterben.«

Im Namen der Aufsicht dankte Vielbrand für den klärenden Einspruch. Und bei Reschke finde ich Hinweise, die den Unternehmer in ein milderes Licht rükken: »Haben kürzlich ein Vieraugengespräch geführt. War überrascht zu hören, wieviel ihm an der wirtschaftlichen Gesundung Polens liegt. Rührend, wie er sich ereifert. Gerhard Vielbrands stehende Rede: ›Was Polen fehlt, ist ein gesunder Mittelstand!‹, löst nicht nur bei Marczak und Hochwürden Bieroński heftiges Kopfnicken aus, mit Wróbel nickt Alexandra, sie alle nicken, und manchmal nicke selbst ich.«

Dennoch kam Streit auf. Schon bei der Sitzung Anfang März war es gereizt zugegangen. Auf seine Kosten und Nutzen nennende Weise, die per saldo immer Gewinn versprach, hatte Vielbrand einen Vorschlag eingebracht, der nur beim Vizedirektor der Nationalbank interessierte Aufmerksamkeit gefunden hatte. Fortan sollte der Umbettung von Leichen und Gebeinen Platz eingeräumt werden. Marczak, der sogleich zustimmte, nannte den 1. Dezember 1970 als Stichdatum; in Warschau hatte man damals die erste deutsch-polnische Übereinkunft zu Papier gebracht. Allen nach jenem Datum verstorbenen Umsiedlern sollte nunmehr die Möglichkeit der Rückkehr durch Umbettung eröffnet sein. Abschließend sagte Vielbrand: »Man kann gut

und gerne von mehr als dreißigtausend Umbettungs-
wünschen ausgehen. Das rechnet sich entsprechend.
Selbstverständlich werde auch ich meinen Mitte und
Ende der siebziger Jahre verstorbenen Eltern eine
Umbettung ermöglichen. Ich bitte unsere polnischen
Freunde, zu begreifen, daß uns die immensen Kosten
bewußt sind. Was der Versöhnung unserer Völker
dient, soll getrost seinen Preis haben.«

Summen in harter Währung mit dennoch vielen
Nullen wurden genannt. Es hieß, bei Zweitbestattungen müsse die Grundgebühr kräftig erhöht werden.
Dennoch hielt man sich, bei allem Interesse des Vizedirektors, auf polnischer Seite zurück. Als Priester sagte
Stefan Bieroński strikt nein. Leise, doch sichtlich
erregt, wies Jerzy Wróbel der geplanten Aktion eine
»unmenschliche Dimension« nach. Die Piątkowska soll
laut gelacht und anschließend Vielbrand gefragt haben, ob an seinem Vorschlag etwa der polnische Mittelstand gesunden solle. Heftig, zornig ging es am Sitzungstisch zu. Und wahrscheinlich wäre das von Vielbrand »Aktion Umbettung« genannte, von Marczak als
»erweiterte Friedhofstätigkeit« umschriebene Unternehmen als nicht mehrheitsfähig zerredet, unter Streit-
geröll begraben worden, wenn in Reschke nicht der
Professor die Oberhand gewonnen hätte.

Es riß ihn hin, vor versammeltem Aufsichtsrat einen
in seiner Kladde als »kurzgefaßte Exkursion« entworfe-
nen Vortrag abzuspulen. Ermüdend hat er seine Kennt-
nisse über die Begräbnispraxis in Kirchen ausgebreitet. Umständlich ging es um Ablauffristen, die in die
Grabbodenplatten eingemeißelt vermerkt standen, da-

nach um die Überführung der Gebeine aus Familiengräbern in die Beinkammern der jeweiligen Pfarrkirche, deren begrenzte Innenräume keine Dauernutzung zuließen, nur die Einrichtung von Grüften, aufgefüllt mit Schädeln und Knochen, diese, nach Reschke, »anschaulichste Darstellung des Todes«.

Ich bin mir sicher, daß er seinen alles verpatzenden Vortrag zusätzlich mit jenen Fundstücken angereichert hat, auf die ihn Jerzy Wróbel im Innern der Kirchenschiffsruine von Sankt Johannis aufmerksam gemacht hatte, und zwar kurz zuvor, Mitte Februar, als der Frost nachließ.

Durch einen Bauzaun und das nur locker mit einem Bretterverschlag gesperrte Seitenportal zum rechten Kirchenschiff hatten sie Einlaß gefunden, Wróbel voran. Reschkes verzücktes Entsetzen: »Welch ein Anblick! Dort liegen im dämmrig gebrochenen Licht unter Baugerüsten und Stützbalken, zwischen geborstenen Grabplatten und gotischem Gewölbeschutt die Zeugnisse unserer Vergänglichkeit: Knochen über Knochen, Schädelfragmente, Beckenschalen und Schlüsselbeine zuhauf. Ich sah Einzelteile der Wirbelsäule und Knöchlein, wie wenn der Krieg sie erst gestern zutage gebracht hätte, als unter Bomben und Granaten die Stadt im Feuersturm zerfiel... Ein Bild, das ich sehe, wenngleich ich die Stadt verließ, als sie noch heil war... Löblicherweise hat im Mittelschiff eine ordnende Hand begonnen, das Gebein in Kisten zu sammeln. Auf einer Kiste steht, wie mir Jerzy übersetzte, ›Vorsicht Glas!‹ geschrieben. Wohin damit? So, zwischen Zigarettenkippen und Bierflaschen, darf es nicht liegenbleiben. Es müßte, weil kein Beinhaus möglich ist, eine besondere Grube ausgehoben und abgedeckt werden. Etwa dem Turm zu Füßen ... Dann fand ich im Schutt, rechts vom zerstörten Hauptaltar, einige stark fragmentierte, halb in den Grüften versunkene Grabplatten, darunter eine für zwei Schiffskapitäne – Sankt Johann war Kirche der Schiffer, Segelmacher und Fischer – und eine Kalksteinplatte, auf der unter unleserlichem Namen zwei Hände im Flachrelief einen Schlüssel fassen. Auch dort Knochen und Schädelschalen ... «

Und diese Details, jeden Fingerzeig Reschkes auf Gebein und Beinkammern, griff Vielbrand auf, um sie, befreit von barocker Schauerlichkeit, dienstbar zu machen: Selbstverständlich müsse bei den geplanten Umbettungen das Raumproblem bedacht werden. Die hohe Zahl der Anträge verlange Konzentration. Er könne sich durchaus Sammelgräber vorstellen und schlage Grabstätten für jeweils fünfzig Zweitbestattungen vor, wobei die Namen und Daten der Umgebetteten auf schlichtem Stein alphabetisch gereiht Platz finden könnten. Ganz im Sinne des verehrten Herrn Professor Dr. Reschke ließe sich die eine oder andere Bodengrabplatte steingehauen beschriften. Sogar für überlieferte Symbole bleibe Raum, etwa für den vorhin noch erwähnten Schlüssel. Jedem Problem sei eine Lösung eigen. Man müsse nur wollen, dann finde sich auch ein Weg.

Doch vorerst war niemand bereit, wollen zu müssen. Reschke verwahrte sich gegen den Mißbrauch seiner wissenschaftlichen Erkenntnisse und nannte die von ihm erwähnte Beinkammer ein »ausgelaufenes Modell«. Konsistorialrat Karau gestand, »hin- und hergerissen« zu sein. Frau Johanna Dettlaff sagte: »Noch kann ich mich mit der makabren Seite der geplanten Aktion nicht recht befreunden.« Bieroński und Wróbel blieben beim Nein. Verunsichert sagte Marczak: »Vielleicht später...« Nach Reschkes Rapport gelang es Alexandra, diese Diskussion zu beenden, indem sie auf das Doppelgrab ihrer Eltern auf dem Friedhof am Hagelsberg hinwies und eine Umbettung, selbst wenn sie in Wilno möglich werden sollte, strikt verweigerte: »Wer liegt schon in Erde, soll bleiben da!«

So wurde vorerst nichts draus. Marczak vertagte die Abstimmung. Beim letzten Punkt der Tagesordnung, »Verschiedenes«, kamen einige öffentliche Reaktionen zur Sprache. Mit Genugtuung wurde festgestellt, daß eine Parlamentsdebatte im Sejm günstig für die Friedhofsgesellschaft verlaufen sei. Ein vormals kommunistischer Abgeordneter hatte das deutsch-polnische Versöhnungswerk des »verkappten Revanchismus« verdächtigt. Die Polemik gipfelte in dem Ausruf: »Eine Armee deutscher Leichen tritt zur Eroberung unserer Westprovinzen an!« Marczak berichtete, daß mehrere Abgeordnete des Sejm diese Unterstellung zurückgewiesen, er sagte, als »stalinistische Schauergeschichte« entlarvt hätten; danach lud er die versammelte Aufsicht zu einem Umtrunk in die Hotelbar ein.

Man stelle sich den Sitzungsraum im höchsten, dem siebzehnten Stockwerk des Hevelius als zwei zusammengelegte Hotelzimmer vor. Exklusiv war nur der

Blick durch die Fenster auf alle Türme der Alt- und Rechtstadt. Dank Marczaks Charme schlug der Umgangston der versammelten Aufsichtsräte, selbst bei kontroverser Debatte, so gut wie nie in verletzenden Schlagabtausch um, obgleich der Wortwechsel in zwei Sprachen, dazu auf englisch, oft genug Zündstoff bot. Der immer sorgfältig gekleidete Mittvierziger, dessen durch Haarausfall weitreichende Stirn wie poliert glänzte, verstand es, als vielsprachiger Gesprächsleiter jeder heftig werdenden Rede und Widerrede die Schärfe zu nehmen, indem er mit Gesten, vergleichbar einem Orchesterdirigenten, hier beschwichtigte, dort dämpfte, gelegentlich auf französisch. Wróbels Langatmigkeit verkürzte er durch Zwischenfragen. Karaus Predigereifer legte er mit einem Bibelzitat das Amen nahe. Frau Dettlaffs wiederholtes Begehren nach einem generellen Rauchverbot lockerte er durch eingeräumte Raucherpausen zugunsten der Piątkowska. Ohne ironisch zu werden, rief er Erna Brakup aus gelegentlichem Schlummer in das Geschehen nach Tagesordnungspunkten zurück. Es gelang ihm, Vielbrands Anträge zur Geschäftsordnung zu reduzieren und Stefan Bieroński, den häufig Langeweile heimsuchte, selbst dann mit kleiner, einladender Geste zu interessieren, wenn Reschke wieder einmal Anlaß sah, auf die ursprüngliche Idee des Versöhnungsfriedhofes zurückzukommen. Marczak hatte sie in der Hand, so auch bei jener Aufsichtsratssitzung, die in Sachen Umbettung keinen Entschluß zugelassen hatte. Bieroński hörte zu, die Brakup erwacht, als Reschke sein Standardthema »Das Jahrhundert der Vertreibungen« um eine Variante bereicherte, indem er den Widerspruch der Herren Vielbrand und Karau durch die Behauptung: »Auch Umbettungen sind Vertreibung«, provozierte. Wróbel klatschte Beifall. »Das geht entschieden zu weit!« rief Frau Dettlaff. Vielbrand drohte mit Abbruch der Sitzung. Die Brakup brabbelte vor sich hin, obgleich kein Tonband lief. Ohne daß eine Pause angesagt war, rauchte die Piątkowska. Doch Marian Marczak entwaffnete alle mit hilflos anmutendem Lächeln.

Später, in der Hotelbar, ging es gelöst, annähernd heiter zu. Ich stelle mir die Brakup auf einem Barhokker vor.

Knapp eine Woche nach dieser Sitzung hat Reschke wieder einmal ein Gespräch mit Chatterjee geführt, diesmal nicht im Fachwerkhäuschen an der Radaune, sondern konspirativ auf verwildertem Friedhofsgelände hinter der Kirche zum Heiligen Leichnam, wo, vergessen oder wie aufgespart, das Grabmal der Familie Klawitter zum Treffpunkt wurde.

»Auf grauem Sockel ein schwarzer, auf Hochglanz polierter Granit. Die geräumige Grabstelle faßt ein rostiger Eisenzaun ein. Der letzte Klawitter steht zuunterst als Präsident der Handelskammer gemeißelt. Natürlich verdanke ich Wróbel diesen Fund. Und Chatterjee hörte aufmerksam zu, als ich ihm von Johann Wilhelm, dem Gründer der ersten hiesigen Werft, erzählte...«

Mein ehemaliger Mitschüler hat dieses Geheimtreffen seinem Tagebuch anvertraut; von mir gerafft, wird es knapp eine halbe Stunde gedauert haben: »Er wartete, an die Umzäunung der Grabstelle gelehnt. Dieser lebhafte, oft anstrengend lebendige, ja, spontan lebensfrohe und tätig das Leben bejahende Mensch, dem unsere Aktivitäten, die einzig dem Tod dienstbar sind, fremd bleiben müssen, fasziniert mich immer wieder aufs neue. Er nennt Beerdigungen bloße Raumvergeudung. Ich könnte mit ihm befreundet sein, wenn es mir nur gelänge, ihn nicht als bedrohlich zu empfinden. So sehr mir seine, den Verkehr neu ordnenden Visionen einleuchten, und so vorbehaltlos ich als Autofahrer bereit bin, Verzicht zu leisten und in seiner Fahrradrikscha das Vehikel zur Rettung der Großstädte zu sehen, so wenig mag ich mich mit seiner Einschätzung des gegenwärtigen Krieges und dessen globalen Auswirkungen zufriedengeben. Nein, mich entsetzen seine Schlußfolgerungen! Chatterjee meint, der Golfkrieg sei notwendig, um die Verelendung, zum Beispiel in Asien und Afrika, bis zur Unerträglichkeit spürbar zu machen. Der schlagende Beweis militärischer Stärke lasse gleichzeitig die Ohnmacht westlichen Denkens erkennen. Was jetzt in Bewegung gerate, könne niemand aufhalten. Die Würfel seien gefallen. Sogar mit einem Nietzsche-Zitat wollte er mir die Zeitenwende und mit ihr die Umwertung aller Werte schmackhaft machen. ›Schon sind wir unterwegs. Vorerst nur einige Hunderttausend, arm an Gepäck, doch reich an Ideen. Wie ihr zu uns gekommen seid, um uns die doppelte Buchführung beizubringen, kommen nun wir und machen mit euch ein Geschäft auf Gegenseitigkeit.‹ Und damit war er bei seinem Rikschaprinzip, dessen Erfolg in der Tat für sich spricht. Nach plötzlichem Sprung,

einer seitlichen Flanke über das immerhin bauchnabel-
hohe Eisengitter, sagte er der durch mich vermittelten
Anschubfinanzierung Verdienste nach und versprach,
mit Hinweis auf den Grabstein des Werftgründers, dessen Unternehmungsgeist zu beleben. Nach abermali-
ger Flanke warf er gespielt feierlich mit Zahlen um sich,
flankte wiederum über das Gitter, ohne sich links- oder
rechtshändig abzustützen, und schwor, bei Klawitter,
die Werft zur Goldgrube zu machen. Viel Theatralik,
gewiß, doch das stimmt: Chatterjees Rikschaproduktion läuft in drei Werfthallen auf Hochtouren. Zuerst
soll der Inlandsmarkt bedient werden, dann ist Export
angesagt. Bei so viel planender Tätigkeit ist mein Geschäftsfreund ein wenig rundlich geworden. Er komme
leider nicht mehr dazu, als sein eigener Angestellter
Rikscha zu fahren, worunter sein Konditionstraining
leide, deshalb müsse er sich mit Sprungübungen behel-
fen. Und nochmals flankte er ins Grabmalgeviert,
dann wieder auf meine Seite, um mir anzuvertrauen,
daß er, zu seiner Entlastung, für sechs seiner zahlreichen Vettern – vier aus Calcutta, zwei aus Dakka – die
Einreise und – gegen geringe Gefälligkeit – deren Aufenthalt bewilligt bekommen habe. Drei der demnächst
anreisenden Verwandten sollen Marwaris sein, deshalb besonders tüchtig.«

Das alles bekam der vergessene und übriggebliebene Grabstein des Gründers der Klawitterwerft zu
hören, dessen aufwendige Grabmaleinfassung dem
Bengalen als Turngerät diente: noch und noch übte er
den Flankensprung aus dem Stand. Ringsum Gestrüpp, rostender Schrott, die Reste eines Holzschup-

pens, dahinter Schrebergärten. Noch vor Schichau wurde Klawitter tätig. Sein erstes Dampfschiff. Erst später, viel später kam Lenin, der kein Schiff gebaut, nur Ideen gehabt hat.

Und wiederum hopp! und hopp! Nach zwölfter Flanke – Reschke hat mitgezählt – wies Chatterjee auf den polierten Granit und tippte auf den zuoberst gemeißelten Namen, dann auf die Daten 1801 bis 1863: »Den hätte ich gerne zum Partner!« Und Reschke, der arme Reschke, der keine Flanke wagte, doch an Klawitters Stelle Partner sein wollte, bot aus seinen verdeckten Töpfen weitere Finanzierung an. Zahlen und Bankverbindungen wurden genannt. Den mannshohen Grabstein im Rücken, gingen der Rikschabetrieb und die Friedhofsgesellschaft, mithin Bewegung und Stillstand, die Lebenden und die Toten, abermals einen Handel ein, der, wie Chatterjee sagte, »auf Gegenseitigkeit« beruhte.

Als Reschke wissen wollte, wie das Geschäft zur Winterzeit laufe, erfuhr er, daß selbst im Januar, als strenger Frost herrschte, viele Polen den günstigen Rikschatarif als vorteilhaft erkannt hätten, unter ihnen der Vizedirektor der Nationalbank. »Mister Marczak ist ein treuer Fahrgast und immer gefällig«, sagte der Bengale nach letztem Sprung über das schmiedeeiserne Gitter.

Auch Erna Brakup fuhr gerne Rikscha. Tagte die Aufsicht, ließ sie sich bis zum Hoteleingang rollen, was Zuschauer fand. Übrigens hat sie Chatterjee auf die Idee gebracht, die Fahrradriksha als Transportmittel für Kleinumzüge anzubieten. Bald gehörten die innerstädtische Paketzustellung und Kurierdienste zum Service-Programm.

Als mit dem vorfrühlingshaften Wetter der Betrieb auf dem Versöhnungsfriedhof zunahm, sah man die Brakup oft die Große Allee hoch bis zum Altbau neben dem Portal fahren. Sie versäumte keine Beerdigung. Allen Leidtragenden sprach sie ihr Beileid aus, das sie auf den Satz: »Nu mecht ewje Ruh sain«, verknappte. Zu Chatterjee, der sie bei verbilligtem Tarif fahren ließ, soll die Alte gesagt haben: »Wiä sind hiä baide inne Minderhait. Deswejen missen wiä ons jejensaitig stitzen. Na, jejen die Pollacken ond de Deitschen von drieben. Die mechten ons piesacken...« Dann hat sie Reschke, der sich weigern wollte, gezwungen, ihr Gemaule ins Englische zu übersetzen: »Och daas midde Jejensaitichkait.« Die von ihr angeregten Kleintransporte waren so beliebt, daß Chatterjee Spezialrikschas in seinen Montagehallen produzieren ließ und seine Beraterin mit einem Block Freifahrtscheinen beehrte.

Auch am Friedhofseingang fanden sich, sobald die Brakup vorfuhr, Zuschauer. Dann holte sie im Backsteinhaus, wo die Totengräber und Friedhofsgärtner ihr Gerät aufbewahrten und festangestelltes Personal Aufsicht führte, ihre Gießkanne und ein Schäufelchen ab, das andererseits zum Harken taugte.

Mir liegt ein Foto vor, auf dem die Brakup in einer Fahrradrikscha bei hochgeklapptem Verdeck sitzt, obgleich das Foto Schönwetter beweist. Wie in einer Muschel sitzt sie, trägt ihren topfförmigen Filzhut und steckt noch immer in den winterlichen Filzstiefeln aus

Kriegszeiten. Die Finger im Schoß verflochten. Sie lächelt nicht.

Da der Fahrer kein Pakistani, sondern semmelblond ist, könnte er Pole und wenn nicht Pole, dann Kaschube sein. Leider gibt es nur wenige Fotos, die Chatterjees Rikschabetrieb dokumentieren. Dieses scheint echt zu sein wie jene Abbildungen, die mir in Schwarzweiß vorliegen und beweisen, daß es in Warschau während der deutschen Besatzungszeit, als überall Verbot herrschte und kein Pole privat oder als Taxifahrer Auto fahren durfte, einen legalen Fahrradrikschabetrieb von Polen für Polen gegeben hat, Personen- und Gütertransport. Die Räder und drangehängten Kisten sehen schäbig aus, die Fahrer mürrisch, die Insassen bekümmert. Auf anderer Abbildung schiebt der Fahrer die beladene Kiste. Der Schriftsteller Kazimierz Brandys läßt in seinem Roman »Rondo« dieses zeitbedingte Verkehrsmittel rollen. Auch bei Szczypiorski kommt die behelfsmäßige Rikscha vor...

Das Farbfoto jedoch, auf dem Erna Brakup Mittelpunkt ist, zeigt ein blitzneues Rad aus der Werfthallen-Produktion. Seitlich des Fahrradsitzes meidet die laubgrüne Schrift auf weißem Lackgrund die Landessprache und will allgemeinverständlich sein: »Chatterjees Rikscha-Service«. Das hochgeklappte Verdeck ist in den Landesfarben gestreift: weißrot, weißrot. Der Fahrer steckt in uniformähnlicher, dennoch sportlicher Kleidung: Rennfahrerkappe, kragenlos überfallendes Hemd, Hosen, die den vorzeitlichen Knickerbockers ähneln, alles unifarben graublau. Den Hemdbruststreifen füllt die Firmeninschrift und die Nummer der Rikscha. Diese läuft unter der Zahl 97.

Wie auf den Schwarzweißfotos aus Kriegszeiten die Warschauer Fahrgäste von starrem Ausdruck sind, blickt auch Erna Brakup unbewegt in die Kamera, als wäre sie mit der Rikscha verwachsen. Diesen Schnappschuß wird Reschke geknipst haben, denn auf der Rückseite steht sein Vermerk: »So herrschaftlich fährt neuerdings die Sprecherin der deutschen Minderheit in Gdańsk zum Versöhnungsfriedhof.«

Das Foto wurde Ende März gemacht. Um diese Zeit begann die kurzfristig stabilisierte Währung wiederum inflationär zu tendieren, und das bei steigenden Preisen, sinkender Produktion und stagnierenden Löhnen. Der neue Präsident der Republik, von dem die Piątkowska sagte: »Nun will Elektriker König von Polen sein«, hatte sich einen Ministerpräsidenten bestellt, dem die melancholische Aura des Vorgängers fehlte, doch sah landesweit alles viel trüber aus; nur Kirchen, allerorts wurden ungestalte Kirchen gebaut.

Reschke schreibt: »Schon scheitern die so viel Optimismus vorspiegelnden Joint venture-Geschäfte. Wie vor Jahresfrist die Amerikaner sich weigerten, die marode Leninwerft zu übernehmen, zögern nun die Norweger beim Einstieg in die defizitäre Pariser-Kommune-Werft im benachbarten Gdynia. Allenfalls laufen Scheingeschäfte, bei denen ausländische Briefkastenfirmen und einheimische, alteingesessene Fabrikdirektoren ihren Schnitt machen. Wohl deshalb genießt Chatterjees Produktion, so mittelgroß das Unternehmen vorerst noch ist, wachsendes Ansehen...«

Und deshalb muß mir das Foto der Erna Brakup als Rikschafahrgast mehr sagen, als solch ein Schnappschuß beweisen kann. Der Bengale mit dem britischen Paß hatte in Polen Fuß gefaßt. Seine sechs Vettern, unter ihnen drei Marwaris, fanden ein geräumig abgestecktes Feld vor und gründeten in Warszawa, Łódź, Wrocław und Poznań Filialen. Reschke handelte richtig, als er – wie viel auch immer – Kapital der Friedhofsgesellschaft in die Rikschaproduktion steckte. Es ließe sich jetzt schon spekulieren, ob und ab wann die einstige Leninwerft, vormals Schichauwerft – und ganz am Anfang gab es Klawitter –, wenn nicht nach Bengalens schwarzer Göttin Kali, dann nach dem bengalischen Nationalhelden Subhas Chandra Bose benannt werden könnte.

Jedenfalls zog mit Chatterjee Hoffnung in Polen ein.

Wenn ich Reschke glaube, wie ich muß, genoß die Deutsch-Polnische Friedhofsgesellschaft ein vergleichbares Ansehen, das jedoch aus leidvoller Erfahrung immer wieder in Zweifel geriet; man respektierte die DPFG, während Chatterjee zum Wohltäter mystifiziert wurde. Dennoch sieht sich Reschke gleichrangig mit dem Bengalen. Immer häufiger nennt er ihn »meinen Geschäftsfreund und Partner in zukünftiger Sache«. Ich hätte Alex, wie wir ihn in der Penne und später als Luftwaffenhelfer gerufen haben, soviel Weitsicht nicht zugetraut, allerdings muß ich einschränkend sagen, daß Reschke in günstiger, seiner Idee zuträglicher Zeit expandierte, als alles ins Rutschen geriet, die Welt aus den Fugen war und nichts mehr als sicher galt; er jedoch konnte seiner Alexandra gewiß sein.

Nicht mehr als Witwer und Witwe, als Paar treten sie auf. Einprägsam sehe ich sie ihre Idee personifizieren:

beim Rathausempfang oder auf Einladung des Bischofs mit Sitz in Oliva, auf Ehrenplätzen in der Baltischen Oper, bei Podiumsdiskussionen über das Thema »Mut zur Versöhnung« oder inmitten Gedränge gepaart, als Chatterjee auf dem Werftgelände mit Freibier und Bratwurst seine vierte Montagehalle einweihte. Was immer auf dem Programm stand, unser Paar war dabei: Seit' an Seit' gestellt und notfalls Rücken an Rücken; denn für die kommende Sitzung, die Anfang April stattfinden sollte, war Kampf angesagt.

Weil auf Jerzy Wróbel, der immer im Vergangenen stocherte, und auf Stefan Bieroński, für den nur ertragreiche Kollekten zugunsten des Gewölbes seiner Pfarrkirche zählten, wenig Verlaß war und Beistand allenfalls von Erna Brakup kommen konnte – wenn sie nicht einschlief überm Gerede –, verlief die Sitzung, wie sie nicht hätte ablaufen dürfen. Die Aktion Umbettung lag als neuformulierter Antrag vor. Vielbrand hatte ihn aufgesetzt. Straff, sachlich, mit Bürstenhaarschnitt und randloser Brille gerüstet, sprach aus ihm ein General kurz vor der Schlacht.

Indem der mittelständische Unternehmer des Professors kürzlich dozierten Vortrag nach seinem Belieben auswertete und die häufig erwähnten barocken Beinkammern zum Vorbild neuer Planung erhob, hörte sich die Umbettung sterblicher Überreste praktikabel und kein bißchen mehr anstößig an. Gemeinschaftsgräber von überschaubarer Größe und Gedenksteine als Bodenplatten wurden vorgeschlagen. Er sagte: »Dieses raumsparende Unternehmen verlangt absolut würdevolle Gestaltung.«

So betrieb des Professors Forscherfleiß Vielbrands Mühle. Süße Langeweile entführte Bieroński. Wróbel befand sich auf Spurensuche. Die Brakup schlief unterm Hut. Und Reschke gesteht: »Er hat mich mit meinen Worten geschlagen. Ich, leichtfertigerweise ich, habe Argumente für seine widerwärtige Umbettungsaktion geliefert. Er, dieser immer korrekte Sachwalter nackter Interessen, hat mich mundtot gemacht. Selbst Alexandras in beiden Sprachen erklärter Protest, der in den schönen Satz mündete: ›Umbettung wird sein nur über meine Leiche!‹, wirkte wie aus dem Fenster gesprochen – nein, ganz blieb ihm Wirkung nicht versagt: Erna Brakup war wieder wach. Mit der ihr eigenen Wortwahl machte sie Eindruck sogar. Der Prediger in Karau glaubte Zungen reden zu hören. Bieroński und Wróbel wie aufgerufen, Frau Dettlaff schokkiert und Vielbrand versteinert...«

Die Brakup stand, während sie sprach, mit Hut, in ihren ewigen Filzstiefeln: »Wenn hiä, maine Härrschaften, wird umjebettet, denn mecht baldich kain Platz nech mä sain fier richtige Tote. Ond wer mecht rausbuddeln all die Deitschen, wo krepiert sind, als Kriech jing zuänd ond glaich nachem Kriech? Kain Daibel waiß, wo die sind auffe Flucht zu liejen jekommen. Ond wä mecht bezahln all daas? Nai! Da ist kaine Jerechtichkait drin. Nuä wennde raich bist ond deitsch, kriegste Umbättung jeliefert. Ond der Pole macht noch Jeschäft draus. Abä wennde deitsch bist ond armer Schlucker, kannst liejen blaiben mid daine Jebeine, wo se diä ainjebuddelt ham, damalich inne schlimme Zeit, als och kaine Jerechtichkait war. Nai! Da machech nech mid. Da kennt ihä miä beerdjen sonstwo. Von miä aus inne Wieste vonne Arabers, wo Kriech is jewesen bis neilich. Abä, maine Härrschaften, vorheer, daas sach ech, tret ech zurick vonne Aufsicht!«

Wenn man vom Einspruch des geschäftsführenden Paares absieht, war die einzige Gegenstimme Erna Brakup zu verdanken. Wróbel und Bieroński enthielten sich. Mit den drei deutschen Stimmen und Marczaks Stimme wäre die Sache perfekt gewesen, wenn die Alte nicht mit angedrohtem Rücktritt Aufschub erwirkt hätte. Die nächste Sitzung sollte in zwei Wochen stattfinden, man hatte es eilig. Vielbrand, der tätig geworden war, ohne das geschäftsführende Paar in Kenntnis zu setzen, sprach von 37 000 Umbettungsanträgen bei angehobener Grundgebühr von sage und schreibe 2000 Deutschmark. Leicht rechnen hatte der Vizedirektor der polnischen Nationalbank, Zweigstelle Gdańsk.

Von Reiseaktivitäten muß berichtet werden, die nicht nur Reschke und die Piątkowska, sondern auch Chatterjee in auseinanderstrebende Richtungen brachten, wobei der Bengale nach vorbereitetem Plan reiste, unser Paar jedoch hastig aufbrach, als müßten die verbleibenden Tage vor der nächsten Aufsichtsratssitzung genutzt werden. Reschkes Reiseziel hieß Lübeck, die Reise der Piątkowska nach Wilna verzögerte sich um einige Tage, weil das Visum verspätet eintraf, Chatterjee bereiste eine Vielzahl von Großstädten. Jeder hatte es eilig und machte sich mit wenig Gepäck auf den Weg. Reschke nahm den Wagen, die Piątkowska benutzte die Eisenbahn, und Chatterjee, nun ja, der flog.

Wenn die Absichten des Paares auch keinen Zusammenhang mit den Plänen des Rikscha-Produzenten zu erkennen gaben, war doch allen Personen eines gemein: Sie folgten ihren Ideen, sei es, um sie zu retten, sei es, um ihnen Flügel zu machen. S. Ch. Chatterjees Europareise diente der Gründung und dem Ausbau von Filialen; die Piątkowska wollte mit letztem Anlauf dem polnischen Friedhof in Wilno Raum schaffen; und nach Reschkes Absicht sollte der Umbettungsaktion ein Riegel vorgeschoben werden.

Den Geschäftsmann begleiteten zwei der sechs Vettern. Wenn Chatterjee mit seinem Verkehrskonzept allen vom motorisierten Blech verstopften, von Abgasen geschwängerten und im Lärm ertaubten Großstädten behilflich werden wollte, indem er ab sofort die fabrikneue Zulieferung einer vorerst noch begrenzten Anzahl von Fahrradrikschas garantierte, hatte sich die Piątkowska mit einer finanziellen Zusicherung stark gemacht, die durch den Drittelanteil am Vermögen der Friedhofsgesellschaft gedeckt war; nur Reschke hatte nichts in der Hand, als er in Lübeck Einspruch erhob gegen das, wie er sagte, »menschenunwürdige Umbettungsgeschäft«.

Wenn man von der Verkehrssituation der west- und südeuropäischen Metropolen ausging, war Chatterjees Erfolg vorprogrammiert: Begierig griffen die zuständigen Politiker sein Konzept auf, erteilten in Amsterdam und Kopenhagen sogleich, in Paris und Rom nach einigem Zögern, in London mit Einschränkungen und in Athen erst nach erwiesenen Gefälligkeiten die Konzessionen für innerstädtischen Rikschabetrieb.

In Litauen hatte die beim letzten Volksentscheid laut gewordene Gegenstimme der Minderheiten – wenige Weißrussen und Ukrainer, viele Russen und Polen, denen die von der Mehrheit geforderte Unabhängigkeit zu wenig Sicherheit versprach – kein gutes Klima für Alexandras Wünsche zur Folge: Zwar wertete man das finanzielle Angebot als verlockend, doch wollte man einen Friedhof für polnische Staatsbürger, gleich welcher Herkunft, nicht zusichern. Es hieß: »Erst muß die Kremlherrschaft weg!«

In Lübeck hörte man sich Reschkes Sorgen und Klagen an. Die Herren und Damen vom Bund, unter ihnen Frau Dettlaff, sahen sich außerstande, behilflich zu werden, weil die erklärte Bereitschaft so vieler Landsleute, die Gebeine ihrer Familienmitglieder auf den Versöhnungsfriedhof Gdańsk umzubetten, durch keinen Beschluß außer Kraft gesetzt werden könne. Die Sache sei gelaufen, hieß es.

Wenn ich jetzt sage: Gerne sehe ich Reschke mit leeren Händen zurückkommen – seine Idee stank mir von Anfang an –, bedaure ich andererseits Alexandra: sie wollte von ihrer auswärtigen Niederlage keinen Bericht geben, sogar ihr Ventil »Russenbeschimpfung« hielt vorerst dicht. Nur Chatterjee konnte beim nächsten Treffen – »Klawittergrab« – Fortschritte auflisten, die Reschke »atemberaubend« nannte. Der jedes Unheil vorkostende Professor glaubte dem Bengalen blindlings; und sogleich entsteht mir ein Bild, auf dem eine blitzneue Fahrradriksha mit einer Unke als Fahrgast in Richtung Zukunft rollt...

Ich weiß nicht, wie Alexander und Alexandra einander getröstet haben. Ihre Liebe hielt viel aus. Nicht nur häufige Umarmungen, zärtliche Wörter mögen hilfreich gewesen sein. Im Tagebuch steht:»Anfangs war sie wie versiegelt, nicht einmal Tränen kamen. Später wird ihr der wiederholte Ruf: ›Verdammte Politik macht alles kaputt!‹ ein wenig Luft verschafft haben. Doch gestern hat mich Alexandra erschreckt. Sie griff nach der Flasche, sie, die allenfalls am Likörgläschen nippt, goß aus Wassergläsern Wódka Wyborowa in sich hinein und steigerte ihre Flüche zu Wortballungen, die ich nicht zitieren mag. Jedenfalls bekamen abwechselnd Litauer, Russen und Polen ihr Fett ab. Des gerechten Ausgleiches wegen habe ich dann, ohne zur Wodkaflasche greifen zu müssen, uns, die Deutschen, verflucht. Alexandras übernationaler Einschätzung: ›Haben gelernt nichts aus Vergangenheit, machen Fehler doppelt gemoppelt‹, konnte ich nur zustimmen. Derzeit ist uns die Lust vergangen, weiteres Friedhofsgelände zu besichtigen, so sehr Wróbel drängt. Fast fürchte ich, daß Jerzy in seinem Übereifer den Umbettungen Raum schaffen wird; der Versöhnungsfriedhof allein wäre diesem Ansturm sterblicher Überreste nicht gewachsen.«

Der Werft hingegen hat Chatterjees Rundreise gutgetan. Die Rikschaproduktion ergriff von weiteren Montagehallen Besitz. Bald zwang drohender Kollaps alle europäischen Metropolen – und später die mittelgroßen Städte und Kleinstädte – zum autofreien Verkehr. Die in Chatterjees Werkstätten entwickelte Dreitonklingel ließ vielerorts ein melodisch tönendes

Konzert vertraut werden, das, schreibt Reschke, »auf meine Empfehlung dem Unkengeläut nachempfunden worden war. Fortan schaffte dieses Geläut mit seiner schönen Traurigkeit das aggressive Dauerhupen aus der Welt, zumindest im innerstädtischen Bereich.«

Das alles vermehrte Arbeitsplätze und belebte die dahinkümmernde Werft, deren weltweiter Ruf einst auf dem Begriff Solidarność gründete. Für Chatterjee war es naheliegend, ein Rikschamodell, das später zum Exportschlager wurde, nach der inzwischen historisch gewordenen Arbeiterbewegung zu benennen: die Fahrradrikscha »Solidarność« wurde zum Serienprodukt entwickelt und sollte, über Europa hinaus, den Bedarf afrikanischer, asiatischer und südamerikanischer Großstädte decken. Auch dieses Modell lief mit traurig schönem Unkengeläut.

Doch bis es soweit war, mußte Chatterjee weitere bengalische Vettern ins Land rufen, unter ihnen wiederum Marwaris. Ein gutes Dutzend waren sie nun und brachten außer Tatkraft Geschäftssinn mit; Polen stellte die Arbeitskräfte. Nach Notizen meines Mitschülers, die nun häufig der Zeit voraus sind, soll der polnische Staatspräsident seinen Namen empfohlen haben, als die prosperierende Produktionsstätte, die immer noch anhänglich Werft genannt wurde, nach klangvoller Neubenennung verlangte. Reschke schreibt: »Die gesamte Belegschaft der Rikschawerke hat dieses Angebot abgelehnt.« Deshalb soll es – »weil Chatterjee sich zu bescheiden wußte« – kurz vor der Jahrtausendwende dazu gekommen sein, daß die Schichau-, dann Leninwerft nach dem legendären bengalischen Nationalhelden Subhas Chandra Bose benannt wurde; eine – aus meiner Sicht – mehr zwielichtige als beispielhafte Person. Doch das steht auf einem anderen Blatt.

Mir bleibt zu berichten, daß die Aktion Umbettung bereits anlief, bevor die nächste Aufsichtsratssitzung stattfand. Jerzy Wróbel, dieser allzeit hilfsbereite, höflich zuvorkommende, eifrige, übereifrige Mensch, hatte geeignetes Gelände ausgeguckt. Die weitläufigen Parkanlagen auf der anderen Seite der Großen Allee boten Platz. Beiderseits des sowjetischen Panzers, der dort – wie lange noch? – als Ehrenmal steht, wo während Reschkes und meiner Schülerzeit das Café Vierjahreszeiten beliebt gewesen war, schritt Wróbel Flächen aus, frei für Pacht- und Nutzungsverträge mit der Friedhofsgesellschaft. Hier grenzte früher, gleich hinterm Steffenspark, der Marienfriedhof an: dreieinhalb Hektar groß unter Linden, Eschen, Birken und Ahorn, einzelnen Trauerweiden sogar, die immer noch stehen. Die Grabsteine wurden schon Ende der vierziger Jahre abgeräumt und vom dahinterliegenden Güterbahnhof zur weiteren Nutzung nach Warschau verfrachtet.

Allen Bahngleisen, den Arbeiterhäusern aus Kaiser- und Schichauzeiten und der Werft mit Kränen und Docks vorgelagert, breiteten sich, über acht Hektar groß, die vereinigten Friedhöfe Sankt Johannis, Sankt Bartholomäus, Peter und Paul und der Mennonitenfriedhof. Erst dann schloß mit Baracken verbautes Gelände an: die ehemalige Maiwiese; meinerzeit für Großaufmärsche vor Tribünen, Siegheilrufe, Marschmusik, Kommandos und Gauleiterreden geeignet.

Und hier, ein wenig abseits der Großen Allee, gleich hinterm übriggebliebenen Wirtschaftsgebäude des Cafés Vierjahreszeiten, wurden in zwei Gemeinschaftsgräbern die ersten Lieferungen sterblicher Überreste in jeweils hundert schlicht hölzernen Kleinbehältern bestattet. Weder war Reschke im schwarzen Kammgarnanzug dabei noch unter breitkrempigem Hut die Piątkowska, doch waren viele Familienangehörige gekommen. Weil über die Gruben hinweg nur kurz und maßvoll geredet wurde, nahm die polnische Öffentlichkeit keinen Anstoß an diesem deutschsprachigen Auftrieb, zumal sich die Menge nach den Zweitbestattungen rasch verlief und zu touristisch üblichen Gewohnheiten fand.

Vor vollendete Tatsachen gestellt, blieb unserem Paar nur übrig, die vollstreckten Umbettungen hinzunehmen, freilich unter Protest. Mir liegt mit ihrer gekrakelten, seiner säuberlichen Signatur vor, was ihre gemeinsame Ohnmacht zu Papier gebracht hat: »Schande ist über uns gekommen! Wenn bisher freiwillig und zu Lebzeiten der Beschluß gefaßt wurde, in der Heimat letzte Ruhe zu finden, soll fortan über Tote verfügt werden. Vermischt mit Gewinnsucht hat Pietätlosigkeit Oberhand gewonnen. Vermehrt sind deutsche Ansprüche auf der Tagesordnung. Wehret den Anfängen!«

Zwar spricht aus dem Wortlaut dieser Protestnote mehr Alexander als Alexandra, doch ist sie es gewesen, die sich durchgesetzt hat, ihr Satz: »Wenn nicht kommt in Protokoll alles, werd ich zurücktreten gleich«, steht bei Reschke notiert. Gegenreden sind nicht vermerkt.

Bieroński und Wróbel haben geschwiegen. Eine einzige Zeile jedoch gibt den Rücktritt von Erna Brakup bekannt.

Sie hat das nicht wortlos getan. Auf den Sitzungstisch soll sie geschlagen haben, mit der Faust, immer wieder. Dabei ist sie unüberhörbar geworden: »Schwainerei is daas! Hab ech jesehn, wie se de Kisten, na, so groß wie frieher sind Marjarinekisten jewesen, aufjeraiht und jestapelt ham. Immä scheen ordentlich. Poschondek! Dänn Ordnung muß sain, wiä der Deitsche mecht sagen. Abä nu willech nich sain mehr deitsch, liebä eine Pollacksche, wo ech katholsch bin sowieso. Ond alles fier Penunzen. Nai! Jejen son Jeld väkoof ech miä nech. Ond ausse Aufsicht tret ech zurick glaich. Pfui Daibel!«

6

Reschke und ich, ich und Reschke. »Wir beide als Flakhelfer«, schreibt er, »in der Achtkommaacht-Groß-batterie Brösen/Glettkau...« In Brösen hat damals schon Erna Brakup gewohnt. Sie zählte zu den knapp sechshundert Deutschen, die in Gdańsk und Umge-bung übriggeblieben waren. Vielleicht kamen nur knappe fünfhundert zusammen, die glaubten, Deut-sche zu sein, später wurden es mehr und mehr. Als Hunderttausende ihr Bündel schnürten, waren sie, zufällig oder aus unbeirrbarer Seßhaftigkeit, dageblie-ben oder hatten den Ortswechsel in Richtung Westen verpaßt: in Resthäusern zwischen den wochenlang qualmenden Trümmern der Stadt oder in den Armen-vierteln der Vororte, wo ihnen niemand die Kellerwoh-nung, das Mansardenloch streitig machte.

Erna Brakup war bei Kriegsende eine vierzigjährige Witwe; ihre drei Kinder starben im Seuchenjahr '46 an Typhus. Sie übte sich rasch ein notdürftiges Umgangs-polnisch ein und hielt ihr Zimmer in dem Kur- und Fischerdorf, das nun Brzeźno hieß, wie einen Bunker, als rechts und links von ihrer Kate sowie beiderseits der Straßenbahnlinie nach Nowy Port kastenförmige Neu-bauten hochgezogen wurden. Solange noch das Kur-haus baufällig stand, half sie als Kellnerin aus, später fand sie Arbeit beim Konsum. Ab Mitte der sechziger Jahre hat sie ihre Rente durch Botengänge, Schlangestehen vorm Fleischerladen und ähnliche Dienstleistungen aufgebessert. Nur mit ihresgleichen oder wenn Touristen kamen und nach dem Verbleib des Seestegs und der Badeanstalt fragten, sprach sie in immer seltsamer werdenden Ausprägungen ihre Muttersprache.

Als nach der Wende in Osteuropa allen in Polen gebliebenen Deutschen erst zögernd, dann doch erlaubt wurde, sich in einem Verein zu finden, war Erna Brakup nicht nur passiv dabei. Im Jäschkentalerweg erstritt sie einen Versammlungsraum für die knapp dreihundert Organisierten, die, alt und unnütz geworden, nicht wußten, wie ihnen plötzlich geschah. Jetzt durften sie sogar singen: Waldeslust... Am Brunnen vor dem Tore... oder, mitten im Winter: Der Mai ist gekommen... So kam es, daß Erna Brakup Sitz und Stimme im Aufsichtsrat der Deutsch-Polnischen Friedhofsgesellschaft erhielt. Nun besserte Sitzungsgeld ihre Rente auf, und zwar verdient: Sie erreichte, daß den Alteingesessenen gegen geringe, in Złoty zu zahlende Gebühr eine Grabstelle auf dem Versöhnungsfriedhof zugesichert wurde. Und für Liederbücher, illustrierte Zeitschriften, den Quelle-Katalog und weitere Hochglanzprodukte sorgte sie, indem sie Mittel vom Spendenkonto lockermachte. Ihre Stimme war, wenn die Aufsicht tagte, nicht zu überhören.

»Oft werfen die Ratsmitglieder«, schreibt Reschke, »einander Blicke zu, sobald Erna Brakup das Wort ergreift.« Auf das reduzierte Deutschsein der alten Frau soll Frau Johanna Dettlaff irritiert und angeekelt reagiert haben, »als hätte sich in Lübeck ihr Fluchtgepäck, der Danziger Hanseatendünkel, verdoppelt«. Von Vielbrand heißt es: »Dieser auf Kürze eingeschworene Geschäftsmann hat anfangs versucht, den Redefluß der Brakup zu kanalisieren, und bekam folglich ihren Zorn zu spüren: ›Nu räd ech!‹« Konsistorialrat Karau galt sie als Original.

Auf der anderen Seite des Sitzungstisches sah und hörte man Erna Brakup gleichfalls nicht unbefangen. Ihre Existenz erinnerte die Polen an Unrecht, das nicht, wie sonst üblich, den Russen zugeschoben werden konnte. Marczak und Bieroński schwiegen betreten, wenn die Alte ausplauderte, »wie ählendich war nachem Kriech hiä jewesen«.

Nur Jerzy Wróbel trug seine Wißbegier der alten Frau unbekümmert und manchmal mit einem Strauß Blumen wie ein Liebhaber an. Ihr Gebrabbel war ihm Quellwasser. Auf Einzelheiten versessen, hörte er, wie Brösen vor der Zerstörung durch kreuz und quer stehende Neubauten ausgesehen hat, welche Fischer zu welchen Preisen ihren Fang aus Zugnetzen vermarktet hatten und welche Musikstücke beim nachmittäglichen Konzert aus der Orchestermuschel im Kurgarten zu hören waren; denn die Brakup wußte, wer in den restlichen Fischerkaten und hinter den bröckelnden Fassaden der Bürgerhäuser nahe der Straßenbahnhaltestelle gewohnt, was fangfrische Flundern gekostet, wie die Bademeister geheißen hatten. Sie erzählte vom Eisgang auf zugefrorener Ostsee. »Sonne Winters jiebt nech mä!« – und pfiff oder sang für Wróbel ein Potpourri, Melodien aus dem Zarewitsch und aus Frau Luna.

Mit Jerzy Wróbel interessierte sich Alexandra Piątkowska für das verschollene Vorleben ihrer Stadt, deren mittelalterliche bis barocke Geschichte der Vergolderin vom Schnitzwerk der Hochaltäre bis hin zu den Knitterfalten verzückter Heiliger bekannt war; doch welche Kaufhäuser in Langfuhr, im heutigen Wrzeszcz, gestanden hatten und welche Filme mit Asta Nielsen oder Harry Piel, mit Zarah Leander oder Hans Albers ab wann in den zwei Kinos des Vorortes gezeigt wurden, erfuhr sie durch die Brakup. Zu ihrem Alexander sagte sie: »Das war wie Loch vorher. Nun weiß ich, wo ist Kaufhaus Sternfeld gewesen und wie billig waren da hübsche Sachen.« Doch Nutzen aus der Quelle Brakup, Nutzen für die Friedhofsgesellschaft zog einzig Jerzy Wróbel.

Mitte März muß es gewesen sein, als das Paar von seinem Freund eingeladen wurde, im, wie Reschke schreibt, »Polski Fiat« von einem abgeräumten Friedhofsgelände zum nächsten zu hetzen. Nur lustlos folgten sie ihm; beiden war, seit Beginn der Aktion Umbettung, ihre Idee abhanden gekommen.

Zuerst fuhr Jerzy das Paar nach Ohra, einem Arbeitervorort, dessen einstiger Friedhof als Park genutzt wird, wenig geeignet für die Gesellschaft, weil vor und hinter Eisenbahngleisen gelegen. Dann fuhren sie nach Schidlitz hoch, wo nur wenige Grabsteinfragmente an den gleichfalls zum Park gewandelten Barbarafriedhof erinnern: Die Hauptallee und vier Queralleen auf ansteigendem Gelände von Linden bestanden, dazu Kastanien, der vereinzelte Ahorn, die Birkengruppe vor Resten des Friedhofzaunes, dessen Lücken durch einen Verhau aus Eisenbahnschwellen geschlossen sind.

Danach stiegen sie im oberen Teil von Schidlitz hangaufwärts durch verwildertes Gelände: »Das untere Drittel des erst Mitte der siebziger Jahre eingeebneten Sankt-Joseph-Friedhofs wird vom Röhrengeschlinge einer Fernheizungsleitung überbrückt, die sich mit Bogenschlägen zu angrenzenden Neubauvierteln windet.«

Dann gingen sie den Bischofsberg von hinten an. Wróbel voraus, stolperten sie – Alexandra in zu leichten Stadtschuhen – über mehrere abgeräumte, vom Wildwuchs besetzte Friedhöfe, auf denen ihnen der immerfort alles erklärende Freund gestürzte, geborstene oder noch heile Grabsteine freilegte. Namen wie Auguste Wiegandt und Emma Czapp, geborene Rodler, wurden, kaum buchstabiert, durch andere Namen gelöscht. Auf gelbbraun geflecktem Granit stand wie eine Nachricht, gemeißelt für niemanden, Paul Stellmacher, dessen Leben von 1884 bis 1941 dauerte.

Und dann erst führte sie Jerzy Wróbel dorthin, wo sich abseits der Siedlung Stolzenberg, die auf dem hinteren Buckel des Bischofsberges liegt, der von den Polen Chełm genannt wird, ein Parkgelände zu Wald verdichtet und steil ansteigt bis hin zum restlichen Jammer eines alten jüdischen Friedhofs, von dessen Rand aus die dem Berg zu Füßen liegende Stadt mehr erahnt als gesehen werden kann.

Mit Reschke bin ich bergauf. Schon beim Aufstieg verrät ein als Schwelle mißbrauchter Granit den Namen Silberstein. Große, rücklings gestürzte Grabsteine, deren hebräische und deutsche Inschriften ver-

223

moost sind, liegen verkrautet, nur Wróbel weiß, wo. Mit Reschke bin ich einig, daß diese Steine »zu unserer Zeit schon« gestürzt worden sind. Wróbel widerspricht nicht. Und Alexandra sagt: »Aber wir haben nicht aufgestellt und gutgemacht wieder.«

Alte Steine, die vor sich hinreden: Abraham Rollgerber wurde 1766 geboren. Alexander Deutschland lebte von 1799 bis 1870. Man müßte das Moos aus der Keilschrift kratzen, um mehr zu hören. Reschke spricht von Schande, die Piątkowska von doppelter Schande. Ich weiß, daß die Danziger Synagogengemeinde ab 1937 gezwungen war, diesen und andere Friedhöfe an den Freistaat zu verkaufen, um die Auswanderung ihrer Gemeindemitglieder nach Palästina zu finanzieren. Reschke und ich waren damals zehn, elf Jahre alt. Wir hätten kindlich fragen, frühzeitig wissen können... Nur wenn man weghört, ein stilles Gelände. Abseits, auf leerem Sockel, zwei junge Burschen mit Stöpseln in den Ohren. Nur wenige Steine blieben gestürzt übrig. Immer bleiben Steine, denen man nachsagt, sie könnten reden...

Ich ahne, wie dem Paar zumute war, als alle wieder im Polski Fiat saßen – »Wir sprachen kaum noch« –, dennoch machten sie wortlos mit, als Wróbel am Salvatorfriedhof und an der Mennonitenkirche vorbei, die heute Bet- und Taufsaal der Pfingstgemeinde ist, zum ehemaligen Marienfriedhof fuhr; dessen Gelände liegt neben dem Gefängniskomplex Schießstange, der immer noch zum Gefängnis taugt. Alexandra sagte: »Hier haben sie auf Dezember '70, als Streik war, Arbeiter eingesperrt.«

Sie wollte keine Friedhöfe mehr sehen. Ihre zu leichten Schuhe seien für weiteres Friedhofsgelände ungeeignet. Das alles habe sie müde und traurig gemacht. »Ich muß sitzen bißchen und Kopf ruhen.«

Also besuchten sie nicht das Klawittergrab, sondern die nahbei liegende Kirche zum Heiligen Leichnam, die ab Ende des vierzehnten Jahrhunderts Spitalkirche gewesen ist und – vormals römisch-katholisch – seit Kriegsende Polens altkatholischer Minderheit offensteht. »Jerzy holte aus einem der ehemaligen Spitalgebäude den Priester, der freundlich aufschloß und uns zwischen den Kirchenbänken mit seiner Ferne zum Papst bekanntmachte: Dessen Unfehlbarkeit wolle er als Christ nicht untertänig sein. Eine helle, nahezu wohnliche Kirche. In gepflegtem Zustand alle Bodengrabplatten, die Mitte der achtziger Jahre aus dem Langschiff in den linken Seitenflügel des Altarraums verlegt wurden. Alexandra setzte sich in eine Kirchenbank.«

Ich lasse meines Mitschülers Abschweifungen über das Doppelgrab der Brüder Mackensen und die große Porphyrplatte, in deren Mitte ein springender Hirsch Deutungen zuläßt, beiseite; desgleichen sollen seine Notizen über das runenhafte Hauszeichen des Patriziers Georg Brothagen und die Zitate aus seiner Doktorarbeit unbeachtet bleiben. All das lenkt nur ab, will mich hindern, zur Sache zu kommen.

Als Reschke, angesichts der neuverlegten Bodenplatten, nach den Gebeinen der Umgebetteten fragte, machte der Priester ihnen das Angebot, unterhalb der links gereihten Kirchenbänke eine Gruft zu besichtigen. Mit Hilfe eines bereitliegenden Kanthakens hob Wróbel zwei Dielen aus dem Bohlenbelag. Weil Alexandra nun doch wieder hören und sehen wollte, zwängte sich Reschke nach ihr durch die Lücke. Der Priester blieb oben.

»Jerzy fand sogleich den Lichtschalter. Kühle, trockene Luft, kein benennbarer Geruch. Treppab öffnete sich unter gemauertem Gewölbe ein Raum, nicht breiter als das Kirchenschiff. In ihm standen Särge gestapelt: linker Hand bis hoch zum Gewölbe, vor der Treppe und uns zu Füßen nur bis zur halben Grufthöhe. Wir standen eng, wagten uns nicht in den schmalen Durchgang. Jeder Sarg mit grob gepinselter Zahl numeriert. Die Nummern in geschüttelter Folge. Dennoch mochte die unsystematische Stapelung der Anzahl von etwa dreißig neuverlegten Grabbodenplatten entsprechen...«

Alexandra wollte wissen: »Ist da noch drin wer?«

Wróbel war sicher, daß die Särge belegt waren; und Reschke meinte, es müsse sich um Brothagen, die Brüder Mackensen, die Patrizier Moewes und Schmid, zudem um Gralath handeln.

»Kann man nicht aufmachen, den da?«

»Muß das sein?«

»Na, wenn wir schon stehn hier...«

»Ich weiß nicht...«

»Nur bißchen...«

Und Wróbel hob den Deckel des ihnen zunächst, mit dem Fußende voran stehenden Sarges, so daß der gehobene Deckel einen Winkel von etwa fünfundvierzig Grad bildete, worauf Reschke, ohne einem ausgesprochenen Wunsch Alexandras zu folgen, aus sich, nur aus sich heraus, »weil das dokumentiert sein wollte«, mit Blitzlicht in den klaffend geöffneten Sarg hinein fotografierte, mehrmals, mit Pausen dazwischen, die das Blitzlicht verlangte. Einfach so: Deckel auf, knips, knips, Deckel zu. Jerzy Wróbel atmete laut, solange er den Sargdeckel hochhielt – »Noch etwas höher, bitte«.

Mir liegen in Farbe, genauer, in bräunlichem Grau, zwei Fotos vor. Beide zeigen aus leicht verändertem Blickwinkel ein und dieselbe Mumie, die über mürbem, einst weißem, nun stockfleckigem Leichenhemd die Hände rechts über links gelegt hält, etwa in Höhe des Geschlechts. Es sind männlich langgliedrige Hände, deren Gebein, im Gegensatz zum Kopf, der skelettiert ist, von Haut, sichtbar bis zum Faltenwurf der Leichenhemdärmel, zusammengehalten wird; sogar drei Fingernägel der rechten, aufliegenden Hand sind geblieben. Kein Ring, kein Rosenkranz, nur sandfarbener Staub über allem. Das zum Sandstein gehärtete Kopfkissen hebt den Schädel, dessen Kinn die Hemdkrause drückt. In Fleischfarbe abgebildet ist Wróbels eine Hand, die rechte, wie sie mit der linken Hand, die nicht ins Bild kam, vom Fußende weg den Sargdeckel hochstemmt. Ich glaube zwei handgeschmiedete Sargnägel, die keinen Halt mehr gaben, am rechten Sargrand erkennen zu können, passend für Reschkes Sammlung.

Natürlich war es ihm wichtig, in seinem Tagebuch »die anrührende Schönheit des mumifizierten Mannes« festzuhalten, dessen leicht seitlich geneigten Schädel, den immer noch üppigen Faltenwurf des Leichenhemdes bis zu den verdeckten Füßen hin. »Bin Alexandra dankbar«, schreibt er, »daß ich diesen Blick auf gut zweihundert Jahre währende Ruhe werfen durfte, wenn man die Überführung aus dem Kirchenschiff in die Gruft als nur kurze Störung wertet.«

Nachdem er festgestellt hatte, daß diese Ruhe nicht zu steigern und einzig dem Tod vorbehalten sei, mutmaßte Reschke, vor den sterblichen Überresten des Bürgermeisters Daniel Gralath gestanden zu haben, der 1767 starb und sich durch die Anpflanzung der Großen Allee verdient gemacht hatte. »Eine gewisse Würde war der Mumie des Patriziers eigen. Gralath gehörte zu den Stiftern der Orgel für die Kirche zum Heiligen Leichnam, von der allerdings nur der restaurierte Prospekt erhalten blieb. Die Orgel wurde, wie uns der altkatholische Priester klagte, gleich nach Kriegsende ausgelagert und nach Bytów gebracht.«

Danach steht, daß der Besuch in der Gruft und der Blick auf die männliche Mumie ihren schon erloschenen Mut entfacht und sie angespornt habe, allen Widrigkeiten zum Trotz weiterzumachen. Vor dem klassizistisch gegliederten Kirchenportal soll Alexandra wieder einmal gelacht haben: »Nun geht mir besser schon, und weiß ich wieder, daß Idee ist richtig. Nur Umbetten ist falsch, weil Umbetten stört Ruhe von Tote.«

Und dann trat Erna Brakup zurück. Nach meinem Willen tritt sie erst jetzt wirklich zurück, nachdem sie vor dem Aufsichtsrat der Friedhofsgesellschaft ihren Rücktritt wörtlich vollzogen hatte. Mit letztem Wort begann sie ihre Filzstiefel, die sie gewöhnlich vom Herbst bis in den April hinein trug, doch im überheizten Sitzungsraum des Hotels gerne ablegte, wieder anzuziehen, den linken, den rechten Stiefel, nicht ohne Gestöhn, sonst aber stumm.

Den Tisch lang sah man zu, bis sie gestiefelt stand. Und in ihren Filzstiefeln trat sie nun, Schritt nach Schritt rückwärts gehend, bis zur Tür zurück. Die Hakken voran, setzte sie Mal um Mal mit ganzer Sohle auf. Um das Gleichgewicht zu halten, hatte sie beide Arme leicht gehenkelt angehoben. So ging sie und ließ den nicht mehr vollzähligen Aufsichtsrat keinen Stiefelschritt lang aus dem Auge. So sollte sich einprägen, was ihnen geschah; und alle sahen und hörten, tapp, tapp, wie Erna Brakup Abstand nahm, unerbittlich. So, in Filzstiefeln, die sie gelegentlich auszog, unterm Topfhut, den sie nie abnahm, vollstreckte sie ihren Rücktritt wie eine Strafe.

Und Wróbel wie Alexander und Alexandra mögen sich abgestraft vorgekommen sein, als die Brakup die Tür gefunden, diese rücklings geöffnet und – kaum auf dem Flur – nach letztem Blick hart geschlossen hatte. Reschke schreibt: »Alle schwiegen lange. Wir hätten gewiß noch länger geschwiegen, wenn Vielbrand nicht ›Zur Sache!‹ gerufen hätte.«

Wollte auch ich nahtlos und mit der Feststellung, der restliche Aufsichtsrat sei zur Sache gekommen, meinen Bericht fortsetzen, käme ich gleichfalls zu rasch dem bloßen Ablauf dessen nach, was Handlung ist. Doch das geht nicht. So schnell kann ich von Erna Brakup nicht lassen.

Außer dem Geschäftsbericht, den endlich vorzutragen Vielbrand aufrief, ist mir in Fotokopie ein handgeschriebener Brief überliefert, den die alte Frau am Tag ihres einprägsamen Rücktritts leicht zittrig in jener Ableitung der Sütterlinschrift geschrieben hat, die auch Reschke und mir während Schülerzeiten eingepaukt wurde und geläufig blieb, bis sie uns nach Kriegsende, dank demokratischer Umerziehung, mit anderen Unsitten abhanden gekommen ist.

Spitz, eckig und bauchig geschwungen, dennoch nicht ganz befreit vom Tonfall der Brakup, lese ich: »Hochverehrte Aufsicht! Als ich mußt Rücktritt machen und aufgeregt war natirlich habe ich vergessen ganz, was ich noch sagen muß Ihnen gefälligst. Ich bin schon immer ährlich fir deutsche Friedhof gewesen. Weil Deutsche müssen liegen bei Deutsche und Polen bei Polen. Aber was wird gemacht nu, da ist keine Menschlichkeit drin. Das geht über Mensch weg, wie war schon oft. Vorm Krieg im Krieg und nachem Krieg. Das weiß ich, weil ich bin dabei gewesen. Doch wenn Friedhof der schön ist geworden beinah wie frieher war, nicht mehr mecht sein für Mensch und nur fir Geschäfte mecht taugen, denn will ich nich liegen da, wenn Zeit ist rum. Das sagt zu Ihnen alle aber besonders zu Pan Wróbel, wo ist gut von Herz ganz herzlich Erna Brakup, geborene Formella.«

Mag sein, daß dieser Brief den städtischen Angestellten bei nächster Gelegenheit – die ergab sich Mitte April – angestoßen hat, seinen Rücktritt nachzuholen. Solange jedoch auf diesem Papier die laufende Sitzung andauert, wird er mit dem Priester der Petrikirche und unserem Paar, gleichfalls mit Karau gehofft haben, die Brakup werde nach kurzem Schmollen bald wieder mit Topfhut und in ihren Filzstiefeln dabeisein. Jedenfalls kam man, von Vielbrand aufgerufen, sogleich zur Sache.

Der von Reschke und der Piątkowska unterzeichnete Geschäftsbericht zählte Erfolge auf und sprach Bedenken aus. Als erfreuliche Tatsachen meldete er Gründungen von Friedhofsgesellschaften und die Eröffnung von Versöhnungsfriedhöfen in den ehemals deutschen Städten Breslau, Stettin, Landsberg an der Warthe, Küstrin und Glogau. Nur aus Posen wurden Schwierigkeiten berichtet. Ein hartes Nein kam aus Bromberg. »Dennoch streut die Idee, und überall geht die Saat auf. Demnächst kann mit Eröffnungen in Stolp und Allenstein, in Hirschberg, Bunzlau und Gleiwitz gerechnet werden...«

Man nahm das mit Beifall auf. Marczak und Frau Dettlaff gratuliertem dem Paar. Da die Anzahl der Anträge einstiger Umsiedler aus Schlesien, Ostpreußen und Pommern Dimensionen annahm, die alle Danziger Zahlen auf Mittelgröße herabstuften, regten Vielbrand und Marczak an, einen übergeordneten Aufsichtsrat zu gründen, und schlugen Warschau als Sitz vor. So sollte dem polnischen Bedürfnis nach zentraler Lenkung entsprochen werden.

Konsistorialrat Karau und Hochwürden Bieroński warnten in deutsch-polnischer Übereinstimmung vor den Gefahren des Zentralismus. Und mit Wróbel war Reschke gegen zentrale Aufsicht. Dieses Problem löste eine längere Debatte aus, die sich am Für und Wider föderalistischer Staatsstrukturen erhitzte, schließlich ausuferte, aber hier nicht buchstabiert werden muß.

Danach wurde die Zunahme der Seniorenheime, die anfangs in Zeitungen als »bloße Sterbehäuser« denunziert worden waren, begrüßt, zumal sich in einigen Heimen sozial zu nennende Tätigkeit zu entfalten begann. Von Suppenküchen für alte Menschen, die in Not waren, konnte berichtet werden. Man habe deutscherseits das Beispiel des ehemaligen polnischen Sozialministers aufgegriffen, freilich ohne den Bedürftigen die sogenannten »Kuroniówka« abzuverlangen, man teile unbürokratisch aus.

Der Geschäftsbericht hatte Längen. Die Aufmerksamkeit ließ nach. Bieroński und Wróbel, selbst Karau wie abwesend. Es ging um die neuzufassende Friedhofsordnung, um fehlende Hotelzimmer bei in immer größerer Zahl anreisenden Trauergesellschaften und um die orthodoxe Kirche im ehemaligen Krematorium. Die Friedhofsordnung wurde um den Zusatz »raumkonzentrierte Zweitbestattungen« länger und regelte endlich, auf Drängen der Piątkowska, das Recht auf anonyme Begräbnisse. Die Aufsicht beschloß, Hotelneubauten zu fördern. Um Hilfe angerufen, versprach Bieroński, der in der Nebenkapelle der Petrikirche einer armenischen Minderheit Raum verschafft hatte, solchen demnächst für die orthodoxe Minderheit zu finden. Sogleich bat er um Zuschuß für das Gewölbe im Mittelschiff seiner Kirche. Bieroński bekam seinen Zuschuß. Punkt für Punkt wurde abgehakt. Die Sitzung verlief gut, zu gut.

Erst als ein neues Projekt beantragt wurde, kam auf polnischer Seite Unruhe auf, zumal das Paar diesen Teil des Berichtes vorwarnend angekündigt hatte: »Der folgende Antrag ist mehr als fragwürdig, weil er mit dem Versöhnungsgedanken kaum in Einklang zu bringen sein wird. Wir empfehlen, abschlägig zu entscheiden.«

Es ging um Ferienhäuser und Golfplätze. Weil die anreisenden Enkel und Urenkel der Verstorbenen nicht nur die vieltürmige Stadt, sondern auch deren flaches und gehügeltes Umland kennenlernten, hatte sich bei einigen dieser noch jungen Menschen, denen Wohlstand zugewachsen oder dank Erbschaft zugefallen war, der Wunsch verfestigt, dort den Urlaub zu verbringen, wo die Großeltern und Urgroßeltern durch Erst- oder Zweitbestattung letzte Ruhe gefunden hatten. Das sanfte Hügelland zwischen Karthaus und Berendt, die sogenannte Kaschubei gefiel ihnen. Sie nannten die Gegend zauberhaft, und da die südeuropäischen Regionen ohnehin überlaufen und durch küstenlange Bautätigkeit verschandelt waren, wollten sie dort entspannen oder – von Reschke zitiert – »auftanken«, wo die Familie herkam, wo Heimat gewesen war, wo in lieblicher Landschaft das Leben noch ruhig und einfach verlief.

Laut Bericht versprachen die Antragsteller, beim Bau von Bungalowsiedlungen und bei der Anlage von Golfplätzen schonend mit der Natur umgehen zu wollen. Man werde die an der Mittelmeerküste begangenen Bausünden nicht wiederholen. In Zusammenarbeit mit polnischen Architekten, deren Pläne beigelegt seien, wolle man die Region behutsam erschließen und nur dort, wo die Landwirtschaft ohnehin keine Zukunft habe, den umweltfreundlichen Golfsport fördern, dessen Ausübung selbstverständlich auch polnischen Clubmitgliedern ermöglicht werden müsse. Man verstehe sich weiß Gott nicht als exklusiv, »vielmehr kann nun der Versöhnungsgedanke in Bereiche getragen werden, die den Lebenden offenstehen...«

Damit lag ein Pilotprojekt vor. Die erste Bungalowsiedlung sollte sich an waldig gehügeltes Seeufer schmiegen. Das für die Golflandschaft vorgesehene Areal war 75 Hektar groß, schloß Täler und Hügel ein, nahm Rücksicht auf Baumgruppen und ließ am Ufer des Sees keine Hochbauten zu, nur flache, in Terrassen ansteigende Bauweise bis hin zum betont schlichten Clubgebäude. Holzschindeldächer sollten kaschubische Tradition erneuern.

Das finanzielle Angebot war aus polnischer Sicht günstig: Mit je 30 000 Deutschmark gaben annähernd zweihundert zukünftige Clubmitglieder ihren vorausbezahlten Einstieg in das Projekt »Bungagolf« bekannt. Man versicherte, nicht unbedingt Grund und Boden erwerben zu wollen; bei polnischem Vorbehalt werde man mit einer auf hundert Jahre beschränkten Erbpacht zufrieden sein. Im übrigen verspreche die Einheit Europas, alle heute noch heiklen Eigentumsfragen gegenstandslos zu machen. Und Polen – das dürfe man annehmen – wolle gewiß zu Europa gehören.

Die Debatte über diesen letzten Punkt im Geschäftsbericht verlief wie eingeübt. Alle von Reschke und der Piątkowska vorangestellten Bedenken wurden anfangs geteilt, dann von Vielbrand relativiert, worauf das deutliche Nein des städtischen Angestellten vom Vizedirektor der Nationalbank überstürzt genannt, in ein »Nein-aber«, schließlich zum »Ja, vorausgesetzt, daß« abgewandelt wurde. Beim Antrag »Bungagolf« ging es nur noch um kürzere Erbpacht, eventuelle Kapitalbeteiligung der Friedhofsgesellschaft und garantierte Arbeitsplätze für ausschließlich polnische Bauarbeiter, Gärtner, Hausangestellte, Köche, Kellner...

Das Paar schwieg. Inmitten der immer kleinteiliger werdenden Diskussion stand Reschke auf und stellte sich vor eines der Fenster im siebzehnten Stock des Hevelius. Er blickte auf die Innenstadt hinab und ließ langsam den Blick von rechts nach links wandern, als wollte er ihre Türme im Dunst der Abenddämmerung zählen und deren Reihenfolge prüfen: den Giebel der Großen Mühle, überm Dach von Sankt Katharinen die Turmspitze des Kiek in de Köck und die Dominikanerkirche hinterm Runddach der Markthalle. Mit dem Pfarrhaus nahm die langgestreckte Birgittenkirche den Vordergrund ein. Links vor ihr, im dunstigen Hintergrund über den Hausgiebeln schwimmend, dunkelte Sankt Johann mit massivem Turm und zierlicher Turmspitze. Weit weg, nur zu erahnen: Sankt Petri in der Vorstadt. Den schlanken Rathausturm verdeckte der Kolossalbau der Marienkirche, die alles überragte. Auf engem Raum vieltürmig versammelt. Darüber tief treibende, tintige Wolken. Ach ja, zuunterst und wie zu Füßen der hochkant stehenden Hotelschachtel lud spielzeugklein das Fachwerkhaus am Radauneufer zu Thekengesprächen ein.

Als Reschke das Fenster einen Spalt weit öffnete, stand schon die Piątkowska mit Zigarette neben ihm.

Ihr Rauch zog ab, die Abendluft roch süßlich nach Gas. Später schrieb er in seine Kladde: »Mir war, als sei die Stadt eine Täuschung, und nur die bei handbreit geöffnetem Fenster eindringende und von Abgasen gesättigte Luft schien wirklich zu sein. Der Wunsch nach Ruhe, wie ich sie zuletzt in der Gruft der Kirche zum Heiligen Leichnam erschaut hatte, kam auf, diese letztmögliche Ruhe. Dann aber war mir, als seien die Kirchen alle, die Türme, die Mühle, das Zeughaus und die Markthalle von einem inneren Feuer bewohnt, das sogleich die hohen Fenster und alle Luken sprengen werde... worauf abermals die Stadt in Flammen... durch alle Gassen der Feuersturm... schon nahm der Himmel Farbe an... – Wie gut, daß Alexandra neben mir stand. Sie sagte: ›Nun verkaufen sie uns, Stück nach Stück.‹«

Mein Mitschüler und ich sind uns nicht immer einig. Die im Sejm ausgesprochene Warnung vor »deutscher Landnahme« will er schon hier ans Brett genagelt sehen, doch ist der Aufschrei einiger Parlamentarier erst später, zu spät publik geworden; und ich war dagegen, den bei ihm notierten, schon während vorletzter Sitzung gestellten Antrag auf Beisetzungen in der Danziger Bucht zu erwähnen, und trage nun nach: Obgleich dieser Antrag, mit Hinweis auf die miserable Wasserqualität der Küstengewässer, abgelehnt wurde, kam es später dennoch, von Kuttern aus, zu »wilden Seebestattungen«, mit denen sich Fischer aus Putzig und Heisternest ein Zubrot verdienten. Ferner ist zu berichten, daß ab Februar mit Chartermaschinen Leichen eingeflogen wurden, für die eine Kühlhalle auf dem Frachtgutgelände des Flughafens von Gdańsk, Rębiechowo, gebaut werden mußte.

Dazu fehlen Einzelheiten. Manches hat er verschwiegen oder verschleiert: der Papierwust, den mir mein ehemaliger Banknachbar hinterlassen hat, zeichnet sich durch Lücken aus. Zum Beispiel wird nicht deutlich, ab wann ein festangestellter Planungschef in einer Düsseldorfer Büroetage für die Friedhofsgesellschaft tätig geworden ist. Hat Reschke ihn berufen? Oder hat ihm die Aufsicht den jungen Mann als Riegel vorgeschoben? Ich weiß es nicht, ich bin nicht Reschke.

Sicher ist, daß unser Paar von den neuen Aufgaben überfordert wurde. So wie bisher, mit Telefonkontakt zur adligen Sekretärin in Bochum und allzu arglosem Faxen über Interpress, ging es nicht weiter. Spätestens ab Beginn der Umbettungen war ein Planungschef vonnöten. Und da das Paar gegen diese Aktion gesprochen hatte, wird wohl die Aufsicht, vertreten durch den Unternehmer Vielbrand, tätig geworden sein; solange Frau von Denkwitz in Bochum saß, mag Reschke nichts bemerkt oder wenig geahnt haben.

Ich weiß nur so viel: Jener junge Mann namens Dr. Torsten Timmstedt hat bei einer Lebensversicherung Erfahrungen im Management gesammelt, mit seinen vierunddreißig Jahren die Anliegen der Landsmannschaft, obgleich selber kein Flüchtlingskind, als »echte Herausforderung« begriffen und Reschkes eher beiläufiges Organisationstalent verdrängt, schließlich professionell überboten. Der letzte Punkt des Geschäftsberichtes ist schon in der Düsseldorfer Büroetage formuliert worden, weshalb die Tochtergesellschaft »Bungagolf« Timmstedts Einstand in die DPFG gewesen ist. Mit ihm hatte die Friedhofsgesellschaft sich merklich verjüngt. Ab Ende März wehte, nach Vielbrands Worten, »ein frischer Wind«.

Unser noch geschäftsführendes Paar hat diese Entmachtung hingenommen, sogar gefördert, denn Reschke lobte den von Timmstedt eingeführten Kundendienst und schreibt: »Eine diskrete Betreuung, bis hin zu Hausbesuchen, gehörte schon lange zu meinen Vorhaben, doch war ich an Gdańsk gebunden...«

Wie richtig! Dort war sein Platz. Hätte er des Jungmanagers Aufgaben an sich gerissen, seinen Schreibtisch nach Düsseldorf verlegt, »Bungagolf« bejaht und einen landesweiten Kundendienst ausgebaut, wäre Trennung die Folge gewesen, nicht auszudenken! Indem das Paar jedoch klein beigab und sich entlasten ließ, blieb ihm der Schnitt erspart. Andererseits muß ihr paarweises Auftreten Anstoß erregt haben. Weil die Vergolderin einen Teil ihrer beruflichen Tätigkeit in die Küche der Dreizimmerwohnung verlegt hatte, der Professor sich dort als Hausmann gab und Jerzy Wróbel in der Hundegasse 78/79 ein und aus ging, befanden einige Mitglieder der Aufsicht: Das gehe zu weit, das führe zu anzüglichem Gerede.

Frau Johanna Dettlaff beklagte vor Sitzungsschluß – der Punkt »Verschiedenes« wurde abgehandelt – Versäumnisse der geschäftsführenden Gesellschafter und fand bei Karau Unterstützung, als sie den abmahnenden Satz: »Privat- und Geschäftsleben müssen künftig streng getrennt werden«, ins Protokoll aufgenommen haben wollte. Der Hinweis auf die dubiosen Spesenabrechnungen der zurückgetretenen Erna Brakup jedoch ist Vielbrand zuzuschreiben.

Diese Peinlichkeiten kamen zur Sprache, nachdem das Paar seine Abseitsposition an einem der Fenster mit Panoramablick aufgegeben hatte und wieder am Sitzungstisch saß; Alexandra rauchte nicht mehr. Zudem meinte Frau Dettlaff einigen »stillen Reserven« auf der Spur zu sein – »Als Gattin eines Kreissparkassendirektors weiß ich, wovon ich rede« –, doch Marczak, der mehr wußte, als er zu sagen für klug hielt, beschwichtigte, indem er Reschkes Finanzgebaren als »ungewöhnlich, doch gewinnbringend« einstufte. Und Wróbel bat darum, die kleinen Ungenauigkeiten der Brakup zu vergessen und dem geschäftsführenden Paar, wie er es tue, das Vertrauen auszusprechen. »Uns allen ist bekannt, wem Idee und Gestaltung des Versöhnungswerkes zu verdanken sind . . .«

Er sprach leise, als müsse er um Nachsicht bitten: Von Finanzen verstehe er wenig, doch könne nichts Anrüchiges geschehen sein, weil ja kein Geld fehle, sich Geld hingegen vermehrt habe, nahezu wunderbar. Er sehe keinen Grund, kleinlich zu sein. Das sage auch Pan Marczak, der im Geld sozusagen zu Hause sei.

Und Freund Wróbel ist es gewesen, der wenige Tage später mit gleichbleibend leiser Stimme eine beunruhigende Nachricht in die Hundegasse brachte. Dort hatte die Piątkowska gerade einem spätgotisch knienden Engel im Bereich des rechten Flügels die Mastixschicht aufgetragen und ihren Alexander gebeten, Kaffeewasser aufzusetzen, als der Freund eintraf und von Erna Brakups Krankenlager berichtete.

Mit dem Engel mußte der Kaffee warten. Weil Wróbel neuerdings an Benzin sparte – über Reschkes Wagen steht ja seit Wochen kein Wort geschrieben –, nahmen sie an der Haltestelle Brama Wyżynna die Straßenbahn nach Nowy Port, um in Brzeźno auszusteigen. Dort kam zum naßkalten Wetter böiger Wind aus Nordwest. Regenschauer wie Peitschenhiebe. Das ehemalige Fischerdorf mit Bade- und Kurbetrieb bot ein Bild alltäglichen Verfalls. Vor den restlichen Altbauten zerfielen die Neubauten. Entsprechend Pflaster und Bürgersteige. Sie mußten über Pfützen springen.

Wróbel führte sie in eine Nebenstraße, an deren linker Seite sich zwischen morschen Holzschuppen einige Fischerkaten reihten. Die rechte Seite begrenzten verschachtelt stehende Neubaukästen, die auch das Straßenende sperrten: eine Sackgasse. In andere Richtung verlief die Straße zu den Stranddünen hin. Den Ausschnitt eines Durchgangs breit sah man die Ostsee kleine Wellen machen.

Die Hälfte eines der Kleinhäuschen in Fachwerk, unterm Teerpappendach und mit Verandavorbau, war Erna Brakups Zuhause. Sie lag mit Hut unter wolkigem Federbett und schrie: »Kemmt rain! Kemmt rain! Jeht miä schon bässä. Mecht baldich loofen wiedä.« Ihre Filzstiefel standen am Fußende der angejahrten Bettstatt, darunter der Nachttopf.

Danach hat sie nur noch mit Wróbel, später sparsamer mit der Piątkowska ihr Umgangspolnisch gesprochen, an Reschke gewendet kein Wort.

Was Alexandra ihrem Alexander übersetzte, hörte sich nach zeitlichem Rücklauf an, nur ihr Husten war gegenwärtig; denn alles, was Erna Brakup erzählte, handelte während Kriegszeiten oder trug sich vor den Kriegen zu. Ihre Kindheit, die sie teils auf dem Land, teils in der Niederstadt verbracht hatte, mußte reich an Ereignissen gewesen sein: Immer wieder kalbten zwischen Ramkau und Matern Kühe, zerbrach dem Lehrer in der Volksschule Weidengasse der Rohrstock, brannten Scheunen ab, drohte Hochwasser, gab es, seit Beginn des Ersten Weltkrieges, einen Bruder weniger und kam sie klagend auf den Grippe- und Kohlrübenwinter '17. Und von Kartoffelkäfern muß mehrmals und zwischen Hustenanfällen die Rede gewesen sein, denn Reschke vergleicht in seiner Kladde die Kindheitserinnerungen der Brakup mit eigenen: »Merkwürdig, daß schon im Ersten Weltkrieg der Coloradokäfer derart massiv aufgetreten sein soll. Uns hat man erzählt, er habe erst Mitte der dreißiger Jahre den Rhein überwunden, sei dann aber bis in die Ukraine...«

Stimmt! Vom Polen-, spätestens vom Frankreichfeldzug an haben wir sie in Flaschen sammeln müssen, selbst bei Regen, mit klammen Fingern. Diese ekelhaften, schwarzgelb gestreiften Biester. Es hieß, der Engländer werfe sie nachts aus Flugzeugen ab: massenhaft, tonnenweise. Jedenfalls mußten wir täglich mindestens drei Literflaschen gestrichen voll... Alex organisierte das Absammeln... Und damals haben Reschke und ich... Jedenfalls mußte schon die Brakup bei jedem Wetter...

Ein trockener Husten plagte sie. Das Schlafzimmer war zugleich Wohnzimmer. Dem Bett gegenüber hing an der Wand eine Uhr, die stehengeblieben war. In der einst durchweg gelb und grün verglasten Veranda – einige Scherben waren durch milchglasige Vierecke ersetzt worden – stand ein Gasherd, auf dem die Piątkowska Wasser aufsetzte. Der Steingutkrug sollte als Wärmflasche gefüllt und ein Kännchen Hustentee aufgebrüht werden. Später trank die Alte brav Schluck nach Schluck.

Überm Bett, genauer, überm ausladenden Kopfende des Bettgestells, hing vielfarbig ein Herz-Jesu-Bild, dessen in einen Goldbecher abtropfendes Herz mit einer herzrot glühenden Brosche korrespondierte, die am Filzhut der Brakup Halt gefunden hatte. Ihr merklich kleiner gewordenes, breitflächiges Gesicht. Wróbel hielt ihre rechte Hand, die seitlich aus dem Federbett fingernd seine Hand gesucht hatte. Ihr Atem jetzt gleichmäßig. Scharf säuerlicher Geruch. Alle dachten, sie schlafe endlich, und standen schon an der Tür, da kam noch einmal ihr verschollenes Deutsch auf: »Ond waas is midde Aufsicht, wo ech zurickjetreten bin neilich? Ond inne Wieste? Is emmer noch Kriech? Jeht ihä schon? – Na jeht man.«

Wróbel kam mit in die Hundegasse. Dort kniete spätgotisch der Engel, dessen Mastixgrundierung auf Kreidegrund weiteren Auftrag von Blattgold erwartete. Nur auf eine Tasse Kaffee war Wróbel mitgekommen. Der Engel kniete auf dem Küchentisch: einen knappen Meter hoch. Während Reschke den Kaffee aufgoß, legte die Piątkowska in hauchdünnen Blättchen das Gold an, um es sogleich mit sanftem Haarpinsel zu stauchen. Die Herren durften keinen Wind machen und saßen abseits mit ihren Kaffeetassen.

Anfangs sprachen sie über die Brakup – ob und wie lange sie das durchstehen werde –, dann war die Aufsicht dran. Sie nahmen sich die Mitglieder einzeln vor, verglichen witzig Bieroński mit Karau, sprachen kurz über das leidige Projekt »Bungagolf«, erwogen eine gemeinsame Frühjahrsreise nach Schlesien, um dort die neuentstandenen Versöhnungsfriedhöfe zu besuchen, nannten zusätzlich Allenstein und Stolp als Reiseziele, wollten sogar in Bromberg einen letzten Versuch wagen, lobten die Suppenküchen einiger Seniorenheime und bewerteten ihre Tätigkeit – vom Umbettungsgeschäft abgesehen – als sinnvoll, weil versöhnend, da sprach Jerzy Wróbel, während die Piątkowska das Blattgold auf dem Engelsflügel nun mit weichem Flachpinsel verstrich, wie beiläufig das Wort Rücktritt aus; und schon während der nächsten Aufsichtsratssitzung hat er seinen Rücktritt erklärt. Er wolle, er könne nicht mehr. Als Pole bedaure er, mit seinen Orts- und Grundbuchkenntnissen der neuen deutschen Landnahme zugearbeitet zu haben. Als Patriot trete er deshalb zurück. Leider zu spät. Er müsse sich schämen.

Das geschah zu Beginn der Sitzung. Die Aufsicht nahm das hin. Unser Paar zögerte. Oder warteten sie aus taktischen Gründen, bis das Projekt »Bungagolf« beschlossen war und der Punkt drei der Tagesordnung abgehandelt wurde? Bei dem ging es um erklärende Schilder an historischen Gebäuden und um Straßenschilder in der Alt- und Rechtstadt. Weil dieser Antrag in allen Einzelheiten von dem zurückgetretenen Wróbel zu Papier gebracht worden war, dieser jedoch gleich nach seiner Rücktrittserklärung den Sitzungsraum verlassen hatte, trug Hochwürden Bieroński vor. Beantragt wurde, Straßen- und Denkmalschilder nun auch mit überlieferten deutschen Namen und Erklärungen zu beschriften, wie es schon rechts vom Portal der Kirche Sankt Bartholomäi geschehen war. Dort konnte man auf moosgrünem, zu den Rändern hin ornamental gewelltem Schild lesen, wie die Kirche laut polnischer, englischer, russischer und deutscher Inschrift genannt sein wollte.

Wróbel hatte seinen Antrag abgesichert, indem er die Voten einiger namhafter polnischer Historiker zitierte, die schon seit längerem die deutschen Kulturleistungen in Polens Westprovinzen anerkannt sehen wollten: »Die Zeit der Verdrängung, ja, das Leugnen ist vorbei. Nur neue Offenheit kann einem gesamteuropäischen Kulturverständnis entsprechen...«

Konsistorialrat Karau griff das Stichwort Europa auf und schlug möglichst vielsprachige Beschriftung der formschön geräumigen Schilder vor: Er vermisse neben der französischen die schwedische Inschrift.

Dem widersprach der Vizedirektor der Nationalbank. Er wies auf den geringen Anteil skandinavischer Touristen während der Hauptreisezeit hin. Weder Amerikaner noch Franzosen seien häufig zu Gast. Auf russische Inschriften könne man endlich und zwar ganz und gar verzichten. Dem konnte Hochwürden Bieroński nur zustimmen. Schließlich hatte Marian Marczak Belege zur Hand, nach denen über siebzig Prozent aller ausländischen Touristen deutschsprachig gewesen seien, und zwar mit steigender Tendenz.

Als über die Anträge unter Ziffer drei der Tagesordnung abgestimmt werden sollte, fragte Vielbrand nach der Meinung der geschäftsführenden Gesellschafter, die bisher geschwiegen hatten. Seit Wróbels Rücktritt und Abgang saßen beide wie unter einer Glasglocke. Oder waren sie auf Gedankenflucht: heimwärts in Alexandras Küche zum knienden Engel?

Reschke erhob sich zur Rede, was nicht üblich war, und sprach für beide: Nichts sei einzuwenden gegen zweisprachige Schilder, wenngleich er für viersprachige Inschriften, einschließlich russischer, plädiere. Wechselseitiger Respekt vor kultureller Leistung möge Teil jener Versöhnung werden, die Frau Piątkowska und er vor Jahresfrist zu fördern begonnen hätten. Seitdem habe sich das Versöhnungswerk einen Namen gemacht, nicht nur in Gdańsk, auch in Schlesien und Pommern. Immer mehr Friedhöfe stünden der Heimkehr offen. Deshalb müsse man zuallererst ihnen, den vielen Toten danken. Ihrer stummen Hilfe leite sich jene Kraft ab, die der Deutsch-Polnischen Friedhofsgesellschaft vonnöten gewesen sei. Doch seit geraumer Zeit leide die Idee, schlimmer noch: indem man ihr plattes Gewinnstreben beimische, rühre man eine üble Brühe an. Die rieche nicht gut, nein, die stinke zum Himmel...

An dieser Stelle seiner Rede muß Reschke laut geworden sein. Jedenfalls lese ich ihn mit Nachhall: »Hier und heute ist die Grenze des Zumutbaren erreicht! Die

Seniorenheime konnten von uns noch hingenommen werden, dienen sie doch ortsnah der Vorbereitung zum Tode; das Umbettungsgeschäft jedoch ist, weil es floriert, besonders verwerflich, wenn nicht obszön. Und nun soll Land genommen werden. Die hinlänglich bekannte Vergnügungssucht der Enkel- und Urenkelgeneration will man dafür zur Kasse bitten. Das Ganze verschönt mit versöhnendem Wortgeklingel, als wären Golfplätze erweiterte Friedhöfe nur. Nein! Das ist nicht mehr unsere Idee. Hier wird, was durch Krieg verlorenging, mit Wirtschaftskraft wieder eingeheimst. Gewiß, all das läuft friedlich ab. Keine Panzer, keine Stukas sind diesmal im Einsatz. Kein Diktator, einzig die freie Marktwirtschaft herrscht. Nicht wahr, Herr Vielbrand! Nicht wahr, Pan Vizedirektor der Nationalbank! Das Geld regiert! – Davon nehmen, unter Bedauern, beide Gesellschafter Abstand. Wir treten zurück.«

Ich sehe, daß sich Reschke, obgleich als Professor in freier Rede geübt, erschöpft setzte; doch wie kurz oder lang das Schweigen nach seinem Abgesang gewesen ist, bleibt nur zu vermuten. Spöttischer Beifall, etwa von Vielbrand gespendet, ist nicht vermerkt, wohl aber Alexandras Auftritt: »Gegen unsere Absprache ergriff sie das Wort und beklagte – wie zuvor ich – stehend das Scheitern der litauischen Komponente im Gesellschaftsvertrag. ›Schlimmer Zustand von Sowjetunion hat kaputtgemacht alles!‹ rief sie. Nur dank meiner Hilfe – ›weil Pan Aleksander hat immer Rücken gestärkt‹ – sei sie bis vor kurzem hoffnungsvoll gewesen. Dann bat Alexandra darum, den litauischen Paragraphen aus dem Gesellschaftsvertrag zu streichen und das gesondert geführte Konto ›Versöhnungsfriedhof Wilno‹ sozialen Zwecken zu verpflichten: ›Gibt arme Leute genug!‹ Danach wurde sie leise, wie ich gegen Schluß meiner Rede laut, allzu laut geworden bin. Da sie Satz nach Satz zuerst auf polnisch, anschließend in ihrem liebenswerten Deutsch gesprochen hat, konnte ich ihre Schlußsätze notieren: ›Jetzt geht nur um Polen noch. Nicht weil ich bin Nationalist bißchen, sondern weil ich hab' Angst. Warum Angst, wo ich ängstlich bin niemals? Pan Aleksander hat gesagt oft: Wir müssen aufpassen, daß Polen nicht kommt auf deutsche Speisekarte. Ich sag', was ich seh': Deutsche sind hungrig immer, auch wenn sie sind satt schon. Und das macht angst mir.‹ Dann hat sich meine Alexandra gesetzt, um sogleich nach den Zigaretten, der Spitze zu greifen. Sie rauchte, ohne auf die Dettlaff Rücksicht zu nehmen, mit geschlossenen Augen. Ihre vielen Armreifen klapperten...«

»Aber verehrte Frau Piątkowska! Was sollen denn diese Unkenrufe?« Das fiel Konsistorialrat Karau ein.

Reschke will Frau Johanna Dettlaffs halblautes Gezischel: »Man merkt ihr immer noch an, daß sie mal eine stramme Kommunistin gewesen ist«, mitgehört haben.

Und auch Vielbrand sprach stehend: »Wir alle sind bestürzt und empfinden Ihrer beider Rücktritt als schmerzlichen Verlust. Vorwürfe jedoch, die den angeblichen deutschen Heißhunger betreffen, muß ich entschieden zurückweisen. Wir haben, weiß Gott, aus der Geschichte lernen müssen. Man zwang uns, jahrelang in Sack und Asche zu laufen. Eher zu bescheiden treten wir auf. Niemand muß vor uns Angst haben!

Deshalb bitte ich Sie herzlich, nicht voreilig zu handeln. Sie sollten, verehrte Frau Piątkowska, gemeinsam mit unserem lieben Herrn Professor, Ihren Entschluß noch einmal bedenken. Wie heißt es doch so mitreißend in Ihrem Lied: ›Noch ist Polen nicht verloren…‹«

Danach wird es komisch oder einfach nur lächerlich oder peinlich. Mensch, Reschke! Welcher Teufel hat dich, hat unser Paar geritten, als es nach vehement ausgesprochenem Rücktritt kleinlaut bereit war, jenen aus dem Hut gezauberten »Ehrenvorsitz« anzunehmen, der, obgleich im Gesellschaftervertrag nicht vorgesehen, vom restlichen Aufsichtsrat ohne Gegenstimme beschlossen und den beiden angetragen wurde? Hofften sie, ihre vom zugreifenden Interesse verschüttete Idee wieder freischaufeln zu können? Dafür fehlte es am Instrument. Den Ehrenvorsitzenden war, außer der Ehre, nichts in die Hand gegeben. Kein Einspruchs- oder gar Vetorecht. Keine Unterschriften durften die beiden leisten oder verweigern. Die finanzielle Aufsicht wurde ihnen entzogen. Reschkes »stille Reserven« waren bald offengelegt, seine Transaktionen kamen ans Licht.

Kaum hatten sie als geschäftsführende Gesellschafter abgedankt und als Ehrenvorsitzende wieder Platz genommen, waren Frau Johanna Dettlaff und Marian Marczak bereit, nunmehr als Gesellschafter die Geschäfte zu führen, und gleich nach dem abermaligen Stühlerücken baten sie Vielbrand, den löchrig gewordenen Aufsichtsrat bis zur Vollzähligkeit zu ergänzen, worauf dieser zum Telefon griff und vier, genau vier, in ihren Hotelzimmern wartende Anwärter in den Sitzungsraum rief, wo sie begrüßt, befragt, dann berufen und von den restlichen Mitgliedern bestätigt wurden. Die beiden Ehrenvorsitzenden mögen gestaunt haben, weil alles vorbedacht war und wie geprobt klappte.

Zu den vier frischgebackenen Gesellschaftern gehörte Torsten Timmstedt, dessen von Düsseldorf aus planende Tätigkeit nur beiläufig erwähnt wurde, eine Selbstverständlichkeit, die niemanden überraschte, unser Paar ausgenommen. Nach Reschkes Aufzeichnungen war von den Neuen keiner jünger als dreißig, niemand älter als vierzig. Für die zurückgetretenen Brakup und Wróbel und den nunmehr geschäftsführenden Marczak nahmen zwei junge Männer, geboren und aufgewachsen in Gdańsk, und eine junge Frau Platz, die vorgab, deutscher Herkunft zu sein, doch die Sprache ihrer Eltern kaum verstand. Wenn Timmstedt, der für Frau Dettlaff in die Aufsicht kam, seine Erfahrungen als Manager in einem Versicherungskonzern gesammelt hatte, konnten die beiden anderen jungen Männer Berufserfahrungen ergänzender Art nachweisen: Der eine leitete ein Architekturbüro, das bereits Pläne für »Bungagolf« auf dem Reißbrett hatte, der andere war dem Sekretariat des Bischofs mit Sitz in Oliva verpflichtet. Die junge Frau sprachlos deutscher Herkunft wies sich als Teilhaberin eines privaten Reiseunternehmens aus, das der staatlichen Agentur »Orbis« Konkurrenz zu machen begann. Alle Neulinge waren überzeugt: Nur Leistung zählt!

Reschke, der Narr, schrieb in sein Tagebuch: »Erfrischend, wie vorurteilslos die jungen Leute, kaum in

Verantwortung, die restlichen Anträge sogleich zu gestalten begannen. Ganz in meinem Sinn setzten sie viersprachige Straßenschilder durch, wollten allerdings Russisch durch Schwedisch ersetzt sehen. Weniger gefiel uns, daß alle, Timmstedt voran, forderten, die ›Aktion Umbettung‹ mit größerem Nachdruck zu betreiben. Er sagte: Allen Planungsdaten könne man ablesen, daß die Sammelgräber regelmäßiger beschickt werden müßten. Die Anzahl vorausbezahlter Anträge stehe in ungünstigem Verhältnis zur relativ geringen Zahl vollzogener Zweitbestattungen. Mit Unruhe reagiere die Kundschaft – wirklich, er sprach von Kundschaft! – auf allzu lange Wartezeiten. Das Sekretariat in Bochum sei diesen und kommenden Aufgaben nicht mehr gewachsen. Das sehe auch Frau von Denkwitz so. Sie sei bereit, mit allen Unterlagen und Daten nach Düsseldorf umzuziehen, bitte jedoch um eine kurze Bestätigung durch den Herrn Ehrenvorsitzenden, dessen Vertrauen sie nicht enttäuschen wollte...« – Was blieb Reschke übrig, als zu nicken.

Dann schlug Timmstedt vor, weiteres Friedhofsgelände in Pacht zu nehmen, damit sich die Aktion »Umbettung« zügig abwickeln lasse. Ich weiß nicht, zu welchem Entschluß der erneuerte Aufsichtsrat gekommen ist. Kaum hatte Timmstedt seine Pläne offengelegt und mit dem Willen zu »flächendeckender Strategie« ein Stichwort geliefert, bat Alexandra ihren Alexander, mit ihr vorzeitig zu gehen. Sie sagte: »Du weißt, Engel wartet auf uns in Küche.«

So erfuhr unser Paar erst später, daß zwischen der ehemaligen Sporthalle, die in den sechziger Jahren zur

Baltischen Oper umgebaut worden war, und dem bereits gepachteten Areal der ehemaligen Vereinigten Friedhöfe ein weitläufiges Gelände, einst Kleiner Exerzierplatz, dann Maiwiese genannt, nunmehr der Friedhofsgesellschaft zur Verfügung stand: Wo Volksmassen aufmarschiert waren und den Endsieg vorweggefeiert hatten, wo inmitten der Masse Reschke und ich in Jungvolkuniform dabeigewesen sind, wo die Tribüne mit Fahnen und Zubehör ihren Sonntagmorgenschatten warf, sollten demnächst schon Sammelgräber dicht bei dicht Platz finden.

Übrigens wurde in jener Sporthalle kurz nach dem Kriegsende einem Gauleiter der Prozeß gemacht, der dem Sportstadion hinterm Versöhnungsfriedhof zeitweilig seinen Namen gegeben hatte; damals, als Reschke und ich noch Petrischüler waren, dann Luftwaffenhelfer wurden, danach zum Arbeitsdienst kamen; damals war oberhalb der Vereinigten Friedhöfe das Krematorium noch in Betrieb.

Der meterhoch kniende Engel auf dem mit Zeitungspapier abgedeckten Küchentisch. Ich muß zugeben: Mit Liebe beschreibt er seiner Alexandra Handwerk. Wie sakrale Gegenstände feiert er ihr Werkzeug und nennt das Vergolderkissen, auf dem sie das Blattgold in passende Quadrate schneidet, »ihren wie eine Palette geführten Altar, von dem sie mit einer aus Buchsbaum geschnitzten Pinzette feierlich langsam hauchzarte Blättchen abhebt, um sie mit dem Anstauchpinsel aus weichem Kamelhaar dem Kreidegrund auf dem Altholz des Engels anzudrücken. Ein aufklappbarer Perga-

mentschirm schützt die Blättchen auf dem Vergolderkissen vor heftiger Luft...«

Immer wieder weist Reschke darauf hin, daß nur
bei geschlossener Tür und dichten Fenstern vergoldet
werden darf. Ihm, dem untätigen Zuschauer, der allenfalls liest oder mit Freund Wróbel flüstert, ist jede ausla-
dende Geste untersagt; gelesene Seiten müssen behutsam umgeblättert werden, wie ja auch sie verzögert das
Blattgold abnimmt und anstaucht. Alles geschieht wie
in Zeitlupe. Nie hat sie beim Vergolden gelacht. Manchmal darf »gute Musik« den Hintergrund des Küchen-
idylls abtönen.

Er läßt nichts aus: ihren Polierstein aus Achat, die
verschiedenen Pinsel, mit denen in acht Schichten
übereinander der Kreidegrund aufgetragen wird, die
geschnitzelte Kalbshaut, aus der Alexandra auf dem
Küchenherd den Leim zubereitet, dem später China-
rinde unterrührt wird. Der Kunsthistoriker weiß und
verschweigt nicht, daß sich das Handwerk des Vergoldens viertausend Jahre lang treu geblieben ist. »Schon
die Ägypter haben Schlag nach Schlag jene hauchdünn
getriebenen Blättchen gewonnen, die heute noch, zu jeweils fünfundzwanzig Blatt versammelt, ein Heft Blattgold bilden...«

Es waren die letzten Bestände aus Dresden, die
Alexandra verarbeitet hat. »Ist Gold noch aus volkseigene Goldschlägerei«, sagte sie.

Den nur noch Ehrenvorsitzenden der Friedhofsgesellschaft wurde die windstill gehaltene Küche, in der
ein spätgotisch kniender Engel immer mehr Blattgold
annahm, zum zentralen Ort. Die beiden gingen kaum

noch aus, wenn man von den Krankenbesuchen bei Erna Brakup absieht, die »in immer kindlicher werdende Erinnerungen abtaucht...«.

Beim Vergolden wurde viel Kaffee getrunken. Er nannte den Engel »eine anonyme, wahrscheinlich süddeutsche, wenn nicht böhmische Arbeit«. Sie sagte: »Ist typisch Krakauer Schule.« Die Luftfeuchtigkeit in der Küche mußte ständig gemessen und auf gleicher Höhe gehalten werden.

Gesprochen wurde kaum beim Vergolden. Entweder legte er Langspielplatten auf, oder sie hörten einen Radiosender, der von früh bis spät klassische Musik von sich gab. Darüber das Glockenspiel vom Rathausturm, Schlag volle Stunde: »Wir lassen von Erde nicht, woher stammt unser Geschlecht...«

Der kniende, aus Lindenholz geschnitzte Engel blies eine Posaune: so konnte er dem Jüngsten Gericht zugeordnet werden. »Ursprünglich waren es viele, wird es ein Chor Engel gewesen sein, der, gänzlich vergoldet, durch Posaunenschall Grüfte gesprengt, Gräber geöffnet, Beinhäuser aufgeschlossen hat, auf daß in Erfüllung ging, was ich kürzlich wieder einer Bodenplatte im Mittelschiff von Sankt Trinitatis abgelesen habe: ›Nach vollbrachter Mueh und Jammer / Ruh ich hier in meine Kammer / bis ich eins werd Auferstehen / Und zur ewigen Freid eingehen.‹ Und dazu gab Alexandras Engel das Signal...«

Sie hatte die holzgeschnitzte Figur aus anderer Werkstatt übernommen. Vierungen, Pfropfen im Lindenholz, gespritzte und verspachtelte Holzwurmspuren zeugten von langwieriger Behandlung. Der auf linkem Knie kniende Engel muß in seinem geflickten Zustand erbärmlich ausgesehen haben: ein Veteran wechselnder Zeitläufte. Selbst nach dem komplizierten Auftragen der acht leimgebundenen Kreideschichten war ihm, wenngleich die Vergolderin keine Feinheiten der spätgotischen Faltenwürfe zuschlämmte, viel von seiner möglichen Schönheit vergangen.

Doch als der kniende Engel zusehends zu Gold kam, mit beiden Flügeln gülden glänzte, als Alexandra, nachdem sie das zwischen Weiß- und Rotgold legierte Material der Mastixschicht überm Kreidegrund aufgetragen hatte, schließlich den Goldbelag vom Posaunentrichter bis zu den Zehenspitzen mit dem Achatstein zu polieren begann, entstand die Figur in ihrer von anonymer Hand gewollten Schönheit aufs neue. Der vorher grämlich wirkende Ausdruck des blasenden, langgelockten, eher einen jungen Mann als eine Jungfrau im Faltenwurf verbergenden Engels gewann jene herbe Anmut, die, wie Reschke sagt, »frühe Riemenschneiderengel auszeichnet...«.

Dennoch hat er die wiederbelebte Arbeit künstlerisch nicht allzu hoch eingeschätzt: »Mit anderen Figurationen wird der Engel Beiwerk eines Altars gewesen sein, als dessen zentrales Motiv ich die Auferstehung vermute. Erstaunlich, wie das heruntergekommene Stück unter Alexandras Händen gewonnen hat. Immer wieder – nun beim Polieren der höher gelegenen Partien – verspricht sie sich und mir: ›Wirst sehen, wird sein wie neugeboren.‹«

Darüber wurde es Frühling. Als Alexandra Piątkowskas Küche ganz und gar vom hochglanzvergoldeten Auferstehungsengel bewohnt war, brachte der städtische Angestellte Jerzy Wróbel die Nachricht vom Tod der Erna Brakup.

Bevor sie unter die Erde kommt, muß ich nachtragen: den April über, genauer, seit dem 8. April war Reisefieber verbreitet, denn von diesem Datum an durften die Polen endlich visafrei über die Westgrenze hinweg durch Deutschland nach Frankreich, Holland, Italien reisen, sofern sie genügend Złoty beieinander hatten, um diese gegen westliche Währungen zu tauschen. Wünsche wollten erfüllt werden. Einige Wochen oder nur Tage lang sollten alle polnischen Kümmernisse vergessen sein. Doch kaum war die Grenze überschritten, schrie sich Haß heiser. Freigesetzte Gewalt schlug zu, Parolen aus dem Sprachschatz, Szenen aus dem Bilderbuch deutsch-polnischer Geschichte wiederholten sich häßlich, und alle schönen Worte der letzten Zeit verfielen abgewertet. Man mußte sich ängstigen. Wenig willkommen, verging den Polen die Reiselust; und deshalb war es gar nicht erstaunlich, daß viele, die eigentlich in Richtung Westen unterwegs sein wollten, zu Erna Brakups Beerdigung kamen.

Die Abdankung fand in der Kapelle seitlich des Friedhofs Matarnia statt. Das hatte ihr Jerzy Wróbel versprechen müssen: nicht auf dem Versöhnungsfriedhof, sondern auf Matern, wie es früher hieß, wollte sie liegen. Jung und alt, waren über hundert Leute in Schwarz gekommen; sie paßten nicht alle in die Abdankungskapelle. Auf Fotos sehe ich die Traube vorm Portal.

Die Brakup lag im noch offenen Sarg aus Kiefernholz. Langsam und laut ging es katholisch zu. Sie lag in ihrem schwarzwollenen Sonntagskleid. Alle sangen gerne und jammervoll. Nein, nicht winterliche Pelzstiefel, halbhohe Schnürschuhe trug sie, und auch den Filzhut hatte sie zu Hause lassen müssen: wie dünn ihr Haar das schrumplige Köpfchen deckte. Zwei Priester, der aus Brzeźno, der aus Matarnia, zelebrierten die Totenmesse. Die Brosche vom Hut jedoch, in deren Mitte ein herzjesuroter Halbedelstein glühte, hatte ihr jemand – vielleicht Freund Wróbel – am hochschließenden Kleid, knapp unterm Kinn befestigt. Die Priester und Meßdiener in Weiß und Violett. Um den Sarg Tulpen und Kerzen gestellt. Erna Brakups Finger hielten, miteinander verknotet, den Rosenkranz und ein Heiligenbildchen, auf dem Reschke die Schwarze Madonna erkannt haben will.

Und von ihm weiß ich, daß während der Totenmesse gebeichtet und die Hostie empfangen wurde. Da sich viele erleichterten, dauerte die Messe länger als eine Stunde. Reschke war weder katholisch noch sonst irgendwas; die Piątkowska jedoch, die ihm oft versichert hatte, wie gottlos sie dem Handwerk des Vergoldens nachgegangen sei und dennoch zwei Dutzend Altären zu neuem Glanz verholfen habe, rückte plötzlich in der Kirchenbank von ihm ab, verließ die Bank, wartete in langer Reihe vor einem der Beichtstühle, in denen die Priester ihr Ohr hinhielten, verschwand nach dem Klopfzeichen des Priesters im Beichtstuhl, kam in sich gekehrt wieder heraus, stand zwischen allen, die wie sie die Beichte hinter sich hatten, im Mittelgang, wartete in Demut die letzten Sünder ab, kniete später zwischen anderen in Schwarz vor der Kommunionsbank, legte den Kopf samt Hut in den Nacken, empfing die Hostie, kehrte mit niedergeschlagenem Blick zur Kirchenbank zurück, ging abermals auf beide Knie, bewegte die Lippen und lehrte ihren Alexander, daß in Polen gelebter Unglaube katholisches Verhalten nicht ausschließt. Er schreibt: »Ohne sie gefragt oder gar fragend bedrängt zu haben, hat sich Alexandra, übrigens lachend und schon auf dem Heimweg, mir gegenüber erklärt: ›Nun kann ich wieder sein gottlos bis nächstes Mal bißchen.‹«

Überhaupt muß die Beerdigung der Erna Brakup eine auch heitere Veranstaltung gewesen sein. Das Lächeln der Alten im glänzend weiß ausgeschlagenen Sarg, ein Lächeln, das mir auf einem der Fotos vorliegt und von dem der Fotograf behauptet, es sei »mehr ein spöttisches Grienen denn ein erlöst wirkendes Lächeln gewesen«, hat sich der Trauergemeinde übertragen. Viele der Übriggebliebenen waren gekommen. Und alle wußten Erna-Brakup-Geschichten zu erzählen. Als sich die Trauernden vorm Sarg drängten, um Abschied zu nehmen, wobei jeder und jede die verknoteten Finger tätschelte, hörte Reschke ein Abschiedsgebrabbel fern aller Traurigkeit: »Diä jeht bässer nu«, »Mußt diä nu nech mä kwälen«, aber auch: »Mecht miä bedanken, Erna«, »Machs jut, Erna!« und »Na, denn bis baldich, Erna.«

Die eigentliche Beerdigung verlief schnell. Ein lehmiger Boden dort. Vom Friedhofshügel gesehen, grenzte gleich hinterm Dorf der Flugplatz Rębiechowo an.

Das Flughafengebäude und die Frachthallen nur zu erahnen. Während der Beerdigung startete oder landete kein einziges Flugzeug.

Als der geschlossene Sarg aus der Abdankungskapelle getragen, als Kirchenbanner, drauf Heiligenbilder, entrollt wurden, als sich der Trauerzug – Priester und Meßdiener voran, Wróbel gleich hinterm Sarg – zum schwarzen Gewimmel formierte, das seinen Weg nahm, fuhr vorm Friedhofsportal in einem Taxi S. Ch. Chatterjee vor, um sich mit Kranz und Schleife dem Trauerzug einzureihen; auch er war schwarz gekleidet, was sein Fremdsein nicht aufhob.

Auf Matarnia liegen fast nur Kaschuben. Erna Brakup, geborene Formella, die neunzig Jahre alt wurde, fand ihren Platz zwischen Stefan Szulc und Rozalia Szwabe. Den runden Geburtstag der Alten hatte man noch im Januar, als Schnee lag, in der Hundegasse gefeiert. Ein Foto zeigt Wróbel und die Brakup beim Tanz.

Als Reschke gleich nach der Beerdigung Chatterjee begrüßte, soll der Bengale lächelnd, bei traurig abschweifendem Blick, gesagt haben:»Sie gehörte zu meinen besten Kunden. Besonders gerne ließ sich unsere Freundin zu Ihrem Spezialfriedhof fahren. Warum ist ihr Grab hier? War sie nicht deutsch genug?«

Spätestens jetzt fällt mir auf, daß sich in den Papieren meines Mitschülers Einbrüche von Wirrnis breitzumachen beginnen. Zeitsprünge werden üblich. Bei gleichbleibender Schönschrift verändern sich Abläufe mitten im Satz. Plötzlich liegt, was gerade geschehen ist, weit zurück. Soeben hat er noch Chatterjee, der im Taxi vorgefahren ist, als Friedhofsbesucher eingeführt, sieht ihn nun aber aus überdehnt zeitlicher Distanz, indem er als alter Mann zurückblickt, der nicht mehr Reschke, sondern wie vor der einst üblichen Eindeutschung von Familiennamen Reszkowski heißt und sich Jahre nach der Jahrtausendwende dunkel an Erna Brakups Beerdigung und Chatterjees Friedhofsbesuch erinnert: »... doch sobald ich versuche, mich auf jenen Tag zu besinnen, und mir als Ärgernis bewußt wird, daß ich damals noch meinte, nach meines Vaters Entschluß aus dem Jahr '39, eingedeutscht heißen zu müssen, fällt mir mein alter Freund Chatterjee ein, der als erster das heute überall praktizierte Rikschasystem erprobt hat...«

Und so beschreibt mir Reschke als Reszkowski die gegenwärtige Lage im Rückblick: »Ach, wie unheilschwanger damals die Welt aussah. Hunger und Kriege, ungezählte Tote und Flüchtlingsströme schon unterwegs, bald am Ziel... An allen Wänden Menetekel... Wer hätte damals hoffen mögen, daß Leben wieder lebenswert sein wird. Wer hätte zu glauben gewagt, die Stadt und ihr Umland werde sich doch noch wirtschaftlicher Blüte erfreuen dürfen. Zwar ist inzwischen alles fest in bengalischer Hand, aber diese Hand unterdrückt nicht. Das findet selbst Alexandra lobenswert. Demnächst will man in Großversuchen das veränderte Klima nutzen und im Werder Reis pflanzen, in der Kaschubei Sojabohnen anbauen. Die Neudeutschen tun sich schwer mit der veränderten Lage, während den Altpolen die asiatische Dominanz erträglich zu sein scheint, zumal der Hinduismus der katholischen Praxis nicht unbedingt widerspricht...«

Und schon beginne ich seinen Vorspiegelungen zu glauben: »Kürzlich ist in Sankt Trinitatis ein neuer Altar eingesegnet worden. Gleichgestimmt rufen dort die Schwarze Madonna von Wilna in ihrem Strahlenkranz und Calcuttas Muttergottheit, mit roter Zunge die Schwarze Kali, zur Andacht. Nun hat selbst Alexandra ihren Glauben gefunden, und neben ihr werde ich fromm...«

7

Alexander und Alexandra sahen von der Couch aus, was die Welt zu bieten hatte. Er sah in Hausschuhen zu, sie mit Zigarettenspitze, als zeitweilig Sturmfluten, Brandfackeln und Kurden als Flüchtlinge für Meldungen gut waren, indem sie in rascher Folge Bilder hergaben, die alles zuvor von der Couch aus Gesehene löschten: So hatte das Paar dem Golfkrieg zugeschaut, dessen Tote niemand zählen wollte.

Zur Couch und den Sesseln gehörte ein Tischchen, auf dem Knabberzeug stand. Als dann Vulkanausbrüche auf der Insel Luzon die zuvor gelieferten Bilder – brennende Ölquellen und die Flucht der Kurden, den verkündeten Sieg und die grob geschätzten Toten – unter Asche und Schlamm begruben, blieben die Folgen der abgewerteten Ereignisse dennoch für demnächst neue Bildfolgen ergiebig. Reschke, der alles Gesehene in Schönschrift zu Papier gebracht hatte, stand von der Couch auf und kam, Salzstangen knabbernd, zur Einsicht: Nichts findet ein Ende.

Dagegen rücke ich eine Meldung aus dem Herbst des Jahres '44 in meinen Bericht: Wir entkamen der Stadt Danzig, bevor sie in Flammen aufging. Aus dem Reichsarbeitsdienst entlassen, wurden wir auf Truppenübungsplätzen in Uniform gesteckt, er als Funker, ich als Panzerschütze ausgebildet, und westlich der Oder in den Endkampf geworfen. Und zufällig – Reschke, hörst du! – rein zufällig nur, nicht dank höherer Fügung, kamen wir davon, überlebten wir, blieben wir bis auf ein paar Schrammen heil und retteten uns in den Westen; doch Alexandras Bruder wurde im Jahr zuvor als Partisan erschossen, siebzehnjährig wie wir, und Reschkes Brüder waren seit Sommer '43 tot: Maximilian verbrannt als Panzerfahrer bei Kursk, Eugen nahe Tobruk von einer Tellermine zerrissen; sie fanden ihr Ende, wir nicht.

Diese Todesmitteilungen sind einem Gespräch beigemischt, von dem im Nachtrag berichtet werden muß. Bevor Erna Brakup mit verknoteten Fingern auf dem Friedhof Matarnia unter die Erde kam, besuchte das Paar zum letzten Mal die Fischerkate. Gleich nachdem Wróbel die Nachricht vom Ableben der Alten in die Küche und Werkstatt gebracht hatte, waren sie, wie bei allen Besuchen zuvor, mit der Straßenbahn nach Brzeźno gefahren, ein Schienenstrang, der mir aus anderer Geschichte, am Friedhof Saspe vorbei, alteingefahren ist. Doch zwingen weder die Straßenbahn noch der Abschiedsbesuch bei der aufgebahrten alten Frau zum Zeitsprung; es ist ein Spaziergang entlang der nur schlapp anschlagenden Ostsee in Richtung Jelitkowo, der sich in Reschkes Kladde in die Länge zieht, indem er ihn wiederholt erinnert, anfangs unmittelbar, dann aus Siebenjahresdistanz.

Stichwörtern lese ich ab, daß in Erna Brakups Kate Wohn- und Schlafzimmer sowie die Veranda überfüllt gewesen sind, kein Durchkommen, zu wenige Stühle. Ums Totenbett Gedränge der Stehenden. Kerzen, Blumen, der Geruch und so weiter. Er schreibt: »In der Veranda saß um einen Tisch laut betend Nachbarschaft versammelt, zu der sich Wróbel setzte, um mitzumachen, sobald ein Platz frei wurde. Mir fielen drei Untertassenteller auf, halb oder nur noch spärlich gefüllt mit Lutschbonbons, von denen die Singenden und Betenden nahmen, um bei Stimme zu bleiben. Der immerwährende Rosenkranz erlaubte endloses Beten, das von gesungenem Jammer unterbrochen wurde. Wróbel nahm von den Lutschern. Ich hielt mich abseits. Ohne Filzhut sah unsre liebe Erna ein wenig fremd aus, sie schien zu lächeln, doch gleich mir will Alexandra eher Spott als letzten Ausdruck erkannt haben: ›Weil wir immer noch machen Ehrenvorsitz, wo Ehre schon nicht mehr ist, lacht sie uns aus bißchen.‹«

Danach befindet sich das Paar übergangslos am Strand. Wróbel war bei den Lutschern geblieben, deren Vorrat, nach Bedarf, aufgefüllt wurde. Sie werden ihren Weg an der alten Volksschule vorbei durch die Dünen genommen haben. Reschke beschreibt die Ostsee als trüb, grau, unbewegt, sagt nichts übers Wetter, erwähnt nur kurz das seit Jahren über alle Strände der Bucht verhängte Badeverbot und ist dann bei den viel zu vielen Schwänen am Ufersaum, die er als »verseuchte Nutznießer der verseuchten See« beschimpft. »Dieser aggressive Ansturm! Zwei Schwäne können schön sein, aber eine verfressene, gesättigt noch gierige Horde Schwäne...«

Ich sehe beide aus wechselnder Sicht. Wie durch ein richtig gehaltenes, wie durchs verkehrt vorgehaltene

Fernrohr: weit weg, nahbei. Mal bin ich voraus, dann hinterdrein, bin ihnen auf den Fersen, überhole sie, sehe sie näher kommen, größer werden, wieder schwinden: das ungleiche Paar unterwegs. Als sie kurz vor Jelitkowo umkehrten, redeten sie immer noch, von Schwänen flankiert, aufeinander ein, sie an ihm vorbei, er über sie weg.

Und so gibt Reschke ihr Gespräch wieder: Erna Brakups Tod habe den Tod der Brüder bloßgelegt. Zusammenhänge zwischen den Toten des Golfkrieges und dem frühen Verlust der Geschwister seien deutlich geworden. Man habe sich in Gesellschaft befunden. »Denn nichts, sage ich, nicht einmal das Leben findet ein Ende. Alexandras erschossener Bruder, meine verbrannten, zerfetzten Brüder leben fort. Wenngleich verscharrt irgend- und nirgendwo, hocken sie dennoch in uns, wollen nicht aufhören, vielmehr gelebt, von uns gelebt werden...«

Danach berichtet er, ohne den Zeitsprung anzukündigen, nur noch Erfreuliches: »Wer hätte zu hoffen gewagt, daß diese verdorbenen Gewässer wieder fischreich sein und bei gleichbleibend milder Temperatur zum Baden einladen würden? An die Wiederaufnahme des Kurbetriebs war damals, als Erna Brakup aufgebahrt lag, nicht zu denken. Die Ostsee schien tot für immer zu sein. Auch ich sah zu jener Zeit nur trübe Zukunft voraus, weshalb meine liebe Alexandra meinen Hang, jedem noch so stabilen Gemäuer düstere Vorzeichen abzulesen, oft genug verspottet hat: ›Wer immer nur menetekelt, wird leben lange und sehen, daß Menetekel war falsch...‹«

Typisch für Reschke, daß er die Zeitspanne seines Rückblicks verkürzte, sobald ihm sein nahe Brösen ausgesprochener Heiratsantrag gegenwärtig wurde. Gleich nach der Eintragung: »Habe nachmittags, während wir den verdreckten Strand entlangliefen, Alexandra einen Heiratsantrag gemacht«, sieht er sich »seit nunmehr sieben Jahren« glücklich verheiratet. »Die Zeit hat unserer Liebe keinen Abbruch getan. Wenn auch weniger häufig, umarmen wir uns immer noch wie zum ersten Mal... Als ich mit meinem Antrag ihr spontanes Ja provoziert hatte, wird Alexandra geahnt haben, daß uns beiden ein glückliches Altern bevorstand, bei wechselseitiger Fürsorge, bedingt durch den Unfall und dessen Folgen...«; um sogleich den Bodensatz bleihaltiger Erinnerungen aufzurühren: »Dabei sind wir, bis kurz vor unserer Hochzeit, ziemlich deprimiert gewesen. Der Gedanke an ein gemeinsames Ende lag sozusagen griffbereit, denn Gründe genug machten ihr Angebot. Wir quälten uns mit dem nichtswürdigen Ehrenvorsitz ab. Dazu das Wetter. Ich erinnere mich: es wollte und wollte nicht Frühling werden. Dann kam der Ärger mit dem Wagen, dieser Unflat gehässiger Verdächtigungen. Kein Wunder, daß wir ihnen eines Tages, nein, bald nach meinem Heiratsantrag, den Krempel hingeschmissen haben, bei Gott nicht wortlos. Ach, die Erleichterung und die Leere danach. Kein Vorschein mehr. Nun waren wir ohne Idee...«

An zwei Stellen der Tagebucheintragungen korrespondieren die Lang- und Kurzzeitgeschichten miteinander. Reschke geht spielerisch mit den Lichtverhältnissen in Erna Brakups Veranda um: »Vorhin noch waren mir, als ich einen Blick auf die unablässig betenden, dann wieder erbärmlich katholisch singenden Trauergäste warf, die drei Untertassenteller voller rosa Lutschbonbons wichtig, und nebensächlich blieb das gefärbte, durch die Verandaverglasung verfärbte Licht; doch wenn ich heute versuche, mir ein Bild zu machen, sind es die überwiegend gelbgrünen Glasscheiben, die den Tisch und dessen Beisitzer in ein Aquarium versetzen. Stumm bleibt ihr Beten und Singen. Abgetaucht wird getrauert. Sie alle waren klagende Mitglieder einer Unterwassergesellschaft, anwesend und weit weg zugleich...«

An anderer Stelle verwandeln sich ihm die vielen, »zu vielen gierigen Schwäne im seichten Ostseesud« nach Jahren Distanz zu einem einzigen gefräßigen Schwan, »der damals versucht hat, mit seinem Gebettel meine Erklärung zu überschnattern. Wie gut, daß sich Alexandra noch heute zwar nicht an den Schwan, wohl aber an meinen, zugegeben, altmodisch steif gesetzten Antrag erinnert: ›Wollen wir, Liebste, nun auch vor dem Gesetz Mann und Frau sein?‹ Und ich weiß ihre Antwort noch: ›Jajaja!‹«

Nachdem sie alle Formalitäten hinter sich hatten, fand die Hochzeit am 30. Mai statt. Doch Mitte Mai mußte unser Paar noch einmal ehrenhalber der Aufsicht beisitzen. Frau Johanna Dettlaff und Marian Marczak berichteten vom Treffen aller geschäftsführenden Gesellschafter der nunmehr ganz West- und Nordpolen umfassenden Friedhofsgesellschaften. Von überall her wurden langfristige Pachtverträge als Erfolg gemeldet. Die Zahl der Versöhnungsfriedhöfe versprach, sich demnächst auf hundert zu runden, entsprechend schnellte der Umsatz hoch. Beim Treffen der Gesellschafter war die Gründung einer Zentralverwaltung in Warschau nicht zu vermeiden gewesen. Marczak beteuerte, es seien, außer Gdańsk, Kraków und Poznań erwogen worden, doch habe nach heftigem Streit die Hauptstadt den Zuschlag bekommen. »Das ist nun mal polnische Tradition, die wir als Deutsche zu respektieren haben«, sagte Frau Dettlaff.

Konsistorialrat Karau und Hochwürden Bieroński nannten die Zentralverwaltung »einen Wasserkopf« und »absurd bürokratisch«. Erregt der eine, mit Schärfe der andere, baten beide darum, sie zu entlasten und ihre Plätze im Aufsichtsrat umgehend neu zu besetzen.

Abgesehen von den Rücktrittswünschen, die bedauert wurden, löste die »flächendeckende Ausweitung des Versöhnungsgedankens« Beifall aus, zumal das Programm »Den Lebensabend in der Heimat verbringen« durch Betrieb von Seniorenheimen, die »Aktion Umbettung« durch Zweitbestattung und das Projekt »Bungagolf« überall Nachahmung fanden.

Von letzten Erfolgen berichtete als Mitglied des Aufsichtsrats der Düsseldorfer Planungschef Torsten Timmstedt: Tatsächlich habe sich golfgünstiges Gelände mit Seeuferlage, geeignet für eine Bungalowsiedlung, in der Kaschubei nahe Kartuzy gefunden. Bei Abschluß des Vertrages habe man eine nur sechzig Jahre dauernde Pachtfrist ausgehandelt, allerdings mit eingeschriebenem Vorkaufsrecht. Ähnlich verfahre man neuerdings in Olsztyn, wo die Friedhofsgesellschaft ein erstes »Bungagolf«-Projekt zwischen den Masurischen Seen plane. Aus Elbląg liege die Absicht vor, die sogenannte Geneigte Ebene zu erschließen. Weiteres Interesse werde aus Niederschlesien und von der Küste Pommerns gemeldet.

Reschke hat Timmstedt zitiert: »Auf Dauer gesehen ist nichts überzeugender als der Vorteil... Endlich beginnt man in Polen gesamteuropäisch zu rechnen, das heißt zu denken... Schließlich wird der Besitz von Grund und Boden in Zukunft zweitrangig sein... Das und noch mehr versichern wir unseren freundlicherweise anwesenden Ehrenvorsitzenden, denen zu danken die Deutsch-Polnische Friedhofsgesellschaft allen Grund hat.«

Danach wurde anderes dringlich. Die Vielzahl anreisender Trauergäste, diese permanente Invasion Leidtragender, hatte Risiken zur Folge, weil immer mehr hochschwangere Frauen der Enkel- und Urenkelgeneration die Reise nicht scheuten: vor oder nach Beerdigungen war es zu plötzlicher Niederkunft, zu Frühgeburten gekommen. Frau Johanna Dettlaff, die Bericht gab, sagte: »Zwar ist es erfreulich, daß in unserer alten Heimat nun wieder Deutsche geboren werden, doch dürfen wir das ohnehin überforderte Krankenhauswesen unserer polnischen Freunde nicht zusätzlich belasten.«

Sogleich wurde man einig, im Seitenflügel des geräumigen Seniorenheims am Pelonker Weg eine Entbindungsstation mit Kreißsaal einzurichten. Es hieß: »Natürlich muß die medizinische Ausstattung von westlichem Niveau sein, doch wird es in Polen gewiß nicht an Ärzten und Hebammen fehlen, die qualifiziert genug sind, unsere Neu-Danziger Erdenbürger auf die Welt zu bringen...«

Dann kamen Muster viersprachiger Straßenschilder und Schilder für Baudenkmäler zur Ansicht. Entwürfe, auf denen die Namen und die Daten kulturhistorischer Anmerkungen in gleich großer Schrift untereinander standen, wurden abgelehnt. Die deutschen Mitglieder der Aufsicht meinten, es müsse die zuoberst verlaufende polnische Inschrift deutlich größer ausfallen als die drei anderssprachigen Beschriftungen. Soviel Rücksichtnahme führte dazu, daß man sich Komplimente machte. Sogar die Ehrenvorsitzenden beteiligten sich entspannt an diesem Geplänkel.

Als jedoch Alexandra Piątkowska fragte, ob angesichts der wirtschaftlichen Entwicklung der Stadt mit einer fünften Schriftzeile gerechnet werden müsse, und zwar in bengalischer Sprache und Schrift, fand man das nicht besonders witzig. »Soweit kommt es noch!« rief Vielbrand. Marczak versicherte: »In Polen undenkbar!« Nur Timmstedt blieb locker: »Warum nicht? In einer freien Gesellschaft ist alles möglich.«

Bei Reschke stehen Alexandras Frage und Timmstedts Freizügigkeit vor einem Hinweis in ferne Zukunft: »Die guten Leute, Marczak voran, werden sich wundern, wenn eines Tages die Grunwaldzka, die vormals Große Allee, dann Hindenburgallee, darauf Stalinallee geheißen hat, nach nur kurzer Zeit, in der sie nach ihrem Gründer, dem Bürgermeister Daniel Gralath benannt ist, dessen Wappen übrigens ein Löwe krönt, der zwei silberne Krücken geschultert trägt, endlich den Namen meines bengalischen Geschäftsfreundes tragen wird, dem weltweit die Förderung des innerstädtischen Rikschaverkehrs ... «

Allerdings hat sich Reschke bereits im nächsten Satz, der, wie nun häufig, aus Abstand geschrieben wurde, korrigiert: »Chatterjees Bescheidenheit führte dazu, daß die ehemalige Allee Grunwaldzka nun, auf Antrag der einflußreichen bengalischen Minderheit, Rabindranath-Tagore-Allee heißt. Nichts Ungewöhnliches, wenn Alexandra und ich bedenken, wie viele Straßen, Plätze, Städte, Stadien und Werftanlagen im Verlauf unseres Lebens ihre Namen haben ablegen, ändern, erneuern müssen, mehrmals, nach jeder Kehrtwende der Geschichte, als wolle das Um- und Umbenennen kein Ende nehmen.«

Den hier berichteten Sitzungsverlauf sollte man sich nicht mehr im siebzehnten Stockwerk des Hotels Hevelius vorstellen. Der Magistrat der Stadt hatte der Friedhofsgesellschaft im nahegelegenen Altstädtischen Rathaus mit einem Sitzungstisch aus schwerer Eiche und dem Dutzend Altdanziger Eichenstühle einen Raum gestellt, der ganz im Stil des siebzehnten Jahrhunderts gehalten war.

Es gibt Fotos von dieser Sitzung am langen Tisch, an dessen Kopfende die Gesellschafter Dettlaff und Marczak geschäftsführend vorsitzen, dessen zur Tür weisendes Ende mit unserem Paar, den immer noch Ehrenvorsitzenden, besetzt ist. An den Langseiten des Tisches hat der Aufsichtsrat Platz genommen, doch sitzt nicht die deutsche der polnischen Seite steif gegenüber; in bunter Reihe hat sich eine Sitzordnung ergeben, nach der Vielbrand als Vorsitzender zwischen zwei Neumitgliedern sitzt: links von ihm trägt die junge Chefin der Agentur für Touristik ihren Scheitel madonnenhaft, ihn erkenne ich an der randlosen Brille und am Bürstenhaarschnitt, die oft bei Reschke erwähnt werden. Gewiß kann ich sagen: Der hoch aufgeschossen sitzende Herr, der sein gewelltes Haar silbrig weiß wie eine den Stilmöbeln angepaßte Perücke trägt, ist, kurz nach erwünschtem Rücktritt, Konsistorialrat Karau; der dort gelangweilt im Lehnstuhl lümmelt, dürfte, nicht nur der Berufskleidung wegen, Hochwürden Bieroński sein, gleichfalls zurückgetreten. Den restlichen Mitgliedern kann ich nicht ansehen, ob sie polnischer oder deutscher Nation sind: Relativ jung, strahlen sie wenig Profil, aber viel Nettigkeit aus, verbunden mit jenem lässigen Leistungswillen, der fortan zugunsten der Friedhofsgesellschaft Kasse machen wird. Der da, jünglingshaft unverbraucht, mag Torsten Timmstedt sein, wie er gerade anhand von Modellen, nicht größer als Zündholzschachteln, die neue Sargkultur der Aufsicht nahezubringen versucht.

Durch eine Lupe erkenne ich farblich abgestimmte, eiförmige, verschachtelte, zur Pyramide gespitzte oder zur Violine verfremdete Särge, die Timmstedts Kundendienst zukünftig, neben herkömmlichen Särgen, die sich zum Fußende hin verjüngen, im Angebot führen wird. Sie sollen das Begräbniswesen durch postmoderne Gestaltung aus starrer Routine befreien. Sogar Schneewittchens gläserner Sarg will in Mode kommen.

Bei Reschke steht dazu: »Durchaus vertretbar diese künstlerische Weiterentwicklung der klassischen, doch mittlerweile protzig verkommenen Sargform. Und leicht fiel es mir, das von Timmstedt vorgeschlagene Verbot von Särgen aus tropischen Hölzern wie Teak, Mahagoni und Palisander zu begrüßen...«

Was mögen die immer noch rüstige Dame, der elegante Vizedirektor zu den allerneuesten »Erdmöbeln« gesagt haben? Beide geben, die Fensterfront im Rükken, nur von der Sitzordnung her ein Paar ab, während die Ehrenvorsitzenden, selbst hinter hohen Stuhllehnen fotografiert und mehr erahnt als gesehen, gepaart wirken, wenngleich sie noch nicht verheiratet sind.

Viel mehr sagen die Fotos nicht. Die üppig geschnitzten Lehnen der feierlich schwarzbraun polierten Stühle täuschen, so unbequem hartkantig sie sein mögen, dennoch barocken Rückhalt vor: Verspätet könnte der Astronom und Braumeister Johann Hevelius, der seinerzeit dem altstädtischen Rat angehörte und nahbei in der Pfefferstadt wohnte, zwischen den Vertretern der Deutsch-Polnischen Friedhofsgesellschaft Platz nehmen und über Mondphasen oder die Begräbniskosten seiner kürzlich verstorbenen Ehefrau Catharina, einer geborenen Rebeschke, berichten...

Mein Material wird knapp, doch liegen seitlich Zettel gestapelt, voller Hinweise, die folgenlos blieben. Nach einer Notiz will Reschke mit Timmstedt ein Gespräch über die neue Sargkultur führen, zudem die Gründung einer Nekropole nahe dem einst ostpreußischen Städtchen Rastenburg vorschlagen und überdies eine Ausstellung anregen, in der »etruskische Sarkophage, Tumben, Beinhäuser und traditionelle Särge zu den neuesten Kreationen einen kulturgeschichtlichen Bogen schlagen...« Daraus wurde nichts. Oder hat Timmstedt später Schaustellungen dieser Art gefördert?

Auf einem anderen Zettel wird schöngeschrieben der Rat erteilt, Alexandra möge endlich die Dauer ihrer aktiven Mitgliedschaft in der Polnischen Vereinigten Arbeiterpartei dokumentieren, damit sie, falls es zu Verdächtigungen komme, vorbereitet antworten könne. Keine schriftliche Rechtfertigung liegt mir vor. Sicher ist nur: als junges Mädchen trat sie gläubig ein, mit fünfzig trat sie verbittert aus. Bei den Weltjugendfestspielen in Bukarest hat sie in kurzer Rede Stalin als Befreier Polens gefeiert. Danach Zweifel, Zaudern, Mitmachen, Scham, Schweigen, Sichtotstellen. »Na, war ich Karteileiche, wie man auf deutsch sagt, lange vor achtundsechzig schon, als in Warszawa antisemitische Schweinerei ging los...«

Das steht in Reschkes Tagebuch mitsamt seinem Mitgefühl: »Sie klagt sich an, zählt Versäumnisse auf, will aber bis zum Austritt – ›Kriegsrecht hab' ich nicht schlucken gekonnt‹ – auf irgendwas gut kommunistisch gehofft haben. Was könnte ich ihr als Trost bieten? Meinen dumpfen Trotz? Die unbeirrbare Gläubigkeit des Hitlerjungen? Wir werden wohl damit leben müssen. Wir leben noch immer damit. Und dann scheiterte auch noch unsere Idee...«

Am folgenden Wochenende machten sie einen Ausflug in die Kaschubei. Zwar fuhren sie mit Wróbel am

Steuer, doch sind sie nicht mit dessen Polski Fiat unterwegs gewesen. Auf einem Notizzettel steht: »Endlich mit neuem Wagen ins Grüne.«

Das Wetter wird sie nicht verlockt haben. Wenn im Vorjahr alles zu früh, viel zu früh gekommen war – der Raps, die Unken –, war in diesem Frühjahr alles spät, viel zu spät dran. Die Obstblüte hatte unter Nachtfrost gelitten. Nicht nur die Bauern klagten, die allgemeine Stimmung entsprach dem naßkalten Mai. Satt an Unheil, bedrängten Meldungen einander, und die Politiker retteten sich, weil zu Haus nichts klappte, in die Zimmerflucht des Europagedankens. Geeint waren die Deutschen uneiniger denn je; und das freie Polen überließ sich nunmehr den Zwangsverordnungen der Kirche. Nichts wollte unbeschwert anfangen. Selbst Mitte Mai war an Rapsblüte nicht zu denken.

Doch als sie zu dritt ins Grüne fuhren, muß das Wetter wechselhaft gewesen sein: ab und zu brach die Sonne durch. Sie fuhren zu den Radauneseen, Richtung Chmielno. Alexandra hatte ein Picknick vorbereitet: diesmal keine sauer eingelegten polnischen Pilze und hartgekochten Eier. Aus Dosen sollten grönländisches Krabbenfleisch und norwegischer Räucherlachs gegabelt werden, dazu Käse aus Frankreich, Mortadella und Salami in Scheiben, dänisches Bier und spanische Oliven. War ja alles zu haben, wenn auch teuer, zu teuer, sogar Früchte aus Neuseeland, Kiwi genannt.

Es kam nicht zum Picknick. Vor und nach zu kurzen Aufheiterungen ließen Regenschauer ihr spätes Frühstück ins Wasser fallen, dennoch machten sie irgendwo halt. Beim Abstieg von der Chaussee zum tiefliegenden Seeufer zeigte sich, daß Alexandra wieder einmal untaugliche Schuhe trug. Im Ufergestrüpp fanden sie zwischen Schilf eine kleine Bucht, die Besuch kannte, denn verkohlte, regennaß glänzende Reste eines Lagerfeuers gaben Zeugnis, dazu im Halbkreis Steine, wie sie häufig an Feldrändern liegen. »Manche sind hier so groß wie jene Findlinge, die auf dem Versöhnungsfriedhof mit schlichter Inschrift Verwendung finden, neuerdings auf Sammelgräbern.«

Ein Dutzend Pfadfinder mochten die Feldsteine in die schilfbestandene Bucht ans Lagerfeuer gerollt haben. Nun saßen sie zu dritt drauf. Die Piątkowska rauchte sofort, obgleich Mücken keinen Vorwand boten. Der Picknickkorb war im Wagen geblieben. Alle drei schwiegen auf ihren Steinen. Von fern kamen Stimmen über den See, rauh, wie im Streit, dann wieder Stille. Wróbel ließ einige Steine flach übers Wasser springen und setzte sich, als niemand mitmachen wollte. Abermals fern rauhe Stimmen. Dann brüllten von jenseits der Chaussee, wo sie den neuen Wagen abgestellt hatten, Kühe heiser, wie kurz vorm Abstechen. Und abermals Stille, zumal der Himmel überm See ohne Lerchen war.

Reschke hat mir die Landschaft beschrieben, als hätte er sie mit dem Aquarellpinsel ausmalen wollen: den nach links locker stehenden Mischwald, die zum See hin auslaufenden Felder, einen hölzernen Stall mit Flachdach auf vorgelagertem Hügel, abermals Wald, dann wieder Felder und inmitten der Felder Baumgruppen. Keinen Kahn, kein Segel, nur zwei schwimmende

Enten erwähnt er, im Gegenverkehr. »Selten rillt Wind den See.«

Und dann, nachdem er alles brav ausgepinselt hat, sogar den altbraunen Stall, sagt er dem See eine Spiegelung nach, die ich nur wörtlich nachschreiben kann: »So unbebaut das Land – wenn man vom Stallgebäude absieht – über dem See gehügelt ist und Wechsel nur zwischen Feld und Wald bietet, gespiegelt, auf glatter Fläche gespiegelt, lese ich ein anderes Bild ab: Mit ziegelroten, nicht etwa schindelbraunen Dächern zuunterst, säumt das Ufer eine Siedlung, die in Terrassen hügelwärts steigt, sich dabei sorgsam der Landschaft anschmiegt, sie aber gleichwohl in Besitz nimmt, so daß kleinere Waldstücke und Baumgruppen dem Willen des planenden Architekten und des ausführenden Baumeisters haben weichen müssen, damit der geschachtelten Kompaktheit dieser Siedlung, in der ich das Spiegelbild einer mir vom Entwurf her vertrauten Bebauung sehe, nichts Hinderliches im Weg steht. Wenn man will, könnte man diese Ansiedlung, die hügelwärts, doch mir zuunterst, ein Clubgebäude krönt und der, zwischen Hügeln und über sanfte Hügel hinweg, ein weitläufiges Gelände, geeignet und begrünt fürs Golfspiel, zugeordnet ist, als geschmackvoll ansehen, ja, gelungen nennen, weil der mir kopfstehende Baukomplex landschaftspflegende Sorgfalt beweist; und doch erfüllt mich diese Spiegelung, je länger ich schaue, mit Trauer, die zunimmt, selbst jetzt, nachdem Windstöße die Seefläche aufgerauht und das Bild zerstört haben. Wir sollten gehn, Alexandra.«

Ich weiß nicht, ob Reschke seine Vorwegsicht – oder sage ich besser: Vision – der Piątkowska und Wróbel mitgeteilt hat, wenn ja, bezweifle ich, daß die beiden fähig gewesen wären, das den verschachtelten Tätigkeiten der Baugesellschaft »Bungagolf« vorauseilende Spiegelbild zu erschauen. Das konnte nur er! Nur du hast Weitblick bewiesen. Nur er war der Zeit voraus. Aber den Rücktritt vom Ehrenvorsitz der Deutsch-Polnischen Friedhofsgesellschaft haben Alexander und Alexandra gemeinsam vollzogen.

Sie haben sich schriftlich erklärt. Zusätzlich will Reschke dem Aufsichtsrat ein Tonband geschickt haben, auf das beide, er länger, sie kürzer, gesprochen hatten. Das geschah tags drauf, so eilig waren sie von Entschluß.

Zum Zeitpunkt ihres Rücktritts hatte die Friedhofsgesellschaft, deren Aufsicht im altstädtischen Rathaus tagte, schon eigene Büroräume, und zwar nahe dem Werftgelände, in der Etage eines Hochhauses, gebaut während der Gierekzeit. Ein Stockwerk höher zahlte die Firma Chatterjee & Co. Miete. Da bei Prüfung aller Konten offenbar geworden war, auf welch gewinnbringende Weise, doch ohne Wissen der Aufsicht – nur Marczak wußte und schwieg –, Reschke das verzweigte Kapital der Friedhofsgesellschaft angelegt, dann aufgestockt, in jede neue Montagehalle gesteckt und so die Rikschaproduktion mit den Interessen der Friedhofsgesellschaft verknüpft hatte, konnte als naheliegend verstanden werden, daß die Verwaltungen der expandierenden Gesellschaft und der auf Export zielenden Firma im gleichen Hochhaus, Stockwerk über Stockwerk, eingemietet waren.

Dort gab Reschke das Tonband ab und gleichfalls Alexandras Personalcomputer. In seiner Erklärung – und auf dem Tonband – weist er darauf hin, daß dieses Gerät, in Korrespondenz mit seinem Bochumer Heimcomputer, bei der tätigen Umsetzung der Idee treue Dienste geleistet habe; sogar einen Scherz bringt er unter: »Selbstverständlich übergeben wir unseren Datenspeicher absolut virusfrei.«

Die Tonbandaufzeichnung war Nachtarbeit. Ein erster mißglückter Versuch wurde am Seeufer gemacht: »Das Wetter war zu unbeständig. Nicht einmal zum Picknick hat es gereicht. In diesem Frühjahr kommt alles zu spät. Deshalb wohl ließen sich keine Unken hören...«

Der zweite und nächtliche Versuch glückte dank Manipulation. »Unkengeläut, das wir im Frühling des vergangenen Jahres, das früh, gewiß zu früh begann, zwischen Kopfweiden im flachen Werder aufgenommen hatten, wurde uns behilflich. Damals fingen wir über längere Dauer das melodische, wenn auch tieftraurig stimmende Rufen einiger werbender Tieflandunken ein, welches wir nun unserem gesprochenen Text, oder sage ich besser: Abgesang, unterlegt haben, wobei wir die Pausen zwischen Ruf und Ruf nutzten, um so, mit Hilfe der Natur, unserer warnenden Vorausschau Ausdruck zu geben.«

Mir liegen nur Kopien der geschriebenen Texte vor, doch da zu Reschkes Nachlaß jenes Tonband vom Vorjahr gehört, auf dem er Unkenrufe als Vorrat eingefangen hatte, ahne ich, wie die Manipulation beim Abspielen auf den versammelten Aufsichtsrat gewirkt hat.

Mehr als amüsiertes Kopfschütteln wird den noch jungen Leuten nicht eingefallen sein. Vielbrand, ich bin sicher, hat sich an die Stirn geschlagen, und Frau Dettlaff mag halblaut nach dem Psychiater gerufen haben. Bestimmt fand Marczak, mit seinem Sinn für theatralische Gesten, Gefallen an dieser Darbietung. Und Torsten Timmstedt traue ich zu, das Ganze als gelungene Collage gehört zu haben.

Der polnisch geschriebene und gesprochene Text der Piątkowska ist kurz; ich habe ihn mir übersetzen lassen. Nach erklärtem Rücktritt heißt es: »Da eine Ehrenvorsitzende Ehre zu machen hat und all jene, denen sie vorsitzt, ihr Ehre machen sollten, ich aber nur Gewinnsucht und keine Ehre mehr erkennen kann, hebt sich meine Tätigkeit auf.«

Reschkes Erklärung ist länger, weil er noch einmal sein Thema, das Jahrhundert der Vertreibungen, auf Breitwand projiziert, indem er mit den Armeniern beginnt, keinen Flüchtlingstreck, keine Zwangsumsiedlung ausläßt und schließlich mit den vertriebenen Kurden aktuell wird. Danach entwickelt er aus dem weltweiten Heimatverlust seine und Alexandras ursprüngliche Idee, die Heimkehr der Toten und den Versöhnungsgedanken, ruft: »Zweieinhalb Quadratmeter Heimaterde sind und bleiben Menschenrecht!«, ordnet diesem Rechtsanspruch das begrenzte Friedhofsangebot bei, kommt dann auf die allgemein fragwürdige, durch Abwässer, Giftstoffe und Überdüngung geminderte Qualität der Erde, spiegelt nun mit Hilfe jener Voraussicht, die er kurz zuvor an einem kaschubischen Seeufer erprobt hatte, die räumlichen Konsequenzen der

in Planung befindlichen »Bungagolf«-Projekte, weiß
Wörter wie »räuberisch«, »Spottgeburt«, »Teufelswerk«,
entwirft ein Schreckensbild herrischer Landnahme,
sagt: »Abgesang, nimmermehr, Weltverlust«, um dann
plötzlich, ohne Übergang, auf die Tätigkeiten der
Deutsch-Polnischen Friedhofsgesellschaft aus Zehnjahresdistanz zurückzublicken: »Wenn ich nunmehr erkennen muß, daß aus dem damals allerorts gepachteten
Friedhofsgelände Besitztitel geworden sind, weit
schlimmer, die Ufer einst wolkenspiegelnder Seen in
Masuren und in der Kaschubei überbaut, verbaut und
der Besitzgier anheimgefallen sind, kommen mir Zweifel, ob unsere Idee gut und richtig gewesen ist; selbst
wenn sie richtig gedacht und gut gemeint war, ist sie
doch zum Schlechten mißraten. Heute weiß ich, wir
haben versagt, sehe aber dennoch, wie sich gegenwärtig alles zum Besseren fügt. Falsches schlägt richtig aus!
Dem deutschen Heißhunger hat das genügsame Asien
den Tisch gedeckt. Hochzeitlich blüht die polnisch-
bengalische Symbiose. Sie beweist Krämerseelen,
welch begrenzten Wert Besitztitel haben. Sie zeigt an,
wie asiatisch vorbestimmt Europas Zukunft ist: frei von
nationalstaatlicher Enge, von keinen Sprachgrenzen
eingezäunt, vielstimmig religiös und überreich an Göttern, zudem wohltätig verlangsamt, weil neu temperiert und im feuchtwarmen Klima geborgen...«
Und wie zu Alexandras wenigen Worten höre ich
das allen zuletzt beschworenen Bildern unterlegte
Rufen der Tieflandunken. Nach jedem Vorschein von
Zukunft setzen sie eine Zäsur, ihr wehmütiges Geläut.
Einen schöneren Abgang hätte sich unser Paar nicht
ausdenken können.

Es waren Rotbauchunken, die im flachen, knapp unterm Meeresspiegel liegenden Werder schon immer heimisch gewesen sind. Ach, wie haben uns Kinder die Kopfweiden bei Abendnebel erschreckt, immer näher rückende Gespenster, dazu das werbende Locken der mit Schallblasen gerüsteten Männchen, die auf der Wasserfläche des verzweigten Grabensystems trieben. Bei höheren Wassertemperaturen waren die Intervalle zwischen den Rufen kürzer. An einem warmen Maitag schaffte eine Rotbauchunke, auch Tiefland- oder Feuerunke genannt, bis zu vierzig Rufe in der Minute. Riefen mehrere zur gleichen Zeit, schwoll ihre Klage – überm Wasser besonders hallend – zum endlos schwingenden Ruf...

Ich nehme an, daß Reschke nur ouvertürenhaft einen Chor, dann eine einzelne Tieflandunke auf dem Tonträger gehabt hat. So konnte er zwischen Ruf und Ruf einzelne Wörter wie »deutscherseits« und »räuberisch« oder »Menschenrecht«, aber auch »heimatlos« und »nimmermehr« aufs Podest heben. Nur so ließ sich mit dem vom Unkengeläut gehobenen Wort »hochzeitlich« die zukünftige polnisch-bengalische Symbiose feiern; ein Wort übrigens, das, je näher der Termin der Eheschließung rückte, immer häufiger in sein Tagebuch fand.

Doch bevor ich das Paar vor den Tisch eines Standesbeamten stellen kann, muß noch einmal von Reschkes Verhältnis zu Autos berichtet werden. Da mein Mitschüler gelegentlich abfällig über Mercedesfahrer geurteilt hat und auf Notizzetteln verächtlich von BMW-Fahrern spricht, ich zudem ahne, daß seine Manier, sich altmodisch elegant zu kleiden, auch bei der Wahl seines Autos den Ausschlag gegeben haben kann, sah ich ihn lange, wann immer er zwischen dem Ruhrgebiet und Gdańsk, Gdańsk und Bochum unterwegs war, in älteren Modellen am Steuer; doch als ich kurz vor Erna Brakups Rücktritt in seinem Tagebuch las, »mein Wagen von unbewachtem Parkplatz gestohlen«, war ich sicher, daß die Autodiebe, deren Hehler als Zwischenhändler den polnischen Markt landesweit bedienten, niemals hätten versucht sein können, ein Skoda-Modell oder einen noch so gepflegten alten Schlitten, etwa einen Peugeot 404, Baujahr 1960, zu klauen und umzufrisieren; es mußte schon etwas teuer Westliches sein. Hat Reschke mit einem Porsche Diebe gereizt? Jemand riet mir, ihm einen Alfa Romeo zuzumuten, zuletzt tippte ich auf schwedische Modelle, Saab oder Volvo.

Auf jeden Fall war er seit Mitte März ohne Auto. Wie berichtet, fuhr das Paar zu Krankenbesuchen mit der Straßenbahn. Auf längere Fahrten nahm Jerzy Wróbel sie mit. Auch nach Matarnia, zur Beerdigung, haben sie sich mit dem Polski Fiat beholfen. Erst als sie in die Kaschubei fuhren, um mit dem Tonbandgerät Unkenrufe aufzuzeichnen – aber es rief keine Unke –, hat er mit einer Notiz den »neuen Wagen« vorgestellt.

Wieder ist kein Autotyp angegeben, doch muß es ein teures Modell gewesen sein, denn der Kauf geriet zum Ärgernis.

Gleich nachdem sie den Ehrenvorsitz niedergelegt hatten und sich frei, wie befreit zu fühlen versuchten, wurde die Aufsicht der Friedhofsgesellschaft zu einer Sitzung aus besonderem Anlaß einberufen. Weil Frau Johanna Dettlaff in ihrem Antrag die Präsenz der ehemals Ehrenvorsitzenden gefordert hatte, mußten sich Reschke und die Piątkowska einige Fragen gefallen lassen. Es ging um das Finanzgebaren der beiden im allgemeinen und besonders um die Finanzierung eines Neuwagens.

Anfangs blieb der Ton gemäßigt, weil Timmstedt »die kühnen und jetzt schon gewinnbringenden Investitionen in die Firma Chatterjee & Co.« lobte und Marczak »keinen Skandal« wünschte, doch dann kam es zum Verhör. Abwechselnd schlugen Vielbrand und die Dettlaff zu. Zwar konnten sie nichts Handfestes auf den Tisch bringen, aber Verdächtigungen blieben genug: Er, Reschke, habe seit Beginn der Golfkrise auf den unsteten Dollarkurs spekuliert; er, Reschke, habe Sonderrabatte westdeutscher Beerdigungsinstitute eingestrichen, ohne deren Höhe klipp und klar zu deklarieren; er, Reschke, könne nicht nachweisen, aus welchen Töpfen sein neues Auto, das nunmehr als Privatwagen gelten müsse, finanziert worden sei, etwa aus Spendengeldern?

Hier griff Alexandra ein: »Warum sagst du nicht, daß dein Rikschamann hat schönes Geschenk gemacht?«

»Das gehört hier nicht her.«

»Und wenn sie reden mit dir wie mit Dieb?«

»Sollen sie, bitte.«

»Aber gestohlen von Parkplatz haben andere...«

»Das ist Privatsache.«

»Na, dann sag ich. Wegen Verdienste um Produktion von Fahrradrikscha hat er teures Auto bekommen.«

»Alexandra, ich bitte dich...«

»Warum lacht keiner? Ist doch lustig!«

Timmstedt soll das Gelächter ausgelöst, Marczak mitlachend legitimiert haben. Alle neuen Mitglieder gaben sich angesteckt lachlustig. Schließlich entdeckten selbst Vielbrand und Frau Dettlaff die Komik der Geschenkaktion. Er soll »zuerst kichernd, dann hellauf wiehernd« gelacht haben, ihr reichte es nur zum »verkniffenen Lächeln«, das plötzlich vereiste und dem allgemeinen Gelächter ein Ende setzte.

Und sofort war Alexandra von Fragen zugedeckt. Als ihr außer einer nicht deutlich genug deklarierten Spende zur Finanzierung der Orgel für die Kirche zum Heiligen Leichnam nichts angehängt werden konnte, wurde die Dettlaff persönlich. Sie stocherte im Vorleben der Piątkowska herum, zitierte aus einer Personalakte, die ihr – weiß der Teufel, von wem – zugespielt worden war, sagte, »Sie, als langjährige Kommunistin, sollten wissen...« oder »Selbst von einer Kommunistin sollte man erwarten dürfen...« und behandelte Alexandras Parteimitgliedschaft wie ein Delikt. Sie hatte sogar ihren Stalinhymnus von anno '53 parat und wurde gezielt undeutlich, als sie eine »verhängnisvolle Nähe von Stalinismus und Judentum« herbeiredete, »ein Verhängnis besonders für Polen, nicht wahr, Pan Marczak?« Und Marczak nickte.

Die Piątkowska hat dazu geschwiegen, Reschke nicht. Nachdem er sich dem versammelten Aufsichtsrat als ehemaliger Fähnleinführer vorgestellt hatte, befragte er die Dettlaff nach ihrem Dienstrang bei der Mädchenorganisation der Hitlerjugend. »Nicht wahr, Verehrteste? Unsere Generation hat fleißig mitgesungen!« Worauf Johanna Dettlaff bis zum silbrigen Haaransatz ihrer Frisur errötete. Und als Marian Marczak in das Schweigen hinein »Niemand hier ist ohne Vorgeschichte« sagte und sogleich die Augen niederschlug, wurde ihm zugestimmt.

Reschke schreibt: »Diese Einsicht konnte sogar Gerhard Vielbrand teilen, er rief: ›Schluß der Debatte!‹ Die jungen Mitglieder der Aufsicht hielten ohnehin nichts von den alten Geschichten. Timmstedts spöttisches Bekenntnis, ›Und ich bin mit neunzehn ein Juso gewesen, Stamokap!‹, löste abermals Gelächter aus, dennoch blieb ein Mißklang. Und Chatterjees umstrittenes Geschenk? Nun ja, Glück hat es uns nicht gebracht...«

Niemand wurde entlarvt, die Sondersitzung verlief folgenlos, das Paar blieb ungeschoren, und Reschkes neuer Wagen – jetzt bin ich sicher, ein Volvo – stand, als Ende Mai die Hochzeit Anlaß zur Feier bot, auf dem bewachten Parkplatz zwischen Theater und Stockturm, dem Zeughaus gegenüber.

Dennoch sind sie nicht im schwedischen Fließbandprodukt, sondern in einer Fahrradrikscha bengalisch-polnischer Produktion zum Standesamt gefahren. Das war – man staune – Alexandras Wunsch. Die Piątkowska, der »dieser Mister Chatterjee« unheimlich war, sie, die den Bengalen einen »falschen Engländer« genannt und ihm aus ihrer katholischen Gottlosigkeit heraus Hexerei und Schlimmeres, »Satanskunst«, nachgesagt hatte, sie, die Vergolderin, wollte unbedingt per Rikscha zum rechtstädtischen Rathaus: »Will ich königlich vorfahren, wenn nicht in Kutsche, dann so.«

Wahrscheinlich folgte sie einer Laune, denn Chatterjee und seine Vettern waren ihr fremd geblieben. Ihr Standardsatz, den Reschke wie andere Sprüche gesammelt hat, hieß: »Werd' ich mich nicht gewöhnen, daß nun, kaum ist Russe weg, gibt in Polen so viele Türken.« Sooft er versuchte, seiner Alexandra die Herkunft des Rikschafabrikanten zu erklären – sogar den Atlas schlug er ihr auf –, sie blieb bei ihrer Ablehnung des Türken, aller Türken, das heißt aller Fremden, die ihr, mehr noch als die verhaßten Russen, zuwider waren.

Die Piątkowska sah das historisch. Als Polin neigte sie dazu, alles Geschehen dem Martyrium polnischer Geschichte unterzuordnen. Meist holte sie weit aus und führte die Schlacht bei Liegnitz ins Feld, bei der ein Herzog aus ruhmreichem Piastengeschlecht zwar den Tod gefunden, doch die Mongolen zur Umkehr gezwungen haben soll. Nach dieser ersten Errettung des Abendlandes durch polnischen Heldenmut war es der Polenkönig Jan Sobieski, der die Türken vor Wien geschlagen hat. Abermals konnte das Abendland aufatmen. »Seit Schlacht von damals«, sagte Alexandra, »sind alle Türken verrückt auf Rache, dein Mister Chatterjee auch.« Neuerdings begann sie sogar ein Komplott zu wittern: »Seh' ich schon, wie deutsche Herren bringen ihre Türken mit, damit sie aus uns machen polnische Kulis.«

Oft lachte sie nach solch kurzfertigen Geschichtsbetrachtungen, als wollte ihr Gelächter beschwören: So schlimm werde es wohl nicht kommen. Dennoch mußte sich Alexandra zu ihrem Entschluß überwinden, obgleich ihr die vielen blitzblanken, die Alt- und Rechtstadt belebenden Rikschas mit ihrem melodischen Dreitongebimmel gefielen. »Luft ist viel besser schon!« rief sie.

Bei Reschke steht: »Endlich war es soweit. Ein Jammer, daß Chatterjee nicht in der Stadt ist, er hätte uns gerne persönlich zum Rathaus kutschiert. Doch hat sein Hochzeitsgeschenk, das zierliche, ganz aus Golddraht gewirkte Modell einer Fahrradrikscha, sogar Alexandra erfreut. Ihr kindliches Händeklatschen, als sie die Miniatur ausgepackt und uns beide als Püppchen auf dem Fahrgastsitz der güldenen Rikscha entdeckte! ›Sind wir ganz niedlich!‹ rief sie. Sie und Chatterjee wären sich im Verlauf der Zeit gewiß nähergekommen. Leider mußte er damals, als wir die Ringe tauschten, kurzfristig nach Paris reisen und weiter nach Madrid, weil auch dort das innerstädtische Verkehrschaos mit Hilfe der Fahrradrikscha behoben werden sollte. Einer seiner Vettern hat uns gefahren. Und wenn ich mich heute, nach so vielen Jahren, an jenen Maitag erinnere...«

Natürlich war ihre Rikschafahrt mehrere Fotos wert, die mir farbig vorliegen. Nach Reschkes Beschriftungen handelte es sich um das allerneueste Exportmodell der Werfthallenproduktion. Auf der Rückseite eines Fotos steht schön geschrieben: »Nach gründlichem Probelauf, zuletzt außerhalb Europas, in Rio getestet, gehört diesem Modell die Zukunft.«

Die Rikscha, in der das Brautpaar auf Fotos sitzt, ist blumengeschmückt. Nein, keine Astern, Tulpen diesmal. »Die Pfingstrosen sind in diesem Frühjahr verspätet, wie alles andere auch.« In der zweiten Rikscha gleichen Modells sitzen die Trauzeugen Jerzy Wróbel und Helena, eine Kollegin der Piątkowska, als Vergolderin mehr auf Schrift spezialisiert. Die Fotos überliefern weder Sonnenschein noch Regenschauer. Kühl muß es gewesen sein, denn Alexandra trägt einen breiten Wollschal überm Kostüm. Dennoch zeigt sich das Paar sommerlich gekleidet: er im seesandfarbenen Leinenanzug unter einem Strohhut mit schmaler Krempe; sie hatte sich zum weitkrempigen Hut ein knappsitzendes Kostüm schneidern lassen, dessen Farbe Reschke als ein »warmes, zum Gold hin tendierendes Neapelgelb« beschreibt, dazu der »veilchenfarbene« Hut.

Vom Haus in der Hundegasse, wo auf dem Beischlag für Freunde und Nachbarn Cocktails serviert wurden, sind die zwei Rikschas die Gasse hinunter zur Reitbahn gefahren, an der Nationalbank, dem Stockturm vorbei, dann über den Kohlen- und Holzmarkt weiter bis zur Großen Mühle, um in vertrautem Altstadtgelände – Kiek in de Köck, Markthalle, Dominikanerkirche – zu wenden. Von dort ging es durch den alltäglichen Marktbetrieb die Wollwebergasse lang, am Zeughaus vorbei, links hinein in die Langgasse, auf deren linker Seite, kurz vorm Kino Leningrad, das immer noch Leningrad hieß, auf Breite zweier Häuser ein Spielcasino seit wenigen Tagen offenstand. Während oben täuschend nachgeahmte Renaissancegiebel verrotteten, versprach zuunterst westlicher Glitzer dauerhaften Glanz. »Try your luck!« stand einladend geschrieben.

Die Langgasse war, wie immer, voller Touristen. Nach Reschkes Notiz hat man freundlich Beifall geklatscht, als die blumengeschmückte Rikscha mit dem Hochzeitspaar langsam Richtung Rathaus rollte. Glückwünsche seien auf polnisch und auf deutsch gerufen worden. Eine der überzählig vielen Tauben habe etwas fallen lassen und seine Hutkrempe getroffen. »Bringt Glück! Aleksander, bringt Glück!« rief die Braut.

Eigentlich fanden im Rathaus nur ausnahmsweise Trauungen statt, doch war es Alexandra gelungen, die standesamtliche Handlung, und mit ihr unser Paar, in den Rang einer Ausnahme zu heben; über Jahre hinweg im Inneren des spätgotischen Gebäudes tätig, hatte sie sich verdient gemacht: vorbei an Konsolen, die Wendeltreppe hinauf, vor barockem Faltenwurf und zopfig wuchernden Spiegelrahmen – überall konnte sie rufen: »Alles hat Blattgold gemacht von mein Vergolderkissen!«

Über die Eheschließung schreibt Reschke nur, sie sei »Schlag elf Uhr!« im Roten Saal vollzogen worden, angesichts eines wandbreiten Bildes, »Der Zinsgroschen« genannt, in dessen Mitte Jesus mit biblischem Gefolge auf dem Langen Markt steht und das Rathaus, in dem das Paar gerade ja zueinander sagt, hinter sich weiß; für einen Kunsthistoriker, der eine Vergolderin heiratet, der gemäße Rahmen. Nicht nur das Brautpaar, auch die Trauzeugen glaubten, solange der amtliche Vorgang dauerte, als Insassen einer Schatzkammer in andere Zeit gespiegelt zu sein.

Weil draußen plötzlich die Sonne durchkam, wurden Fotos gemacht, die die Neuvermählten vor dem

Neptunsbrunnen und dem Artushof zeigen, mal mit, mal ohne Trauzeugen. Im beigen Leinenanzug, der nun schon knittert, im neapelgelben Kostüm, er unterm schmalkrempigen Strohhut, sie verschattet von verschwenderisch ausladender Krempe, sehen die beiden aus, als seien sie schon unterwegs und weit weg.

Zu Fuß sind sie dann über den Langen Markt in die Ankerschmiedegasse gegangen. Überall hingen mehrsprachige Straßenschilder. In einem nahegelegenen Restaurant hatte Reschke den Tisch für vier Personen bestellt. Keine Verwandten waren geladen, denn unser Paar hatte weder die Töchter noch den Sohn benachrichtigt; seit der verunglückten Weihnachtsreise finde ich keinen Hinweis mehr auf Familie.

Im Tagebuch steht aus zeitlich sprunghaftem Rückblick geschrieben: »Es gab Zanderfilet in Dillsoße und Schweinebraten danach. Alexandra war von mitreißend guter Laune. Ihr mädchenhafter Übermut, der, wie ich heute weiß, mit Erfolg Wróbel und Helena zu kuppeln versuchte, und ihr Lachen von damals sind sich treu geblieben. Wenn ich mich recht erinnere, hat sie gesagt: ›Warum ist dummes Huhn, was ich bin, nicht schon immer gefahren in Rikscha!‹«

Kein Wunder, daß Jerzy Wróbel und Alexandras Kollegin leicht ins Gespräch gekommen sind. Man lachte über den Staatspräsidenten und seine Hofhaltung im Warschauer Schloß Belvedere. Vom bevorstehenden Papstbesuch war die Rede, von dessen Wirkung auf den Zustand Polens sich Wróbel mehr versprach, als die Piątkowska dem Stellvertreter Gottes erlauben wollte. Dann ging es um S. Ch. Chatterjee. Vermutungen, nach denen die kürzlich gemeldete Ermordung eines indischen Politikers den Bengalen zur plötzlichen Abreise genötigt haben könnte, wurden von anderen Schrecknissen verdrängt: Ausbrüche des Pinatubo. Kein Wort über die Friedhofsgesellschaft bis zum Kaffee.

Plötzlich schlug Wróbel vor, jemand solle, gleich in welcher Sprache, eine Chronik, gewidmet dem Versöhnungsfriedhof, niederschreiben und dabei die Vorgeschichte der Vereinigten Friedhöfe Sankt Katharinen, Marien, Joseph, Birgitten und so weiter nicht vergessen, auch deren brutale Planierung nicht. In seinem schwarzen, wie Reschke vermutet, geliehenen Anzug wurde er feierlich: Wenn man bedenke, was alles in einem einzigen Jahr nur möglich geworden sei, könne eine Würdigung der Deutsch-Polnischen Friedhofsgesellschaft zu Papier kommen, die, bei aller notwendigen Kritik, insgesamt positiv ausfallen dürfe; das sage er, obgleich er aus leidigen Gründen habe zurücktreten müssen. Solche Chronik möge alles zurechtrücken. An interessierten Lesern werde es weder im polnischen noch im deutschen Sprachraum fehlen. An Material mangele es nicht. Gesucht sei eine detailfreudige Feder.

Ob sich der Angestellte beim Katasteramt als Autor der Chronik sah? Ob er Reschke meinte und sich mit seinem Grundbuchwissen als Assistent einbringen wollte?

Alexandra sagte: »Wir stecken drin viel zu tief in alles, was ist geschehen und schiefgegangen.«

Reschke sagte: »So etwas kann nur aus zeitlicher Distanz begriffen und abschließend gewertet werden.«

Alexandra: »Aber jetzt muß Chronik fertig werden. Später wird sein zu spät. Du mußt doch schreiben, Aleksander, wie ist gewesen alles.«

Das meinte auch Alexandras Kollegin Helena. Aber mein ehemaliger Mitschüler wollte nicht Autor werden. Die Piątkowska behauptete, sie könne nur Liebesbriefe schreiben. Auf Wróbels Ausdauer, das räumte er ein, war kein Verlaß. Hat etwa Reschke sogleich nach diesem Gespräch begonnen, jemanden mit Schreiblust zu suchen; oder hatte er mich, seinen Banknachbarn, schon im Auge, herausgefiltert aus seinen Schülererinnerungen, als Wróbel die Chronik vorschlug?

Als hätte er geahnt, wie ich zu ködern sei, steht in jenem Brief, den er mir bald danach mitsamt dem hinterlassenen Krempel schickte: »Nur du kannst das. Dir hat es schon immer Spaß bereitet, tatsächlicher als alle Tatsachen zu sein...«

Danach soll Jerzy Wróbel stehend eine Tischrede gehalten haben, aus der nichts zitiert ist, nur so viel: »Unser Freund hat wenig über die Hochzeit, doch anrührend viel zum Abschied von ›Olek und Ola‹ gesagt, was alles ihn schmerze...«

Auch ich würde mich jetzt gerne verabschieden und wünschte, meinem Bericht hier den Schlußpunkt setzen zu dürfen. Ist denn nicht alles gesagt? Wie selbsttätig füllen sich die Versöhnungsfriedhöfe. Als Tote kehren die Deutschen heim. Die Zukunft gehört der Fahrradrikscha. Polen ist nicht verloren. Alexander und Alexandra sind glücklich verheiratet. Mir gefiele dieser Schluß.

Aber die beiden gingen auf Hochzeitsreise. Wohin? Bei ihr hört sich das so an: »Wenn können nun alle Polen ohne Visum überall hin, will ich sehen endlich Neapel.«

Sie hatten die Reise über Slowenien, Triest geplant, fuhren aber, von neuesten Meldungen gewarnt, auf alteingefahrener Strecke über den Brenner den Stiefel runter nach Rom. Ich weiß, daß der neue Wagen, in dem sie südwärts fuhren, ein Volvo 440 war. Als sie Ostdeutschland durchquerten, hielten sie nirgendwo an. Natürlich sind sie in Assisi und Orvieto gewesen. Der Volvo gilt, wie alle schwedischen Autos, als besonders stabil. Schon bald nach der Hochzeit und kurz bevor der polnische Papst bei stürmischem Wetter zu Besuch nach Polen kam, wo er sogleich die Betonpiste über der polnischen Erde küßte, sind Alexander und Alexandra abgereist. Nur von den Aufenthalten in Siena, Florenz und Rom liegen Fotos vor, eines wie das andere; sie nun nicht mehr unter breitkrempigem Hut, sondern mit weißem Kibbuzmützchen. Da er mir seinen Kram von Rom aus geschickt hat, bin ich unsicher, ob sie bis Neapel gekommen sind. Den Volvo werden sie in der Hotelgarage gelassen haben.

Auf Fotos, von gefälligen Touristen geknipst, sieht das Paar glücklich aus, auch vorm Pantheon. Den Besuch dieses Kuppelbaus hatte er sich gewünscht. Und inmitten der Rotunde, mit Blick in die Halbkreiskugel bis hoch zur kreisrunden Scheitelöffnung, sei ihnen, schreibt Reschke, das Herz weit geworden. Nicht die Grabstätte Raffaels, der hadrianische Bau habe sie leicht gemacht und enthoben.

»Natürlich zu viele Besucher, dennoch kein Gedränge. Die erhabene Größe dieses zum Bauwerk erwachsenen Gedankens macht uns Menschen klein, und doch setzt der Blick über die nach oben hin sich verjüngenden Kassettenfelder Mut frei, denn ein älterer Herr, sichtlich englischer Herkunft, begann plötzlich, aus der Mitte des beglückenden Raumes heraus, zu singen. Seine schöne, wenn auch leicht zittrige Stimme erprobte anfangs zaghaft, dann waghalsig die Kuppel. Etwas von Purcell hat er gesungen und bekam Beifall dafür. Danach sang eine junge, bäurisch anmutende Italienerin bravourös, natürlich Verdi. Auch ihre Arie wurde beklatscht. Ich zögerte lange. Schon zupfte Alexandra an mir, wollte gehen, da stellte ich mich unter die Kuppel, nein, nicht um zu singen, das könnte ich nicht, doch ließ ich zum Rund der Kuppelöffnung empor eine einzelne Unke rufen: kurz, lang, lang – kurz, lang, lang. Immer wieder. Und die Pantheonkuppel war wie erbaut für den Unkenruf, vielleicht weil Höhe und Durchmesser von einem Maß sind. Meine Darbietung soll, sagte mir Alexandra später, allen Touristen im weiten Rund Stille befohlen haben, selbst den Japanern. Kein Klicken der Kameras mehr. Doch nicht ich bin der Rufer gewesen, vielmehr hat die Unke aus meinem Innersten heraus... Zwar stand ich da wie das Bild eines Rufers: den Kopf in den Nacken gelegt und – geöffneten Mundes – den Hut beiseite gehalten, doch ist der Unkenruf von mir abgehoben gewesen bis hoch zur Scheitelöffnung und über diese hinaus... Mit ihren Worten hat Alexandra alles gesagt: ›Die Leute waren ganz stumm gemacht und haben nicht gewollt klatschen ein bißchen.‹«

Danach saßen sie in einem Straßencafé und haben an niemanden Postkarten geschrieben. Reschkes letzte Eintragungen spiegeln seinen von Zeitsprüngen überdehnten Zustand: »Viele Museen sind leider geschlossen. Da Alexandra ›Kirchen höchstens drei Stück pro Tag‹ sehen will, um überall spargeldünne Opferkerzen zu entzünden, bleibt viel Muße zum Bummeln und für ihren geliebten Espresso. Immer wieder schön sind die etruskischen Sarkophage. Beide stehn wir entzückt vor den steingehauenen, seitlich gelagerten Ehepaaren auf den Abdeckungen der steinernen Särge. In manchem Paar entdecken wir uns. So liegen zu dürfen! Aber in die Katakomben will Alexandra auf keinen Fall. ›Kann nicht mehr hören von Tod und Knochengebein!‹ ruft sie. ›Jetzt werden wir leben nur noch.‹ Also leben wir unsere Jahre. Interessant, wie sich Rom verändert hat seit unserem ersten Besuch. Schon damals haben wir alle längeren Wege mit der Rikscha gemacht, über den Tiber zum Vatikan. Dort, vor sieben Jahren, als sie beschloß, das Zigarettenpaffen einzustellen, kam Alexandra zu ihrem Vergleich: ›Ist lustig schon. Papst ist in Polen, und ich steh' vor Peterskirche.‹ Wenn zu jener Zeit der innerstädtische Verkehr, trotz der Rikschas, immer noch vom Auto bestimmt gewesen ist, kann man heute sagen: Rom ist frei von Gestank, kein Dauerhupen, nur noch das melodische Geläut der Dreitonklingeln. Freund Chatterjee hat gewonnen – und wir mit ihm...«

In seinem an mich gerichteten, auf römischem Hotelpapier geschriebenen Begleitbrief hat mein Mitschüler, von der Datierung im Briefkopf abgesehen, auf Zeitsprünge verzichtet. Sachlich informiert er über den Stellenwert des übersandten Materials. Er schlägt mir vor, eine Chronik oder einen Bericht zu schreiben: »Laß Dich bitte nicht von einigen romanhaft verlaufenen Ereignissen hinreißen; ich weiß, Du erzählst lieber...« Und dann verpflichtet er mich mit Hinweis auf unsere gemeinsame Schulzeit: »Du erinnerst Dich gewiß an die Kriegsjahre, als wir in Klassenstärke auf die kaschubischen Äcker mußten. Selbst bei Dauerregen durfte jeder erst dann vom Acker, wenn er drei Literflaschen bis zum Korkenschluß mit abgesammelten Kartoffelkäfern gefüllt hatte...«

Ja, Alex, ich erinnere mich. Du hast uns organisiert. Mit dir waren wir erfolgreich. Dein Sammelsystem galt als beispielhaft. Wir machten Gewinn. Und für mich faulen Hund, der immer sonstwo mit seinen Gedanken war, hast du mitgesammelt, hast mir sogar mehrmals die dritte Literflasche gestiftet und die zweite aufgefüllt. Diese ekligen, schwarzgelb gestreiften Biester. Stimmt, ich bin in deiner Schuld. Deswegen, nur deswegen schreibe ich diesen Bericht bis zum Schluß. Ja doch! Ich habe versucht, mich nicht einzumischen. Allzu romanhafte Ausflüge konnte ich mir verkneifen. Aber mußtet ihr unbedingt diese Hochzeitsreise machen, verdammt!

In seinem Begleitbrief steht abschließend: »Morgen fahren wir weiter. Auch wenn ich vor den Zuständen dort gewarnt habe, ist Neapel weiterhin Alexandras langgehegter Wunsch. Ich fürchte, sie wird enttäuscht sein. Sobald wir zurück sind, melde ich mich...«

Keine Rückmeldung kam. Das Ende, falls es ein Ende gibt, steht fest. Auf dem Weg nach Neapel oder auf dem Rückweg ist es geschehen. Nein, nicht in den Albaner Bergen. Zwischen Rom und Neapel ist viel Platz.

Da es drei Tage nach der Abreise geschah, nehme ich an, daß Alexandra Neapel gesehen hat, schockiert gewesen ist und deshalb überstürzt zurück wollte. Auf einer kurvenreichen Strecke muß es sie – doch wer ist Es? – aus der Kurve getragen haben. Über dreißig Meter tief runter, das hält selbst ein Volvo nicht aus. Hat sich mehrmals überschlagen. Unterhalb des Steilhangs liegt auf gerundetem Sattel ein Dorf, davor, ummauert im freien Feld und von Zypressen bestanden, der Friedhof.

Die Polizei war hilfsbereit, als ich zu fragen, zu suchen begann. Der Pfarrer, der Gemeindevorsteher bestätigten: Ausgebrannt das Autowrack, die Leichen verkohlt. Trotzdem sagt der Polizeibericht: Es ist ein Volvo gewesen. Alles verbrannt, auch die Papiere im Handschuhfach. Heil, weil aus dem Wagen geschleudert, der sich überschlug, überschlug, blieben ein Lederpantoffel und ein gehäkeltes Einkaufsnetz.

Ich nenne den Namen des Dorfes nicht, auf dessen Friedhof sie knapp vor der Mauer liegen. Soweit ich mir sicher sein kann, bin ich sicher: Dort liegen Alexander und Alexandra namenlos. Zwei Holzkreuze nur bezeichnen das Doppelgrab. Ich will nicht, daß sie umgebettet werden. Sie waren gegen Umbettung. Vom Dorffriedhof aus hat man einen weiten Blick übers Land. Ich glaubte, das Meer zu sehen. Sie liegen gut da. Laßt sie da liegen.

Inhalt